손가락 끝에 걸린 사랑

1판 1쇄 찍음 2010년 6월 10일
1판 1쇄 펴냄 2010년 6월 14일

지은이 | 서정미
펴낸이 | 정　필
펴낸곳 | 도서출판 **뿔미디어**

기획 | 이주현, 한성재
편집책임 | 조주영
편집 | 장상수, 권지영, 심재영, 주종숙
관리, 영업 | 김미영
출력 | 예컴
본문, 표지 인쇄 | 광문인쇄소
제본 | 성보제책사

출판등록 | 2002년 9월 11일 (제1081-1-132호)
주소 | 부천시 원미구 중동 1058-2 중동프라자 402호 (우)420-023
전화 | 032)651-6513 / 팩스 032)651-6094
E-mail | BBULMEDIA@paran.com
홈페이지 | www.bbulmedia.com

값 9,000원

ISBN 978-89-6359-459-0 03810

손가락 끝에 걸린 사랑

서정미 장편 소설

SCARLET ROMANCE NOVEL

Scarlet
스카렛

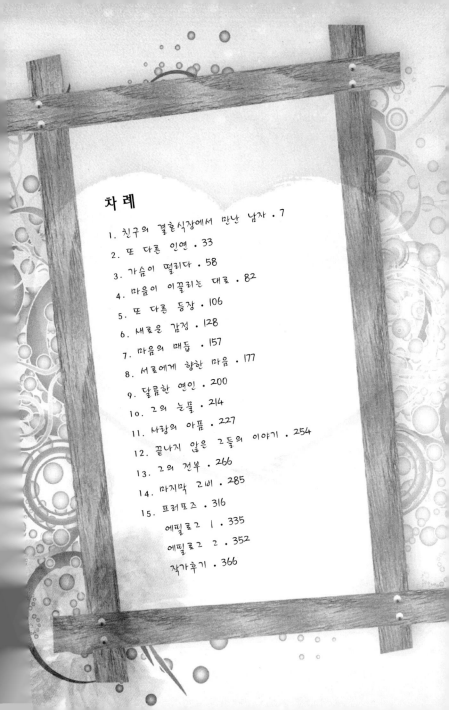

차 례

1.

친구의 결혼식장에서 만난 남자

　온통 쪽빛으로 물들인 것 같은 청량한 날씨에 혜지의 눈은
저절로 감겨졌다.

　"아, 날씨 정말 좋다."

　좀 전에 집에서 나올 때까지만 해도 그녀의 마음속에서는 우
울한 비가 주룩주룩 내리고 있었다. 베스트 프렌드이자 마지막
하나 남은 미혼 처자 해정의 결혼식이 오늘이었기 때문이었다.
해정의 결혼은 축하해 주고도 남음이 있었지만, 이제는 자신만
이 독야청청 싱글이 될 생각을 하니 마음이 착잡했다. 그러나
눈이 시리도록 파란 하늘 위에 둥둥 떠가는 하얀 구름 뭉치에
시선이 가자 얼굴빛이 저절로 환해졌다. 그녀의 가슴속을 간질

이고 있는 그 모습에 웃음이 저절로 흘러나오고 있었다. 다시 기분이 좋아진 그녀는 쇼윈도에 비춰진 하늘하늘한 옷을 입은 자신을 보고 흡족한 듯 빙그르르 한 바퀴 돌았다. 한 바퀴 돌고 나자 상큼발랄 정혜지로 다시 돌아왔다.

"결혼식만 아니면, 공원 산책하기에 딱 좋은 날씬데……."

청명한 날씨에 괜스레 붕붕 뜨는 마음을 겨우 진정시키며 버스에 올라탔다. 가까운 거리나, 잘 아는 길만 자신의 애마를 이용하기에 오늘처럼 시내로 나가려면 전철을 타야만 했다.

시계를 보던 혜지의 표정이 다급해졌다. 시간을 계산해 보니 절대로 느긋하게 갈 시간은 아니었던 것이다. 결혼의 절정기인 5월은 어딜 가든지 여유를 갖고 나오지 않으면 늦을 수 있다는 것을 계산하지 않은 탓에 버스가 신호등에 걸릴 때마다 그녀의 초조감은 점점 더해졌다.

"어떡하지? 너무 막히네."

마르고 닳도록 시계를 쳐다봐도 버스는 움직일 줄 몰랐다.

"큰일이네. 해정이 사진도 찍어 줘야 하는데."

어쩔 수 없이 벨을 눌렀다. 이렇게 버스 안에서 얼음땡을 하느니 차라리 전철역까지 기어서라도 가는 게 빠를 것 같다는 판단이었다.

버스가 혜지를 내려 주자마자 그녀는 휴대폰으로 가장 빠른 지하철역을 검색해 보았다. 오목교역에서 혜화역까지 가장 빠른 길은 동대문운동장에서 갈아타는 것이었다. 예상 시간은

40분⋯⋯. 상당히 빠듯한 시간이었다.

결국 그녀는 와다다다 뛸 수밖에 없었다. 옷이 퍼질까 봐 치맛단을 양쪽으로 살짝 잡고 있었기 때문에 빨리 뛰기는 꽤 어려웠다. 그냥 최선을 다해 달렸다는 표현이 맞는 표현이었다.

계단 중간을 내려갔을 때쯤에 전철이 도착하는 소리가 들렸다. 순간 치마 잡는 것도 잊은 채 혜지는 전속력을 내어 계단을 뛰어 내려갔다 넘어지지 않은 게 다행일 정도로 정신없이 뛰었기에 말 그대로 눈알이 튀어나오고 심장이 터질 것 같았다.

있는 숨, 없는 숨을 들이마시고 내쉬는데 저절로 '하악⋯⋯ 하악⋯⋯ 하' 소리가 났다. 그런데 하필 그 거친 숨소리가 바로 앞에 서 있는 남자 목덜미에 정확하게 꽂히고 말았다.

혜지가 내는 소리에 그 남자는 소스라치게 놀라 뒤를 돌아 그녀를 보았다. 숨을 참으려고 애를 써도 숨은 자동적으로 나오고 있었다.

'미치겠네, 에로 영화 찍는 것도 아니고.'

얼굴까지 빨개진 여자가 남자 목덜미에 뜨거운 숨을 불어넣으니 이 남자⋯⋯ 분명 오해할 것이 뻔했다. 워낙 얼굴이 잘 빨개지기에 그런 상황이 사실은 오해라고 혜지는 강력하게 주장하고 싶었지만 그렇게 일일이 해명할 수도 없는 노릇이었다. 전철에서 뛰어내리고 싶을 만큼 미치도록 창피했다.

'아이, 어떡해. 고개를 들 수도 없잖아?'

고개를 푹 숙인 혜지는 밀려드는 창피함에 몸속 작은 세포

하나도 움직이지 못하고 있었다. 그나마 다행인 것은 남자가 혜지를 더 이상 쳐다보지 않았다는 것이었다.

만약 계속 자신을 보고 있었다면, 그녀를 이상한 여자로 오해를 했을 것이다. 만약에 진짜 변태 남자를 만났다면, 반색을 하며 혜지 귓가에 뜨겁고 축축한 입김을 불어 넣었을지도 모를 일이다.

생각만 해도 땀이 삐질삐질 나올 상황이라 혜지는 전철 안에서 조용히 꽃게처럼 옆으로 걸어 얼른 다른 칸으로 옮겨 탔다. 그녀가 옮겨 탄 칸은 방금 전까지 있었던 칸보다 사람들이 북적대 숨쉬기조차 힘들었다. 다시 원위치 하고 싶었지만, 그녀는 도저히 그럴 자신이 없었다. 그냥 참고 가는 수밖에…….

토요일 웨딩홀은 정말로 인산인해였다. 해정이 말고도 여러 쌍의 결혼 순서가 빼곡하게 적혀 있었다. 혜지는 오늘 하루 단짝 친구 해정을 잘 보필해야 하는 역사적 사명을 띤 친구이자, 부케를 받을 유일한 미혼 처자였다. 다시금 홀로 남았다는 사실이 절실하게 와 닿아 속이 쓰렸다.

해정의 신랑은 해정과 동갑이라서 유부녀가 대부분인 신부 친구들에 반해 신랑 친구들은 유부남보다는 미혼들이 많았다. 원래 이런 자리에서 남자들은 신부 친구들에게 눈독을 들이는 법인데, 이미 대부분의 여자들이 유부녀라는 소식을 들었는지 아예 포기한 눈치들이었다. 괜히 마음에 든 처자를 찍었다가 유

손가락 끝에
거는
사랑

부녀라면 헛수고를 한 셈이니까 말이다. 그러한 이유로 해정은 함 들이는 것도 생략했다. 정확하게 말하면 신랑 혼자 조용히 함을 들고 왔단다.

해정은 신부 대기실에서 화려한 미스코리아 웃음을 짓고 연신 가식적인 포즈를 취하고 있었다. 그때 헐레벌떡 뛰어 들어온 혜지가 마라톤의 영웅처럼 친구 해정의 이름을 힘겹게 불렀다.

"해, 해…… 해정. 헉헉, 아…… 헉헉."

거의 안기다시피 들어오는 혜지를 보고 해정은 눈알이 쏟아질듯 놀란 표정이었다.

"아니, 왜 그래? 무슨 일 있었어?"

"아냐, 헉헉. 숨, 숨이, 숨이 차서."

손사래를 치며 혜지가 겨우 숨을 삼켰다. 그제야 진정이 되었는지, 혜지는 어깨를 축 늘어뜨리며 오늘의 신부 해정을 바라보고 있었다.

"와아, 예쁘다! 화장 진짜 잘되었다."

흔치 않은 혜지의 칭찬에 해정은 샐쭉한 웃음을 흘리고 말했다.

"당연하지! 이게 얼마짜리 메이크업인데."

이제 완전히 기운을 차린 혜지가 손거울을 꺼내 자신의 매무새를 점검하고 있었다.

"나 오늘, 완전 변태녀 된 거 있지?"

"변태녀? 무슨 말이야?"

"그냥…… 말하자면 좀 길고, 나중에 생각나면 시리즈로 나눠서 얘기해 줄게. 그나저나 우리 같이 사진 박아야지."

혜지가 핸드백에서 최근에 구입해 현재 보물 1호로 등극된 최첨단 디카를 꺼냈다.

"자, 찍는다. 여기 카메라 렌즈 보고 웃어. 화사한 웃음!"

혜지와 해정은 얼짱 각도로 렌즈를 바라보고 포즈를 취했다.

"내 디카에도 흔적 남겨 줘."

해정이가 자신의 디카를 혜지에게 넘겨주었다.

"내가 찍은 거, 네 메일로 보내 주면 되잖아?"

혜지의 말에 해정은 입을 삐죽거리며 대꾸했다

"신혼여행 가서 보려고 그런다. 왜에?"

"야, 거기서 왜 카메라를 보고 있어? 볼 시간이나 있겠어? 할 일이 얼마나 많은데."

"할 일? 무슨 할 일?"

알면서도 일부러 해정은 짓궂게 혜지에게 되물었다. 부끄럼을 잘 타는 혜지는 해정의 질문에 귓불까지 빨개지고 말았다.

"됐고요, 결혼 축하한다. 오늘 유난히 너의 미모가 빛난다. 내가 너를 위해 멋진 가무를 보여 주마."

최신 유행하는 노래와 춤으로 혜지가 애교를 부리자, 해정은 좋으면서도 싫은 척 괜히 코웃음을 쳤다.

"유치찬란하기는……. 휴우, 그나저나 미모건 메모건 간에, 빨리 결혼식 해치웠으면 좋겠다."

"아니, 왜에? 랑이 님과 빨리 쎄쎄쎄하고 싶어서?"

"아니!!"

해정은 발끈한 마음에 생각보다 과하게 버럭 하고 말았다. 순간 본인도 당황했는지 해정은 미안한 표정을 짓고 말을 이었다.

"그냥 그래. 내가 모델도 아니고, 미스코리아도 아니고…… 계속 미소 지으며 사진을 찍는데, 얼굴에 경련 일어나겠어. 완전, 얼굴 근 수만 따로 쳐도 500g은 족히 빠진 것 같다. 꼭 이렇게 가식적으로 사진을 찍어 대며 결혼해야 되는 거니? 다른 결혼한 친구들도 힘들게 찍은 사진, 집들이 때 개봉하고 먼지 쌓인다던데…… 이것도 다 허례허식이지 싶다."

"야! 최해정. 독야청청 홀로 남은 미혼 앞에서 어떻게 그런 말을 할 수 있니? 돌아가신 우리 할머니께서 즐겨 하신 말씀처럼 호강에 겨워 요강 깨지는 소리 하고 있네. 그냥, 즐겨. 오늘은 누가 뭐래도 네가 주인공이고 공주잖아. 네가 언제 이렇게 예쁜 척하고 우아하게 앉아 있어 보겠니? 오늘부로 유부녀가될 생각하니 갑자기 염세주의자가 된 거야? 어이! 정신 차리게나, 친구."

가장 행복한 순간, 그러나 결혼을 앞둔 여자들에게 생기는 싱숭생숭한 마음이 조금은 이해가 되는 혜지는 기분이 영 아니어 보이는 해정을 달래기 위해 되지도 않는 농담을 해 댔다. 해정은 그런 마음을 아는지 조용히 다가와 혜지를 안아 주었다.

"고마워."

"뭐……가?"

"그냥, 다 고마워. 네가 내 친구인 것도 고맙고 친구 중 마지막 남은 싱글인데도 씩씩하게 있어 줘서도 고맙고…… 나 떨리지 않게 농담하면서 달래 주는 것도 고맙고……."

"계집애, 고마운 게 새고 샀다. 무슨…… 시집가서 잘살기나 해."

혜지의 진심 어린 덕담에 해정은 혜지의 어깨에 이마가 닿을 만큼 고개를 세차게 끄덕거렸다.

혜지와 해정이 안고 있자, 신부 대기실을 기웃거리던 사람들은 무슨 일인가 고개를 갸웃거리고 있었다. 그러든 말든, 그녀들은 서로를 살며시 안아 주며 말없이 힘을 주고 있었다.

"신랑, 신부 입장입니다."

사회자의 말이 떨어지자 신랑, 신부가 동시에 입장했다. 그 모습을 보니 혜지는 막연한 서운함이 밀려들어, 저절로 손이 입가로 향해졌다. 뭔가 울컥 나오려는 것을 참아야 했기 때문이었다. 막연한 두려움…… 이제 혼자서 무엇하고 노나, 누구하고 노나, 이럴 줄 알았으면 혼자 노는 법을 최소한 10가지 정도 익혀 둘 걸 하는 후회, 소개팅을 우습게 알았던 자신의 발등을 찍고 싶은 충동 등등. 여러 가지 복잡한 감정이 한꺼번에 밀려들었기에 급기야 화장실로 뛰어가야만 했다.

급하게 화장실 문을 잠그고 변기 위에 앉으니, 그녀의 뺨 위로 눈물이 하염없이 쏟아져 흘러내렸다.

'친구 결혼식장에서 눈물을 보이면 안 되지.'

혜지는 서둘러 문을 열고 세면대에서 찬물로 발갛게 충혈된 눈을 진정시키고 메이크업을 수정했다. 머리까지 매만지고 나니 밖으로 나갈 만해졌다.

그녀가 고개를 살짝 숙이고 화장실에서 나오는데, 어떤 남자의 가슴팍에 머리를 부딪치고 말았다. 울음을 꾹 참느라 머리에 뜨거운 돌멩이를 얹어 놓은 것처럼 골치가 아팠는데, 그 아픈 머리를 또 한 번 찧고 말았으니 저도 모르게 짜증이 솟구쳤다.

검은 눈동자가 거의 보이지 않을 정도로 하얀 눈으로 까뒤집고 흘겨보는데, 혜지는 그만 딸꾹질이 나오고야 말았다. 남자는 전철 안에서 혜지를 변태녀로 오인했을 가능성이 99.9%에 가까운 바로 그 남자였던 것이다.

"아, 죄송합니다."

중저음의 매력적인 목소리로 그 남자가 깍듯하게 인사를 했다.

혜지는 몸이 착 가라앉는 느낌이었다. 아이스크림처럼 녹아내리는 기분이 이런 걸까? 외모보다 목소리가 월등히 멋진 남자였다. 그녀의 이상형은 목소리가 멋진 남자였다. 이성을 잃고 남자를 빤히 바라볼 뻔한 혜지였지만, 본능을 누르고 시선을 피했다. 전철 속의 일을 완전히 지워 버리고 싶었기 때문이다.

혜지는 그 남자를 알아봤지만 다행히 그 남자는 혜지를 몰라보는 듯했다. 다행이기는 하지만, 한편으로 조금 섭섭하기도 했다.

죄송하다는 그 남자의 말에 혜지가 대꾸를 안 하자 남자는 걱정스러운 듯 혜지에게 계속 말을 걸어 왔다.

"많이 다치셨나 봐요? 안색이 안⋯⋯."

"아, 아, 아니에요. 괜찮습니다. 저⋯⋯ 친구 결혼식이라."

더 이상 이야기를 나누면 아까 전철 속의 변태녀가 자신이라는 것을 남자가 알아차리게 될 것 같아 혜지는 얼굴을 가린 채 빛의 속도로 식장 안으로 들어갔다.

잠깐 화장실에 간 사이, 늦게 도착한 사람들이 속속들이 자리를 차지하고 앉아 있어서, 할 수 없이 혜지는 맨 뒤에 서서 예식을 지켜봐야만 했다. 갖고 있는 구두 중 가장 굽이 높은 구두를 신고 오기는 했지만, 아담한 사이즈에 가까운 혜지였기에 해정의 얼굴이 보였다 안 보였다가 반복되었다. 겨우, 잘 보이는 곳으로 자리를 잡자 누군가 혜지의 옆으로 다가왔다. 누구지? 하며 옆을 바라본 순간, 그녀는 다시금 딸꾹질을 하게 되었다. 이제는 숨을 참아도 멈춰지지가 않았다.

"아, 만나서 반가워요. 같은 결혼식에 왔네요. 신랑 쪽 친구 김진호라고 합니다."

전철 속에서 만난 그 남자가 혜지에게 아는 척을 했다. 신랑 친구라고 하는데 모르는 척할 수가 없었다.

손가락 끝에 걸린
사랑

"안, 안, 안녕하세요? 정혜지예요. 신부 친구."

제대로 쳐다보지도 못하고 인사를 하며 힐끗 본 진호는 의미심장한 미소를 짓고 있었다. 혜지는 삽으로 땅을 파서 그 구덩이 속에 들어가고만 싶었다.

✻

"신랑님, 신부님 친구 분들 모두 앞으로 나오세요."

사진 기사의 외침에 예식장 곳곳에 흩어져 있었던 친구들이 속속들이 앞으로 나왔다. 같은 나이의 신랑, 신부지만 친구 수가 확연히 달랐다. 신랑 친구들은 한창 때라 그런지 **빽빽하게** 계단에 서고도 자리가 모자랐지만, 신부들은 PT체조 행렬로 널따랗게 퍼져도 자리가 횅하게 비었다. 아무래도 한창 아기와 씨름하고 있는 친구들이 많았기에 부득이하게 참석 못하는 친구들이 많았을 것이다.

단체 사진을 찍고 마지막으로 부케를 받을 차례였다.

"부케 받으실 신랑님 친구 분과, 신부님 친구 분 나오세요."

단골로 신부 부케를 받아 온 혜지는 이제는 익숙해질 때도 되었으련만 처음 나오는 것처럼 여전히 어색하고 쑥스러웠다. 유난히 얼굴이 잘 빨개지는 혜지는 오늘도 역시나 **뺨이** 토마토처럼 빨갛게 익었다.

모든 사람들의 시선을 받으며 부케를 받고 나서야 모든 일정이 끝났다. 혜지마저도 유부녀였다면 부케 받을 사람이 없어 난감할 상황이었을 텐데 해정의 입장에서는 혜지가 하늘에서 내려 준 은인과도 같았다. 문제는 혜지가 결혼할 때 부케 받을 사람이 없다는 거.

'뭐, 그때 되면 어떻게든 되겠지.'

워낙 낙천적인 혜지였지만 사실 조금 걱정이 되긴 했다.

신랑 신부가 폐백을 드릴 동안 혜지는 서둘러 식당으로 향했다. 대부분의 신부 친구들이 해정의 고등학교 동창이거나 대학 동창이었다. 초등학교 동창은 안타깝게도 혜지밖에 없었기에 결국 홀로 식사를 해야만 했다. 식사를 안 하고 그냥 가는 게 더 편하겠지만 공항에 배웅 나가는 역할까지 완료를 해야 했기에 지금 식사를 하지 않으면 안 되는 상황이었다. 남들의 시선을 두려워할 여유도 없었다. 비행기 시간에 맞추려면 빠듯했다. 신랑 신부 폐백이 끝나자마자 어른들께 간단히 인사하고 공항으로 곧바로 가야 했다.

서둘러 식당 안으로 들어간 건데도 이미 식사를 마친 사람들이 상당수였다. 혜지도 간단하게 요기할 요량으로 음식들을 둘러보았다. 요즘은 어떤 행사건 간에 뷔페가 대세라서 차려진 음식만 봐도 어떤 것을 먹어야 할지 빠르게 판단된다. 남들이 알려 주는 뷔페에 가서 본전 뽑게 잘 먹는 방법이 있지만, 촌스러운 입맛 탓인지 혜지는 여느 때와 마찬가지로 김밥과 잡채를 먼저 담았다.

다른 테이블은 끼리끼리 와서 와글와글한데 혜지가 선택한 테이블은 그녀 혼자 '홀로 아리랑'을 구슬프게 불러도 될 만큼, 무인도처럼 휑하게 비어 있었다. 아무리 신경 안 쓰려 해도 하얀 테이블에 혼자만 덩그러니 앉아 있는 모습이 과히 아름다워 보이지 않았다. 더군다나 무심코 테이블 위에 올려놓은 부케는 필기 노트에 기재된 당구장 표시만큼이나 도드라져 보였다. 남들에게 '제가 오늘 부케녀랍니다!'라고 큰 소리로 외치지 않아도 다 알 만큼 말이다. 아무리 대범하게 굴어도 사람들의 시선이 유난히 따갑게 꽂혔기에 혜지는 슬그머니 부케를 옆의 의자로 옮겼다.

'큰일 났네. 이러다 김밥 얹히겠다. 체하면 안 되는데.'

그렇게 생각한 순간, 결국 김밥이 목에 걸려 넘어가지가 않았다. 혜지는 서둘러 테이블 위에 놓인 콜라 캔을 땄다. 하지만 서두른 탓에 손이 떨려 콜라가 그만 왈칵 쏟아지고 말았다.

"아이, 왜 이래. 정말!"

짜증이 확 밀린 탓에 혜지는 울고 싶어지기까지 했다. 한때 사람들 입에 오르내리던 머피의 법칙이 생각나는 하루구나라고 괴로워하고 있는데 누군가 다정한 목소리로 그녀에게 말을 건넸다.

"휴지 가져다 드릴까요?"

고개를 들어 보니 김진호였다. 그가 앞에 서 있었다. 지하철 안에서 만났던, 바로 그 남자.

"아…… 네."

혜지의 말이 끝나자마자 그가 휴지와 물휴지를 같이 들고 왔다.

"여기요. 많이 쏟지 않아서 그렇게 눈에 띄지는 않을 거예요."

"고맙습니다."

"고맙기는요. 참, 오늘 공항에 같이 가신다면서요?"

"네."

혜지는 뒷말을 잇지 않았지만 진호에게 얼굴 표정으로 간절하게 물었다.

'진호 씨도 가세요?'

혜지의 마음을 읽은 듯 진호가 말했다.

"제가 오늘 약속만 없었으면…… 원래 제 차로 공항에 가는 건데, 태웅이 녀석이 저 대신 간다고 하네요. 태웅이 모르시죠?"

김이 팍 샌 혜지는 어깨를 축 늘어뜨리고는 입을 살짝 삐죽거렸다.

'당연히 모르지!'

그때, 진호가 혜지 귀에 대고 작게 속삭였다.

"저기, 오네요."

진호가 가리킨 쪽을 보고 혜지의 입은 함지박만큼 벌어졌고 두 손은 갸륵하게 모아졌다.

손가락 끝에
걸린
사랑

'어머머, 이름과 달리 영해 보이네. 나이보다 훨씬 어려 보여.'

그런데 이상하게 진호가 가리킨 손가락이 멈추지 않고 조금 더 뒤에 있는 사람에게 꽂혔다. 처음에 혜지가 본 그 사람은 식당에서 일하는 말끔한 알바생이었고 그 뒤에 걸어온 사람은, 사람인지 곰인지 알 수 없는 커다란 덩치의 무지막지하게 생긴 남자였다. 혜지가 옆에 서 있다면 껌 딱지로밖에 보이지 않을 것 같은 모습을 한 그가 바로 태웅이었다. 도저히 신랑과 같은 나이라는 것이 믿어지지 않은 페이스였다.

'친구 맞아? 삼촌 아닌가? 아니면 나이를 속였다던가. 완전 '우루~사!' 잖아. 이런, 젠장. 아…… 집으로 돌아가고 싶다. 왜 얘가 아니고 쟤인 거야?'

혜지는 진호와 태웅을 번갈아 쳐다보며 콧바람을 씩씩 뿜었다. 땀을 손수건으로 연신 닦으며 다가오는 태웅이라는 사람은 진호의 부름을 받고 혜지가 서 있는 쪽으로 걸어오고 있었다.

"인사 나누세요. 오늘 같이 공항에 가시려면 친해지셔야 할 텐데."

"아, 안녕하세요? 김태웅입니다. 아까 부케 받으신 분이죠?"

"네, 안녕하세요? 정혜지입니다."

둘을 인사시킨 진호는 그쯤에서 자기가 빠져야겠다는 생각에서인지 혜지와 태웅을 같은 테이블에 앉혔다.

"두 분, 같이 식사하세요. 어차피 오늘 공항까지 동행하셔야 될 것 같으니……."

과잉 친절은 모자람만 못하나니, 혜지는 표정 관리를 하느라 힘들었다. 진호는 그런 혜지 마음을 몰라주고 태웅에게 격려의 멘트까지 날렸다.

"오늘 하루 잘 모셔. 알았지?"

진호의 멘트에 태웅은 가뜩이나 커다란 입을 더 커다랗게 벌리고 웃음 지었다. 잘못하면 혜지 머리가 그 안으로 쏙 들어갈 만큼 무시무시하게 큰 입이었다. 이에 혜지는 조건 반사처럼 고개가 돌려지고 말았다. 혜지는 이미 밥맛뿐만 아니라 입맛까지 싹 달아나 자리에서 벌떡 일어나고 싶었지만 차마 그럴 수 없었다. 싫어도 오늘은 공항까지 이 우루사랑 같이 행동을 해야 하기에 그녀는 도 닦는 심정으로 옆에 앉아 있는 태웅과 보조를 맞추느라 자리에 꼼짝 않고 있었다.

"신부 친구면, 어떤 친구예요? 대학 동창? 고등학교?"

"아니요. 초등학교 친구예요."

"와! 초등학교 친구? 진짜 오래된 친구네요."

"네."

식상한 질문에 식상한 답이 오고 가고 있었다.

태웅이라는 사람은 덩치가 큰 만큼 많은 양의 음식을 뱃속에 집어넣었고 먹는 속도도 엄청 빨랐다. 그는 씹지 않고 흡입을 하는지 순식간에 다섯 접시나 비웠다.

'입에 진공청소기를 달아 놓은 것도 아니고……'

옆에서 태웅이 먹는 것을 보며 놀란 속을 달래던 혜지는 콜

손가락 끝에
걸린
사랑

라 캔을 세 개째 따 놓고 있었다.

식사를 마치자 신랑 신부가 예복으로 갈아입고 식당으로 내려와 남아 있는 어른들께 인사를 드렸다. 해정이가 혜지에게 눈짓으로 '얼른 준비해!' 라고 말했다.

'휴우! 다행이다.'

이제 공항에 가서 둘에게 손 흔들어 주고 이 인간과 바이바이를 하면 된다. 그런 생각이 들자 마음이 급해진 혜지는 서둘러 테이블에서 일어났다.

허니문 카에 올라타자 뒷좌석에 탄 신랑, 신부의 혀가 갑자기 짧아졌다.

"짜기야, 오늘 많이 피곤했찡?"

"응, 지금 쓰러져 자고 시뽀. 우리 자기도 눈 밑에 다크서클이 장난 아니다."

신랑 신부의 낯 뜨거운 작태에 혜지는 아까 먹은 김밥이 다시 목구멍까지 꼬물꼬물 올라올 것 같은 기분이었다. 도저히 못 참겠는 혜지가 태웅에게 다 죽어 가는 목소리로 말을 걸었다.

"음악 좀 들으면 안 될까요?"

"그럴까요? 좋아하실 줄 모르겠지만 제가 듣는 음악이라도 들으실래요?"

그가 조심스레 묻는 말에 혜지는 의아했지만 '별 음악 있겠어?' 라는 생각으로 고개를 끄덕이며 대답했다.

"걱정 마세요. 전, 모든 장르의 음악을 좋아해요."

'데스 메탈만 빼고.'

혜지의 말이 끝남과 동시에 태웅이 CD를 집어넣었다. 음악이 나오자 혜지는 그 자리에서 실신할 뻔했다.

혜지가 옛 남자 친구에게 선물 받은 CD를 한밤중에 틀어 본 적이 있었다. 남친이 볼륨을 최대로 한 다음 헤드폰을 끼고 들으라고 해서 그 말에 충실해 볼륨을 최대치로 하고 들었는데…… 귀신이 울부짖는 소리가 CD에서 흘러나오고 있었다. 바로 데스 메탈이었다. 웬만한 일에 소리를 지르지 않는 혜지였지만 한밤중에 비명은 물론이고 멀쩡한 오디오까지 박살이 날 뻔했다.

그 후 혜지는 그 충격적인 소리로 인해 한동안 음악을 멀리했었다. 그런데 우루사가 친절히도 그때의 악몽을 되살려 주었다. 실신 직전까지 간 바로 그 음악이 지금 CD플레이어를 통해서 나오고 있었다.

'아, 미치겠다. 가뜩이나 오늘따라 정신이 유난히 산만한데.'

혜지는 울컥거리는 심장을 진정시키기 어려웠다. 그녀는 제발 음악 좀 꺼 달라고 할 참이었다. 다행히 그녀가 말을 꺼내기 전에 새신랑이 먼저 소리쳤다.

"야! 태웅아, 우리 아기 놀란다. 그런 음악 말고 조용한 클래식 같은 거 없어?"

"아, 미안미안. 죄송합니다, 제수씨. 클래식 없는데…… 그럼, 그냥 끌게요."

"죄송해요. 태웅 씨, 제가 거부하는 게 아니라는 거 잘 아시
죠?"

해정이 애교스럽게 말했다.

온몸을 두들겨 맞은 것 같은 혜지는 그 자리에서 푹 가라앉
고 말았다. 눈을 뜰 기력조차 없어 두 눈을 꼭 감아 버리고 말
았다.

공항에 신랑 신부를 데려다 주고 혜지는 태웅이 집까지 바래
다주겠다는 고무줄처럼 끈질긴 호의를 물리치고 집으로 가는
버스에 올라탔다. 공항에서 혜지네 집이 가까웠기에 거절하기
아주 좋은 핑계였다. 씁쓸한 표정으로 꾸벅 인사를 하던 태웅에
게 벗어나고부터 갑자기 상큼한 공기가 몰려오는 것 같았다. 그
녀는 깊게 숨을 들이마시며 하늘에 대고 외쳤다.

"아, 오늘은 정말 머피의 법칙이 생각나는 날이구나."

✻

해정의 결혼이 끝나고 나서 혜지는 그동안 미뤘던 소개팅을
잡았다. 결혼 시즌은 싱글에게 외로움을 뼛속까지 사무치게 해
주기에 소개팅이 몰려 있기도 하는 달이다. 그녀도 예외가 아니
었다. 특히나 오랜 친구 해정의 결혼은 혜지의 마음을 완전 바
꾸어 놓는 데 결정적인 역할을 했다.

토요일 오후 두 시, 대학로 근처에서 소개팅 약속을 잡았다. 직장 생활로 바쁘게 지낸 이후로 잘 오지 않게 된 곳이라 느낌이 새로웠다. 오늘 소개팅이라는 것을 망각하고 혜지가 이것저것 입을 헤벌리며 구경하고 있는데 핸드백에서 진동이 요란하게 울렸다. 서둘러 액정 화면을 확인하는데 오늘 소개 받는 남자 이름과 번호가 떴다.

"아차!"

혜지가 서둘러 약속 장소로 걸어갔다. 약속 시간보다 10분이 늦어 버렸다. 약속 장소에 들어가자 남자에게 또 한 번 전화가 걸려 왔고 혜지는 전화를 받으며 상대 남자를 찾고 있었다.

한 남자가 혜지를 보고 손을 들어 보였다. 남자를 확인한 혜지는 순간 그 자리에서 정지 상태가 되었고 들어오던 길로 다시 나가고 싶어졌다. 아마도 그가 혜지를 발견하지 않았더라면 충분히 그런 기회가 있었을 테지만 안타깝게도 이미 그 남자는 손까지 흔들고 있었다. 저절로 뚝뚝 떨어지는 고개를 손으로 겨우 지탱하며 체념한 얼굴을 하고 혜지는 그에게 다가갔다.

'외모로 사람을 차별해서는 안 돼. 사람이 외모가 다는 아니야.'

혜지는 주문을 외우는 것처럼 자신을 다독거렸다.

소개를 주선한 사람이 말한 신상을 떠올리자면, 남자는 서른넷으로 직업은 군인, 직급은 기억나지 않지만…… 남자다운 용모에 참고로 아주 잘생겼다고 했었다. 그러나 혜지 눈에 비친 그 남자는 한마디로 요약해서 변강쇠였다. 우리나라 만화나 영화에 나오는 정형화된 변강쇠 캐릭터. 다시 찬찬히 기억을 떠올려 보니 '남자답게'라는 말이 '잘생겼다.'를 꾸며 주는 말로 들어갔던 것뿐, 정리하자면 잘생겼다기보다는 남자답게라는 말이 맞는 것 같다.

살아 있는 변강쇠 캐릭터가 그녀 앞에서 숨을 쉬고 있었다.

혜지는 침을 꿀꺽 삼키고 주저하며 그에게 다가갔다.

"늦으셨네요."

재수 없는 쌀쌀한 그의 멘트.

"네, 조금 헤맸어요."

기가 죽은 그녀의 목소리.

"여기 잘 아신다고 해서 이쪽으로 장소 정했는데……"

남자는 취조하는 것처럼 혜지를 위아래로 훑어보며 믿지 못하는 눈치로 말했다.

주문한 커피가 나오자 준비된 질문을 변강쇠, 아니 소개팅남이 내뱉기 시작했다.

"둘째시라고 들은 것 같은데, 맞죠?"

"네."

"저도 둘째인데, 제가 빨리 장가를 가야 밑에 동생이 결혼한다고 난리네요. 게다가 동생이 여자라서 걱정이 많아요. 혹시라도 노처녀 될까 봐. 혜지 씨네 집에서도 많이 서두르시겠어요?"

말투는 예의를 갖췄지만 내용은 상당히 싸가지 없었다. 보통 때는 순하지만 한 번 폭발하면 엄청나다는 것을 스스로도 잘 알고 있는 혜지였기에 부글부글 끓어오르는 감정을 억지로 누르고 대답했다.

"네."

"사실, 제가 선하고 소개팅을 거의 한…… 백 번 봤거든요. 그동안 만난 여자들은 많아야 20대 중반인 분들이었기 때문에, 사실 오늘 나오는 것 많이 망설였습니다. 실례되는 말인지 모르지만 저는 그 이상 나이가 드신 여자 분들은 여자로 보이지가 않아서요."

혜지는 점점 몸으로 느껴 오는 분노를 막느라 떨리는 손을 테이블 밑으로 숨겼다.

"그런데 어른들은 너무 나이 차가 나는 사람보다는 엇비슷한 사람을 만나는 게 더 좋다고 하더군요. 그래서 제가 그랬죠. '좋습니다. 그럼, 최소한 서른 넘은 여자는 안 됩니다.' 라고."

참으로 자랑스러운 듯 뻔뻔하게 말하는 변강쇠의 싸가지 없는 언행에 혜지의 두 눈에서 레이저 광선이 튀어나왔다. 그녀는 유체 이탈을 해서 들고 있는 뜨거운 커피를 빛나리처럼 반짝이는 그 남자 머리 위에 확 끼얹어 주고 싶었다.

"참, 그리고 제가 워낙 효자거든요. 둘째긴 하지만 결혼하면 부모님을 모시고 싶어요. 시부모님 모시고 사실 수 있죠? 요즘 여자들은 시부모 모시는 걸 무슨 큰 재앙처럼 여기던데, 그러면 안 되죠. 며느리의 본분이라는 게 있는데."

손가락 끝에
건 사랑

'얼씨구!'

쓸데없이 추가된 그 말에 혜지는 자세부터 삐딱하게 하고 살짝 돌아앉았다.

"그리고 제가 인간관계가 좋다 보니 후배들이 한밤중에도 자주 찾아와요. 후배들이 쳐들어오면 와이프가 근사하게 안주도 준비해 주었으면 좋겠어요. 그래야 제 체면이 살죠. 혜지 씨, 요리 잘하나요?"

사실, 혜지는 인터넷에서 유명한 요리 블로거다. 출판한 책이 있을 정도로, 그만큼 요리를 잘했다. 하지만 여기서만큼은 요리를 잘한다 말을 하고 싶지 않았다.

"아뇨. 전혀 못해요! 그렇게 말씀하시는 분은 요리 잘하시나 봐요?"

"그럼요."

"무슨 요리 잘하시는데요?"

"라면이요. 저 라면 아주 잘 끓여요."

퍽이나 자랑스럽게 남자가 말했다. 그러자 이미 이성을 잃고 정신 줄을 놓아 버린 혜지가 크게 코웃음을 쳤다.

"하! 라면이 요리예요? 참나!"

방금과 확 달라진 혜지의 말투에 남자는 당황스러운 얼굴을 하며 대꾸했다.

"라……면 못 끓이는 남자들이 얼마나 많은데요?"

다시 한 번 혜지는 커다란 콧방귀를 뀌며 물었다.

"그럼, 부인이 아파서 끙끙 앓고 있는데도 제일 잘하는 요리인 라면을 끓여 주실 건가요?"

"글……쎄. 그, 그게 뭐…… 뭐."

자신이 생각하기에도 답을 내릴 수가 없었던지 남자가 말을 더듬었다.

"이보세요."

혜지는 테이블을 탕탕 치며 남자에게 훈계하기 시작했다.

"제가요. 그쪽 100번째 소개팅에 기념 선물하는 셈치고 충고 한마디, 아니 몇 마디 올리겠습니다. 여자가 아무리 콩깍지가 두껍게 씌어도 시어른 모시고 산다면 100리 밖으로 달아나거든요? 게다가 둘째인데도 자신이 효자라는 것을 강조하시려 모시겠다고요? 며느리 본분 운운하시는데, 본인은 입으로만 효자고 실제로는 아내에게 효를 강요하는 거잖아요. 안 그래요? 왜 자기 부모님을 부인에게 맡깁니까? 본인이나 효도를 잘하시지. 그게 효도예요? 뭐, 와이프가 댁에게 빚진 거라도 있어요?"

"아니, 저……."

아무리 낯짝이 두꺼운 남자였지만 혜지의 말에 그도 조금씩 얼굴이 붉어지기 시작했다.

"그리고요. 후배를 한밤중에 들여서 요리까지 척척 잘해내는 부인을 얻고 싶은가 본데, 그럴 거면. 응? 응? 저기 뭐냐, 파출부 아주머니를 따로 두던지 도우미 아주머니를 불러야죠. 결혼하는 게 무슨 일꾼 들여놓는 거예요? 차라리 일하는 아주머니는 돈이라도 받지."

"아니, 어떻게 그렇게 심한 말을……."

남자의 반격 같지 않은 반격에 혜지는 헛웃음을 쳤다.

"허허허. 어이구, 제가 말실수를 했나 보네요. 자, 그럼. 그동안 백 번을 소개팅했는데, 왜 댁이 짝을 못 만났는지 분석을 해 볼까요? 그쪽이 원하는 팔팔한 이십 대 여자들에게 시어른 모셔, 도우미 노릇해, 남자는 살림도 전혀 안 도와줄 것이 뻔해, 말로만 효자야. 게다가 남자가 밖에서 무엇을 하든, 상냥하게 모실 수 있냐고 묻는다면…… '네에, 그렇게 할게요.' 하는 여자가 있을까요? 아, 백 명이라면 그중 한두 명은 있겠네요. 또. 라. 이."

남자는 목이 타는지 뜨거운 커피를 냉수 마시듯 벌컥벌컥 들이켰다.

"그런데, 어떻게 댁이 처음 본 저에게 이렇게 심한 말을 하실까요? 네에, 네에, 바로 그쪽이 저를 만. 만. 만만에 당구장 표시 100개. 저를 아주 만만하게 보았기 때문이죠. 아닌가요?"

남자는 아무 말이 없었다. 맞는 말이니……. 자신의 주제 파악도 못하고 그동안 만났던 여자들 중에 최고만을 머릿속에 간직한 채 잘난 척을 하니, 백 명의 여자를 만나도 소용없었던 것이었다. 아니 천 명의 여자를 만나도 소용없을 것이다.

"저기요. 집에 가서 잠드시기 전에 곰곰이 생각해 보세요. 나는 그렇게 많은 여자를 만났는데 왜 이루어지지 않았는가. 이유가 뭘까? 그렇다면 앞으로도 결혼할 가능성은 있는가, 도대체 나. 의. 문제는 뭔가? 이보세요. 100번 만난 것은 결코 자랑스러운 일이 아니랍니다. 참고로 말씀드리자면 이십 대 팔팔한 젊은 아가씨들은 삼십 대 중반의 남자를 어떻게 보는 줄 아세요? 아. 저. 씨. 로 본답니다. 참, 안타깝죠. 나이가 들면 보는 눈도 같이 늙어야 하는데 보는 눈은 그대로니. 오늘 집에 돌아가서서 거울을 보시고 주제 파악을 확실히! 하시기 바랍니다. 그럼, 저는 약속이 있어서 이만. 무슨 뜻인지 아시죠? 이제 다시는, 아니, 영원히 볼일이 없었으면 한다는 인사로 대신하겠습니다."

고개를 까닥거려 인사를 하고 뒤돌아서는데 그녀의 얼굴은 한결 편안해 보였다.

그녀는 뒤돌아서자마자 커다랗게 숨을 내뱉었다.

"아이, 시원해! 십 년 전에 얹힌 김밥이 쑤욱 내려가는 것 같네."

혜지는 전쟁터에서 이기고 집으로 돌아가는 병사처럼 씩씩하게 카페를 걸어 나갔다.

2.
또 다른 인연

신혼여행을 다녀왔을 해정에게 전화 한 통이 없자 혜지는 단단히 삐쳐 있었다. 답답한 사람이 먼저 전화를 거는 게 맞지만, 한창 신혼 재미에 빠져 있는 친구 집에 먼저 전화한다는 것이 쉽지만은 않은 일이었다. 들고 있는 휴대폰을 뚫어져라 바라보며 걸까 말까를 무한 반복으로 고민하고 있는데 어떻게 알았는지 해정에게서 기다리던 전화가 왔다.

"야!"

혜지는 대뜸 크게 소리치고는 아차 싶었다. 해정이 임신 중인데 혹시라도 놀라면 안 되니까.

혜지는 금세 목소리의 볼륨을 줄이고 다시 말했다.

"신혼여행 다녀왔으면 보고를 해야 될 것 아냐?"

"응, 미안해. 내가 요즘 입덧이 심해서 전화할 겨를이 없었어."

다 죽어 가는 해정의 목소리를 듣자 혜지는 안쓰러운 생각에 그동안 서운했던 마음이 눈 녹듯 사라졌다.

"그렇게 힘들어?"

"그래, 이년아!"

말끝에 거침없이 욕을 갖다 붙이는 걸 보니 해정은 아픈데 없이 멀쩡한 것 같아 보였다.

"뭐야! 말하는 걸 보니 멀쩡한 것 같구만."

"아니야! 정말 힘들었단 말이야. 그동안 밥만 먹으면 게워 내고 해서 응급실까지 갔다니까."

"어머…… 그랬어?! 어떡하니? 지금은 괜찮은 거야?"

"응, 뭐…… 지금은 살 만하니까 전화한 거지."

"그래, 다행이다."

"참, 그나저나 다음 주 토요일 시간 되니?"

"다음 주 토요일? 음…… 글쎄, 스케줄 한 번 봐야 할 것 같은데?"

"쳇! 웃기지도 않아."

해정의 코웃음에 혜지가 발끈했다.

"야! 요즘 내가 얼마나 바쁜지 알아? 주말마다 소개팅 건이 꽉 차 있단 말이야."

"그래? 언제는 또 소개팅 안 한다더니? 내가 남자 소개시켜 준다고 해도 콧방귀만 뀌어 놓고선. 웬일이래?"

"그냥, 이제 주변에 같이 놀 친구들이 없잖아. 만만한 게 너였는데 너도 이제는 나랑 놀아 주기 어려울 테고."

"그래, 그래. 잘 생각했어. 그러잖아도 그때 결혼식에서 너 마음에 든다고 소개시켜 달라는 사람 있었어."

해정의 말에 혜지는 머릿속으로 결혼식장에서 만났던 남자들의 얼굴을 떠올렸다.

'나를 소개시켜 달라는 사람이 누구지? 혹시…… 그 우루사? 아이, 우루사 싫은데.'

혜지는 머릿속에서 곰인지 사람인지 구분이 안 되는 김태웅이 가장 먼저 감지되었다.

"혹시, 그 사람 김태웅 아니야? 나 그 사람 싫어!"

"어? 어떻게 알았어? 신기하네. 어떻게 알았지? 아, 맞다! 맞다! 같이 공항에 왔었지. 그런데 그 사람 말고 또 하나 있었는데."

그녀의 말에 혜지는 가슴이 쿵쿵 뛰었다. 혹시, 김진호? 떨리는 마음을 감추고 그녀는 해정에게 물었다.

"그 사람이 누……군데?"

혜지는 침이 바짝 마르자 혀끝으로 입술을 축이며 해정의 대답을 기다렸다.

"이름이 뭐더라? 아, 왜 이렇게 기억이 안 나지? 내가 그때 너무 정신이 없어서, 누가 누군지도 잘 생각이 안 나. 신랑한테 물어봐야 할 것 같다. 아, 맞다. 그 사람이 태웅 씨에게 명함을 전해 달라고 부탁했었을 거야. 명함 뒤에 뭔가 쓴 것 같기도 하고, 나한테 전해 달라고 하기가 좀 어색해서인지 태웅 씨에게 부탁한 것 같은데…… 혹시 못 받았어?"

"뭐야, 그 우루사가 그걸 챙겼단 말이야? 아이 씨, 그걸 왜 지금 얘기해 주는데. 그리고 우루사도 웃기는 인간일세, 그걸 받았으면 재까닥 나에게 줘야지. 왜 나한테 전해 주지도 않은 거야?"

"지금 생각해 보니 뭔가가 딱딱 맞아떨어지네. 태웅 씨가 너한테 마음이 있으니 그걸 전달해 주고 싶겠냐고, 그러면 라이벌이 하나 늘어나는 건데. 어쨌거나 태웅 씨 말고 그 남자 만나 볼 터?"

"뭐, 누군지는 모르겠지만…… 일단 접수해 놓지 뭐. 그럼, 집들이 때 그 사람 오는 거야?"

"그 사람? 혹시 네가 찜해 놓은 남자가 있는 거니?"

정곡을 찌르는 해정의 질문에 혜지는 뺨에서 붉은 열이 나기 시작했다.

"아니, 그냥 '찜했다.' 라기 보다는 뭐 저만하면 괜찮다고 생각한 남자는 있었어."

혜지의 실토에 해정은 상당히 흥미를 가지고 자꾸자꾸 캐묻기 시작했다.

"호오, 그래? 그 남자가 누군데? 이름은 알아?"

"내가 이름 말하면 네가 알아?"

"신랑한테 물어보면 되지. 이 바보야."

"아! 그렇구나."

"어서 말해 봐. 내가 신랑을 통해서 그쪽 마음을 떠 볼게."

혜지는 잠깐 고민을 했다.

'그 남자가 나를 어떻게 생각하는지 정확히 알지도 못하는데 내가 들이댄다는 걸 안다면, 그거야말로 완전 변태녀로 확인 도장 찍히는 거 아니야?'

얼마 전 변강쇠와 했던 소개팅 후유증으로 당장은 남자가 땡기지 않았던 혜지였지만 전철에서부터 결혼식장에서의 만남까지, 왠지 김진호가 자기와 인연이라는 예감으로 조신하게 인연을 이어 가고 싶다는 생각이 들었다.

'그래, 지금 내가 먼저 들이대면 안 돼. 그냥, 집들이 현장에서 호감 모드를 조성하자.'

"확실하지 않아서 말하기 곤란해. 집들이 때 가서 말해 줄게, 네가 아는 것은 상관없지만 니 신랑한테 좀 창피하잖아. 무슨 말인지 알지?"

"그래, 네 마음이 불편하다면 그렇게 해. 그럼 집들이 때 온다는 말인 거다. 너?"

"그래, 그래. 내가 소개팅 약속 다 미루고라도 갈 테니까 걱정 마."

"오케이! 그럼, 조금만 일찍 와서 도와줘라. 내가 신랑한테

네 칭찬 무지무지 많이 해 두었어. 얼마나 요리 솜씨가 좋으면 책까지 냈겠냐고. 인터넷 스타라서 사인 받아 둬야 한다고."

"치! 그게 본론이었구만."

"헤헤헤, 어떻게 알았쩌?"

"알았어, 알았어. 내가 어떤 요리를 해야 할지 미리 어드바이스해서 메일로 리스트 보내 줄게. 토요일 저녁에 하는 거 맞지?"

"응, 어차피 술도 걸치는 거니까 6시 정도까지 오라고 하면 될 거야."

"그럼, 시장은 네가 신랑이랑 미리 봐 두고 대강 손질만 해 둬. 점심 먹고 가서 음식 하는 거 도와줄게."

"너무 고맙다. 이 은혜는 평생 잊지 않을게. 내가 무슨 일이 있어도 집들이 때 남자 줄줄이 꿰어서 갖다 바칠게. 오로지 너를 위하여."

"어우~ 야, 누가 보면 나 진짜 변태인 줄 알아. 난 많은 거 필요 없고 딱 하나면 돼. 알았지? 둘도 셋도 아닌, 하나. 오케이바리?"

"오케이, 그럼 푹 쉬어라. 내가 나중에 전화 다시 하마."

"그래, 너도 몸조리 잘해라."

전화를 끊고 나서 혜지는 생각이 한가득이었다.

'명함을 건네준 사람이 내가 생각한 그 사람이 맞을까? 괜히 나 혼자 오해하고 있는 것은 아니겠지? 아, 정말 궁금해 죽겠네.'

생각해 봤자 답은 나오지 않고 물음표만 바닥에 와르르 쏟아

손가락 끝에 걸린 사랑

지고 말았다. 뭐, 그래도 집들이 때 답은 나오겠지라는 결론에
이르자 한결 머리가 개운해졌다.

✳

집들이 요리를 준비함에 있어 필요한 것은 얼마의 비용으로
할 것인가, 누가 초대되었는가, 신속하게 요리를 준비할 수 있
는가를 따져 봐야 한다. 가장 신경이 많이 쓰이는 집들이는 시
댁 식구들과 회사 직원들이다. 이번 혜지가 준비해야 할 집들이
는 신랑 대학 동창들이라 크게 부담이 되는 자리는 아니다. 중
요도로 따지면 두 번째 정도? 인원수도 10명 안팎을 예상하기
에 해정이 집에서 해 보겠다고 나선 거였다.

혜지가 집들이 음식으로 준비한 것은 대부분이 술안주거리였
다. 누가 보면 호프집에 온 것으로 착각할 만큼, 술안주로 익숙
한 음식들이 상에 놓여졌다.

"아니, 그래도 그렇지. 이거 너무 술집 분위기 아니니? 이거
완전 호프집 메뉴판에서 보았던 음식들이네."

혜지의 상차림을 보더니 해정은 조금 심난해했다. 그도 그럴
것이 골뱅이 파무침에 두부김치, 동태찌개 등등. 술자리에서 혜
지가 자주 시켜 먹었던 메뉴들이 테이블 중앙에 놓여 있었기 때
문이었다.

"혜지, 너 혹시 네가 먹고 싶은 것으로다 준비한 거 아냐?"

"아니라고는 말 못하네."

"얘가, 얘가. 너에 대해서 예쁘고 조신하다고 내가 얼마나 과대 포장했는데, 이건 아니잖아."

"에이, 괜찮아. 예쁘고 조신한 여자도 가끔 술 마셔. 그래도 쟤네들이 오늘 인기 짱일 거다."

혜지 요리의 특징은 별거 없이 후다닥 요리를 하는 데에 있다. 그것 때문에 블로그에서도 많은 사람들의 호응을 받았더랬다. 있는 재료 최대한 활용하기, 그러면서도 근사한 요리 만들기. 그게 혜지 요리의 최종 목표다. 덕분에 예상 비용을 절반으로 줄이는 데 성공했고 그 점은 혜지의 공이 크다는 걸 해정도 인정했다.

6시 반이 넘어서야 인원수가 채워졌다. 물론 다 채워지지 않았다. 딱 한 명이 모자랐는데 그 모자란 인원 하나가 김진호였기에 혜지는 실망감이 컸다. 그런 혜지 마음을 아는지 모르는지 태웅이 계속 혜지 옆에 알짱거리며 말을 시켰다. 오늘 온 친구들은 대부분 짝이 있어서 그런지 혜지에게 별 관심을 표명하지 않았는데 유독, 태웅만 혜지에게 침을 질질 흘리고 있었다. 그 모습은 영락없이 우루사 광고에 나오는 곰이었다.

"야, 어떻게 좀 해 봐."

혜지가 해정에게 다급한 목소리로 속닥댔다. 그녀의 말에 해정은 주변을 두리번거리며 물었다.

"뭘?"

손가락 끝에
걸린
사랑

"저기…… 우루사 아니, 태웅인지 뭔지…… 미치겠다. 계속 내 주변에서 알짱거리잖아."

그제서 해정은 그 분위기를 알아채고 풉풉 웃어 댔다.

"야, 태웅 씨가 너한테 뻑 갔나 보다."

"뻑은, 내 머리가 뻑 돌겠다. 싫다는데도 왜 저리 달라붙니?"

"외롭잖니. 네가 이해해 줘라. 포기하려다가도 눈에 보이면 다시 달라붙는 게 남자란다. 잘 새겨 둬라."

"그나저나 오늘 다 온 거야?"

혜지는 애써 아무렇지 않은 척 표정 관리를 하며 혹시나 하는 눈초리로 상에 앉은 남자들을 훑어보았다.

"왜, 네가 기다리는 사람 안 왔어?"

해정의 말에 목이 잠긴 혜지가 헛기침을 하며 대답했다.

"아니, 뭐…… 그때 본 사람이 없는 것 같기도 하고, 그래서."

"글쎄, 올 사람 다 왔을 텐데…… 아! 맞다, 진호 씨. 그 사람……."

혜지는 딸꾹질이 나오려는 것 같아서 숨을 참고 있었다.

"오늘, 그 사람 못 온다고 했어. 혹시…… 네가 생각하는 사람이 그 사람이니?"

"흐꼭!"

그렇다고 할 수도 없고 아니라고도 할 수 없는 상황에 혜지는 대답 대신 딸꾹질만 해 댔고 오랜 지기인 해정은 혜지의 눈빛만으로도 금방 알아채고 말았다.

"어머 세상에! 김진호였어? 그 사람…… 바람둥이라고 하던데."

철컹!

고장 난 엘리베이터가 떨어지는 것처럼 혜지의 심장이 순식간에 바닥까지 떨어져 버렸다.

"그 사람, 은근히 인기 많다더라. 신랑한테 들었는데 가만히 서 있어도 여자들이 쫓아다닌대. 우리 신랑 말로는 자기도 이해 안 간다고…… 어휴, 안 돼. 그 사람 생각하지도 마. 내가 다른 사람 소개시켜 줄게, 차라리 태웅 씨가 훨얼 낫지. 네 말대로 곰 같긴 해도 우직해서 너 하나만 바라보고 잘해 주기는 할 거야."

"치, 그러면 뭐해? 삐일이 없는데 필!"

기어코 해정이 혜지 머리를 쥐어박았다.

"필 같은 소리 하고 있네. 이제는 너도 실속을 챙겨야 할 나이다. 눈 깜짝할 사이에 서른 넘어가고 그러다 잠시 잠깐 다른 데 정신 팔려 있다가 삼십 대 중반 훅 넘어간다고, 그러다 마흔 넘는 거 금방이라니까. 우리 큰언니 얘기 또 해 줘?"

마흔이 넘도록 시집을 못 간 큰언니 얘기를 듣자면 밤을 하얗게 지새워도 모자란다는 것을 알기에 혜지는 고개를 설레설레 저었다.

이래저래 의욕이 꺾인 혜지는 한창 무르익은 분위기 속을 뚫고 나와 집으로 발걸음을 향했다. 해정과 해정의 신랑, 그리고 몇 명의 신랑 친구들이 더 있다가 가라고 성화였지만 내일 중요한 약속이 있다고 하니 모두들 눈치를 채고 그냥 놓아주었다. 의외로 껌처럼 달라붙을 것 같은 태웅은 의기소침한 모습으로 혼자 술을 홀짝거리고 있었다. 아마도 혜지가 은근히 면박을 주어서 자신에게 티끌만큼의 관심이 없음을 알아챈 것 같았다.

혜지가 집에 도착하니 아직 9시도 안 되는 이른 시각이었다. 간단히 씻고 나와 컴퓨터를 켜 메일을 확인하니 출판사에서 연락이 와 있었다.

"또 책을 내자는 거군."

혜지가 냈던 책의 반응이 좋아 다른 컨셉으로 한 번 더 책을 내자는 연락이었다.

"그래, 돈이나 벌자. 돈이나 벌어. 이것저것 닥치는 대로 벌자고! 돈이 최대의 무기지. 암, 암!"

혜지는 답장을 보내고 자신이 관리하고 있는 블로그에 들어갔다. 여기저기 정보도 확인하고 다시 메일을 확인해 보니 다음 주 중에 가능한 시간 맞춰서 출판사에 들르라는 답 메일이 들어왔다. 다시 답 메일을 보내고 혜지는 침대에 털썩 누웠다.

'나에게 마음을 두었던 남자가 김진호가 아니었나? 명함을 준 사람은 누구지? 그걸 확인 못했네. 그거라도 확인하는 건데, 아니면 우루사에게라도 물어볼걸.'

혜지는 지금이라도 다시 집들이 현장으로 달려가 명함의 주인을 알아내고 싶었다. 그러나 이미 물 건너간 거고 무엇보다 마음에 두었던 김진호가 바람둥이라는 말이 걸려 깨끗이 포기하기로 마음먹었다.

'그래, 그깟 바람둥이…… 잊자. 잊어.'

혜지는 눈을 질끈 감았다.

＊

일부러 점심시간을 피해서 왔건만 출판사 사장은 늦은 점심을 먹으러 간 뒤였고 사무실을 지키던 여사무원은 잠깐 화장실 들렀다 온다고 혜지에게 사무실을 맡기고 나갔다. 조금 황당하기는 했지만 2, 30분 정도 기다리는 것은 어렵지 않았다. 사무실에는 그간 출판사에서 나왔던 책들이 책꽂이에 빽빽이 꽂혀 있었기에 그것만 보는데도 2, 30분은 거뜬히 넘어갈 것 같았기 때문이었다. 화보 위주의 책을 내는 출판사라 그런지 사진만 보며 넘겨도 술술 넘어가는 책들이 많았다.

"흠, 누가 사진을 찍었는데 이렇게 감각이 좋지? 이번에 책 낼 때 이 사진작가가 찍어 주면 좋겠다. 그러면 책이 저번 것보다 두 배는 더 잘 팔릴 텐데……. 어디, 이름을 볼까? 사진작가 이름이…… 김진우, 이름만 보면 분명히 남자 같은데. 여자 못지않게 감성적이네."

혜지가 선 채로 책을 넘겨 보는데 문 여는 소리가 들렸다. 누

군가 들어오는 소리였다. 화장실 다녀온 여사원이라 여긴 혜지
는 별 관심 두지 않고 시선을 책에만 두고 있었다. 그런데 혜지
앞에서 알짱거리고 있는 드넓은 등짝의 주인은 분명 남자의 등
짝이었다.

'뭐야? 이 정체 모를 인간은?'

뒤태만 보인 탓에 아는 척도 할 수 없는 애매한 상황이었다.
그래도 누구인지 물어는 봐야 했기에 혜지는 조심스레 말을 걸
었다.

"저기, 누구……세요?"

혜지의 묻는 소리가 작아서 그런지 등짝의 주인공은 뒤도 돌
아보지 않았다. 당황스러운 혜지는 헛기침을 하고 조금 더 큰
소리로 물었다.

"여기 직원 분이신가요?"

분명 귀머거리가 아니라면 들을 수 있는 소리인데 아무 대답
이 없었다. 그는 그렇게 혜지를 무시했고 혜지는 불쾌한 나머지
자기도 그를 투명 인간처럼 취급하기로 결심했다.

'뭐, 저런 싸가지가 다 있어! 사장님한테 얘기해서 혼내 주라
고 해야지. 어디 두고 보자.'

거칠어진 숨을 억지로 고르면서 혜지는 책장을 세게 넘겼고
결국 책 한 장이 찍 소리와 함께 찢어지고 말았다.

혜지 앞에서 알짱대던 그 남자는 자기가 찾던 것을 찾았는지
아무 말 없이 문 앞으로 다가가고 있었다. 혜지는 입을 있는 대

로 구기며 그를 향해 매섭게 째려보고 있었다. 가자미눈을 뜨던 혜지 눈이 개구리 왕눈이로 변한 것은 바로 그때였다. 자세히 보니 그는 결혼식장에서 봤던 김진호였다. 설마하며 다시 쳐다보아도 분명 그 남자였다. 혜지는 다시 남자를 확인하고자 빛의 속도로 문 앞으로 달려갔다. 그러나 그 남자는 혜지를 쳐다보지도 않고 그냥 나의 길을 가련다 하며 저만치 걸어가고 있었다.

"저기요, 저기요. 이보세요! 김진호 씨!"

우렁차게 부르는 혜지의 목소리를 모르는 척하고 남자는 복도 끝으로 사라지고 말았다.

"뭐야, 저 인간? 저 정도로 싸가지 없는 놈이었어? 아냐, 지금 내가 꿈꾸고 있는 건지도 몰라. 아닌데, 이 훤한 대낮에 눈 뜨며 꿈을 꾸고 있을 리는 없고 미치겠네. 사람이 부르는데 쳐다보지도 않고. 허참, 기분 나빠 죽겠네."

혜지는 마음 같아서는 끝까지 달려가 확인해 보고 싶었지만 사무실도 비어 있고 그 사람 붙잡는다 해도 딱히 뭐라고 할 말이 없었기에 그냥 가만히 있기로 했다. 마침 그때 양치질을 하고 온 여사무원이 사무실로 들어왔다.

"저기요. 여기 남자 직원도 있나요?"

혜지의 질문에 여사무원은 칫솔에 묻은 물기를 탁탁 털며 고개를 갸웃거렸다.

"남자 직원이요? 모두 여자뿐인데. 사장님도 여자, 편집장님도 여자. 남자? 남자는 없는데."

손가락 끝에
걸린
사랑

'뭐야? 내가 헛것을 본 게 맞는 거야? 내가 아무리 김진호에게 마음이 있다 해도 헛것이 보일 정도는 아닌데.'

혜지는 살살 두려워졌다.

"아, 맞다!"

갑자기 여사무원 목소리가 커졌다.

"여기 정식 직원은 아니지만 프리랜서 작가님 한 분이 계세요. 사진작가님."

"아, 그렇구나. 혹시 그분 성함이……."

혜지가 한 발 다가가 물어보는데 하필 전화벨 소리가 요란하게 울어 댔다. 여사무원이 전화를 받느라 잠시 대화가 끊겼다.

"사장님, 지금 올라오시는 중이래요. 잠깐 앉아 계세요."

"아, 네."

다시금 질문을 하려던 혜지는 잠깐 머뭇거렸다. 여사무원에게 김진호에 대해 계속 물어본다면 자신을 이상하게 생각할 것 같아서였다. 차라리 사장에게 물어보는 것이 더 나을 듯싶었다. 사실 혜지와 나이가 크게 차이 나지 않는 젊은 사장이기에 그녀는 사장 쪽이 더 편했다. 자신보다 한참 어린, 이제 갓 고등학교를 졸업한 어린 여사무원에게 남자 직원에 대해 꼬치꼬치 묻는 것은 쪽팔리는 일이라 생각되었다.

"아이고, 죄송합니다. 얼른 일어서려고 했는데, 이야기가 길어져서 많이 기다리셨지요?"

숨찬 목소리로 문을 열고 들어온 사장이 혜지에게 악수를 청하며 말했다.

"아니에요. 식사는 맛있게 하셨어요?"

사장이 얼굴을 찡그리며 손사래를 쳤다. 아마도 상당히 불편한 자리였던 것 같다.

테이블 위에 차를 놓고 이야기를 시작했다.

"이번 책 컨셉은 바쁜 싱글들을 위한 스피디 쿠킹이에요. 물론 다른 출판사에서도 그런 주제를 가지고 나온 책이 여러 권 있는 걸로 알고 있지만, 우리가 그 책들과 다르게 방향을 잡은 것은 그보다 고급 분위기가 나는 요리라고나 할까요? 요즘 젊은 사람들 취향에 맞게."

"그렇다면 시간이나 재료비 면에서 부담이 될 수도 있을 텐데요."

"그러니까 혜지 씨와 상의하려는 거죠. 가격도 부담 없으면서 시간도 빠르게, 그러면서도 패밀리 레스토랑 분위기가 나는, 그런 요리를 한다는 거죠. 너무 어렵나요?"

"네."

예상하는 답은 '아니요!'였는데 혜지가 너무 간단하게 대답하자 사장은 조금 당황한 눈빛이었다.

"하하, 우리 작가님 장난꾸러기! 능력 있으시면서 왜 그래요?"

"아니, 그래도 저에게 매우 많은 것을 기대하시는 것 같아서요."

"아이, 분명히 잘하시리라 믿는다니까요. 제가 특별히 이번 책

손가락 끝에
걸린
사랑

을 내려고 뛰어난 솜씨를 가진 사진작가까지 벌써 섭외했어요."

"혹시…… 그 사진작가, 아까 보았던 남자 분인가요?"

혜지의 말에 사장은 놀라는 눈으로 반색을 했다.

"봤구나! 그 사람, 이 계통에서는 꽤나 일 잘한다고 소문난 사람이에요. 그 사람과 같이 작업하면 무조건 안심해도 돼요. 그니까 혜지 씨가 구성만 잘 짜 주세요. 조금 어렵다 싶으면 같이 조절하면 되고."

"그럼, 이번 작업부터 그 사진작가님과 같이하게 되는 건가요?"

"그렇죠."

너무 당연한 말이라는 듯 사장은 연신 고개를 크게 끄덕였다.

혜지는 잠시 갈등했다. 사장 말대로라면 실력이 출중할지 모르지만 아까 보여 준 그 남자의 행태는 이루 말할 수 없이 괘씸했다.

'아니다, 그 사람이 정확히 맞는지 아닌지도 모르는데.'

일단 한 번 사장에게 물어보자 생각한 혜지였다.

"저기, 그 사진작가 이름이 어떻게 되지요?"

"아! 내가 이름을 얘기 안 했구나. 김진우예요."

"네에? 혹시 김진호가 아니고요?"

사장은 고개를 세차게 저으며 다시 한 번 확인해 주었다.

"김진우. 저기 꽂혀 있는 책들, 사진 담당이 김진우 작가예요. 모두 그 작가가 찍은 것들이에요. 한 번 보여 줄까요? 얼마나 멋진 작가인지?"

혜지는 고개를 가로젓고 대답했다.

"아니에요, 아까 잠깐 봤어요."

혜지는 귀신에 홀린 것 같아 머릿속이 혼란스럽기만 했다.

'뭐지? 이름을 내가 헷갈린 건가 아니면 비슷한 사람을 혼동한 건가. 정확하게 한 번 더 보면 확실할 텐데……'

기다리게 한 것이 미안해서인지 출판사 사장은 혜지가 극구 사양하는데도 배웅을 해 주었다.

"일단 내일 제가 대충의 계획서를 보여 드릴게요. 내일 오전 중에 시간 괜찮으시죠?"

혜지가 다니던 회사를 그만둔 것을 알고 있기에 사장이 그렇게 말 한 거였다.

"네, 시간 여유로우니까 이번 책은 조금 더 신경 쓸 수 있을 것 같아요."

"아이고, 감사합니다. 저번 책도 반응이 좋았거든요. 대박은 아니어도 중박 정도는 되어서 우리 회사에 많은 도움이 되었답니다. 감사하게 생각하는 거 아시죠?"

"아이, 쑥스럽네요."

"빈말 아니에요. 어?"

사장이 보는 쪽을 같이 쳐다본 혜지는 심장이 쿵쿵댔다. 김진호였다. 분명, 김진호다.

혜지는 눈에서 불꽃이 튀기는 것을 느꼈다. 그가 이쪽으로 걸어오고 있었다.

그때 사장이 얼른 혜지에게 속삭였다.

"바로 제가 말한 김진우 사진작가예요. 인사 나눌래요?"

혜지는 도저히 그와 인사를 나누고 싶지 않았다. 고개를 가로
젓고 말했다.

"아니에요. 오늘은 바빠서 그만 가고 내일 보죠. 갈게요."

혜지는 쿵쿵 소리를 내며 버스 정류장으로 걸어갔다. 걷는데
발걸음이 계속 떨어지지 않았다. 결국 그녀는 다시 되돌아가 김
진호를 향해 돌진했다. 그리고 그에게 큰 소리로 쏘아붙였다.

"이보세요! 다음부터는 사람을 보면 아는 척 좀 하세요! 알았
어요?"

부들부들 떨면서 외치는 혜지를 남자는 그저 멍한 눈초리로
바라만 보고 있었다. 너무도 기가 막혀 더 따지고 싶었지만 다
시금 빨갛게 익어 가는 얼굴에 혜지는 더는 그 자리에 있을 수
가 없어 자리를 피했다. 게다가 사장까지 혜지의 행동에 놀란
눈으로 쳐다보고 있었다.

'정말 이상하다. 저놈 머리가 나쁜 건가? 나에게 그렇게 관
심 없어도 그렇지. 혹시, 혹시……?!'

혜지는 뭔가가 짚이는 게 있었다. 휴대폰을 꺼내 당장 해정에
게 전화를 걸었다.

"해정아, 난데 바빠?"

"아니, 안 바빠. 왜 그러는데?"

"물어볼 게 있어서. 저기…… 김진호 말인데."

"김진호? 그 사람이 왜? 야! 그 사람 바람둥이라고 가까이하지 말라고 한 것 같은데."

"가까이하라고 해도 안 해. 내가 오늘 얼마나 열 받았는데, 근데 조금 이상한 게 있어서 그거 물어보려고 전화한 거야. 그 사람 혹시 쌍둥이 아니니?"

"어? 그걸 네가 어떻게 알았어?"

"……!"

"아닌 게 아니라, 우리 신랑이 한 번 나한테 얘기한 적이 있어. 진호가 쌍둥이 동생이 있는데 자기 동생에 대해서는 별 얘기가 없어서 자기도 몰랐다가 오해한 일도 있었대. 분명히 김진호 맞는데 아는 척을 안 하고 그냥 쌩 까고 지나가서 나중에 진호 씨에게 따지고 들었더니 실은 자기 쌍둥이라고 실토하더래. 그런데 다른 쌍둥이들하고 달리 그다지 자기 동생에 대해서 얘기하고 싶어 하지 않는다던데? 무슨 일인지 나도 모르겠지만……."

"세상에…… 그랬었구나. 내가 오늘 그 쌍둥이 동생을 봤잖아. 어쩜 좋니, 미치겠다. 나 왜 이러니? 쌍둥이 형제에게 골고루 망신살 뻗쳤네. 무슨 악연이래."

"둘이 무슨 일 있었어?"

"무슨 일 정도가 아니다. 내일 당장 봐야 하는데 이게 무슨 개망신이야. 아이 쪽팔려. 내일 마스크로 단단히 무장하고 가던지 해야지 원."

"너 혹시 진호 씨 동생에게 들이댔니? 어이쿠, 혜지 너, 20대 끝물이라고 요즘 들어 안 하던 짓을 하는구나. 쯧쯧쯧……. 아참! 그리고 그때 명함 줬던 그 남자. 네 짐작대로 김진호 맞더라. 내가 그때 신랑 친구들 누가 누군지 몰라서 헷갈려 하고 있었는데 신랑이 나중에 얘기해 주더라고. 바람둥이만 아니라면 다시 만나게 해 줄 텐데. 그래도 만나 볼래?"

"휴우, 내가 지금 그 김진호 만날 정신 아니다. 그저 이대로 조용히, 조용히…… 당분간 조용히 살란다. 끊어라."

"그래? 싫으면 말구, 너무 심난해하지 마라. 안 보면 그만이지 뭐. 끊어!"

해정과 전화를 끊은 혜지의 얼굴은 아직도 뜨거웠다. 아니 전화를 끊고 나서 점점 더 뜨거워졌다. 김진호가 명함을 줬다는 것이 하나도 기쁘지 않을 정도로 온몸이 뜨끈뜨끈해지고 있었다.

'아…… 지금 삽자루만 내 손에 들려 있으면, 땅굴 파고 들어가서 아예 뼈를 묻고 싶다.'

혜지는 괴로운 마음에 두 손으로 얼굴을 감쌌다.

✱

밤에 한숨도 자지 못한 혜지는 푸석푸석한 얼굴로 아침을 맞앉다. 오늘따라 머리카락까지 부스스한 게 한 움큼 잘라 빗자루를 써도 될 것 같았다.

"에효오."

한숨을 10미터 밖으로 내뱉으며 혜지는 힘없이 빗질을 했다.

"화장은 왜 이렇게 안 받아?"

분첩으로 아무리 꼭꼭 두드려도 하얀 파우더는 혜지 얼굴 위에서 둥둥 떠다녔다. 겨우 겨우 화장을 하고 최대한 눈에 띄지 않는 옷을 골라 입고 집을 나섰다.

혜지가 출판사 사무실에 도착하니 서너 명의 직원들이 앉아 있었다. 그런데 김진호의 동생이라고 하는 사람은 보이지 않았다. 혜지가 들어갔을 때 전화를 받고 있던 사장은 통화를 끝내고 반갑게 그녀를 맞아 주었다.

"일찍 오셨네요. 차 한 잔 드릴까요? 커피? 녹차?"

"제가 타 마실게요."

"아니, 제가 직접 타 드리려고 했는데."

"괜찮아요. 제가 직접 타 마시는 게 편해요."

"그러면 그러세요. 요즘은 취향들이 다 있어서 괜히 입에 안 맞으면 안 되니까. 참! 사진작가님 곧 오실 거예요. 차가 막히는지 조금 늦는다고 문자 왔어요."

"네……."

전혀 기다리지 않았던 사람이기에 그녀는 몸과 마음이 괜히 위축되었다. 사장은 어제 말했던 기획안을 들고 혜지와 이야기

손가락 끝에 걸린
사랑

를 나누었다.

"요리의 전 과정을 사진으로도 내지만 인터넷으로 동영상으로 맛보기 서비스를 제공할 예정이거든요. 한마디로 비주얼로 승부를 한달까? 그래서 이번은 특히 촬영에 신경 써야 할 것 같아요."

"설마, 제 얼굴도 같이 나오는 건 아닌가요?"

"뭐, 자주 나오지는 않겠지만 아무래도 조금은 나오겠죠? 왜요?"

"제 얼굴이 거국적으로 알려지는 것은 좀 부담스러운데……"

"아이, 무슨 말씀이세요. 얼굴도 예쁘신 분이, 정 부담스러우시면 요리하는 손 위주로 촬영하면 되죠. 사진작가님이 사진뿐만 아니라 동영상 촬영, 편집도 상당히 뛰어나요. 편집을 워낙 매끄럽게 잘하더라고요. 뭔가 동물 같은 본능으로 특출한 감각이 있다고나 할까? 같이 일하다 보시면 아마 깜짝 놀라실 거예요."

"네에."

혜지의 심드렁한 말투에 사장은 덧붙여 말했다.

"작가 분이 시각과 후각, 촉각적인 게 상당히 예민하신 분이라 디테일에 강해요. 남들이 느끼지 못한 뭔가를 잘 캐치하더라고요. 굉장히 감각적이죠. 말보다 직접 경험해 보시는 게 확실할 겁니다."

혜지는 역시 무덤덤하게 고개를 끄덕였다. 그때 사장이 칭찬을 아끼지 않은 그 남자가 들어왔다. 역시 그는 아무 말 없이 고개만 까딱였다. 오해는 풀렸지만 혜지는 그 남자 태도가 몹시 못마땅했다. 정중한 인사말도 없이 고개만 까딱이는 남자의 태도가 성의 없어 보였기 때문이었다.

'뭐야? 어떻게 저러냐? 형은 바람둥이긴 해도 깍듯하게 인사하던데.'

가만히 살펴보니 김진호와 많이 닮기는 했지만 인상은 전혀 달라 보였다. 김진호는 목소리뿐만 아니라 얼굴 전체에 느끼함이 좌르르했는데, 이 사람은 김진호와 얼굴만 같았지 분위기는 영 딴판이었다. 김진호에게 기름을 거둬 낸 것 같은, (김진호 − 느끼 = 김진우)라고나 할까?

혜지의 불쾌한 얼굴을 감지했는지 사장이 그녀를 조용히 구석에 불러내어 속삭였다.

"참, 제가 얘기 안 했나요? 김진우 작가…… 소리를 전혀 못들어요."

"네에?"

혜지는 커다란 망치로 머리를 얻어맞은 듯 머리가 멍했다.

'그랬……구나. 그래서 내가 큰 소리로 불러도 아무런 대답이 없었구나.'

혜지는 잠시 숨이 멎은 듯 아무 소리도 내지 못했다. 아니, 숨조차 내쉴 수가 없었다. 지금껏 오해하고 미워했던 것이 미안

손가락 끝에
걸린
사랑

해졌다.

"어렸을 때 열병으로 그렇게 되었대요. 자존심이 세서 목소리를 전혀 내지 않으려 해요. 분명 학교에서 발성 연습을 했을 텐데……. 괜히 아는 척하지 마세요. 자기에게 연민 가지는 거…… 제일 싫어하거든요."

사장의 말에도 불구하고 진우를 바라보는 혜지의 눈동자는 작게 흔들리고 있었다.

3.

가슴이 떨리다

　요즘 전철을 타면 피식 웃음이 새어 나오는 증상이 진호에게
생겼다. 그 증상은 한 달 전 대학 동창 결혼식장 때부터 생긴
버릇이다.

　"정혜……지?"

　진호는 나직이 그녀 이름을 중얼거렸다. 전철에서 처음 그녀
가 그의 뒤에서 숨소리를 거칠게 냈을 때는 분명 변태녀로 생각
했었다. 변태남이 있다는 말은 들었어도 변태녀가 있는 줄을 몰
랐었기에 상당히 놀라 뒤를 돌아보게 되었는데, 빨갛게 상기되
어서 숨을 몰아쉬는 그녀 모습은 변태 같다기 보단 대여섯 살
먹은 어린아이같이 귀여웠다. 그렇게 느꼈던 결정적 이유는 그

손가락 끝에
걸친
사랑

녀의 커다랗고 맑은 눈동자 때문이었다. 분명 자신과 비슷한 또래의 여자로 보이는데, 눈빛만은 그 나이에 맞지 않게 상당히 맑았다. 진호에겐 참 인상적이었고, 그녀 몰래 웃음을 참아야만 했었다. 그렇게 그냥 스치는 인연일 수 있었는데 결혼식장에서 그녀를 다시 보게 되자 혹시 운명은 아닐까라는 생각이 들었다.

"이상하네. 그런데 왜 연락이 안 오지? 지금쯤 연락을 하고도 남을 시간인데……."

진호는 자신이 직접 명함을 건네며 얘기하지 못한 게 못내 아쉬웠다. 시간적 여유가 있었다면 능숙한 솜씨로 그녀에게 작업을 걸 수도 있었다.

'혹시 태웅이 자식이 명함을?'

그럴 가능성은 충분히 있다고 짐작이 간 진호는 그래도 개의치 않았다. 자신의 친구 와이프인 해정을 통해 다시 연락을 하면 되니까.

진호는 기분 좋게 전철로 올라탔다.

삑삑!

휴대폰에 문자가 들어온 것을 확인하는 동안 진호 표정은 아까와 달리 그늘이 드리워졌다. 메시지를 보낸 것은 동생 진우였다. 진호는 진우 생각만 하면 늘 표정이 어두워지곤 했다. 자신의 어두운 뒷면인, 빛이 사라진 슬픈 그림자 같은 존재가 진우였다. 동생이지만 진호에게 진우는 들춰 보고 싶지 않은 아픈 상처일 뿐이었다.

쌍둥이로 태어난 진호와 진우는 같은 운명이 아니었다. 그들은 쌍둥이에 미숙아로 태어났다. 다행히 상태가 나았던 진호는 금세 인큐베이터에서 나왔지만 진호보다 1kg 가까이 덜 나갔던 진우는 한 달이 넘도록 인큐베이터 신세를 져야만 했다. 죽을 목숨으로 생각했던 아기가 살아서 돌아온 것만으로도 기뻐했던 부모님은 그 둘을 극진히 보살폈다. 하지만 처음부터 약하게 태어났던 진호와 진우는 차례로 병치레를 해야만 했고 그러다 꼭 맞아야 하는 예방접종도 놓치게 되었는데 그로 인해 진호가 홍역을 크게 앓게 되었다.

쌍둥이는 원래 하나가 병에 걸리면 다른 하나도 같이 앓게 된다는데, 진호가 홍역을 크게 앓는 바람에 진우까지 살펴보지 못하게 되었다. 가족 모두가 진호에게 매달리는 동안 아무도 진우의 홍역 증세에 대해서 눈치채지 못했다. 결국 진우는 홍역의 합병증으로 중이염을 얻었는데 그 중이염을 발견한 것은 이미 청각이 거의 손실된 후였다. 그사이 부모님의 이혼으로 진호와 진우는 떨어져 살게 되었다. 진호는 아버지와 진우는 어머니와…….

제때에 치료를 받았더라면 비록 보청기를 끼더라도 약간의 소리는 감지했을 것이다. 그러나 이제는 완전히 청력을 잃어서 지금 수술을 한다고 해도 아무런 소용이 없게 되었다.

아버지와 같이 살기에 크게 경제적으로 어려움이 없었던 진호는 홀어머니와 외롭게 살고 있었던 진우가 마음에 걸렸다. 자

손가락 끝에
걸린
사랑

신으로 인해 진우가 평생을 장애로 산다는 것에 대한 일말의 죄책감이 그를 편하게 보지 못하게 했다. 그러하기에 진우가 자신에게 문자를 줄 때마다 부담스럽다.

진우는 고개를 저어 생각을 털어 버리고 문자를 확인했다.

[어머니가 형 보고 싶다고 하셔, 한 번 찾아가 봐.]

부모님이 이혼하고 나서 진호는 종종 엄마를 만났다. 그러나 그 종종은 가끔으로 바뀌고 나중에는 아주 가끔, 그리고 또 세월이 지난 후에는 거의 보지 못하는 사이가 되어 버렸다. 결정적인 이유…… 어머니의 알코올중독 때문이었다.

쌍둥이 뒤치다꺼리를 하느라 정신이 없는 동안 아버지는 다른 여자와 바람이 났고 그로 인해 이혼을 하게 되었다. 어머니는 이혼의 이유가 되었던 쌍둥이에 대한 원망, 특히나 진우에 대한 원망이 컸다. 결국 진우는 누구보다 더 보살핌을 받았어야 했음에도 불구하고 그렇게 방치되었다. 아버지는 어릴 때 헤어진 진우에 대해 별다른 애정이 없었다. 진우와 별로 마주치지도 않은 것이 이유이기도 했지만 진우가 일반 아이들과 다르다는 생각에 보이지 않은 벽을 두었고 자신의 아들임에도 부담스러워했다. 그는 오직 진호만을 아들로 인정해 주었다. 재혼으로 얻은 새로운 가족에게 정을 주게 되면서 진우에 대한 생각은 완전히 그의 관심 밖으로 밀려났다.

이 모든 것을 자신이 감당하기 힘들었다고 어머니는 진호만 보면 한탄을 늘어놓았다. 하지만 진호가 보기에 최대 희생자는 진우였다.

'가엾은 진우……'

진우가 그렇게 살아왔다는 것에 안타까움을 느끼는 진호지만 그렇다고 자신이 딱히 해 줄 만한 것이 없다는 냉정한 생각도 들었다. 이렇게 진우가 부탁하면 병원에 들러 엄마를 만나 뵙는 게 최대한의 성의일 뿐이었다.

그래도 가끔은 상상해 볼 때가 있다.

'나와 진우의 운명이 바뀌었다면……'

그런 상상이 쓸데없다란 생각이 들 때, 전철 문이 열렸다. 진호는 심호흡을 크게 하고 밖을 향해 걸어 나갔다.

❋

[엄마, 저 출판사 다녀올게요. 오후에 형이 들른다고 했어요. 여기 선생님들 말씀 잘 들으시구요.]

진우는 수화 대신 조그만 메모장에 또박또박 글씨를 써서 엄마에게 보여 주었다. 다른 사람들과의 대화는 휴대폰을 이용하지만 노안 때문에 작은 글씨가 보기 어려운 어머니를 위해 일부러 크게 글씨를 쓰는 것이었다. 오늘도 그녀는 그에게 그저 무덤덤하게 고개를 끄덕일 뿐이었다. 늘 무표정인 그녀가 어쩌다 웃음을 보이는 날은 형 진호가 그녀를 보러 오는 날이다. 아쉽고 섭섭한 마음이 있지만 진우는 애써 참고 있었다.

손가락 끝에
걸린
사랑

그는 카메라가 들어 있는 커다란 가방을 메고 병원 문을 나섰다. 새로운 일을 시작할 때마다 진우는 늘 긴장된다. 일하는 것에 있어서 그는 최고지만 새로운 사람들을 만나는 것이 쉬운 일은 아니다. 아니, 정확하게 말하면 많이 불편하다.

어린 시절 그는 유사자폐 증세가 있었다. 청각을 잃은 데다 어머니의 방치로 인해 그는 혼자 노는 것에 익숙했고, 주위의 반응에 대해서도 관심이 없었다. 아마도 계속 그런 상태가 되었다면 그는 사회생활이 불가능할 뿐더러 정상적인 생활도 어려웠을 것이었다. 다행히 그가 다니는 어린이집 선생님이 그의 이상 증상을 눈치채고 어머니에게 말씀을 드려 치료를 받게 했다. 잠깐이긴 했지만 그때 어머니는 정신을 차리고 한동안 진우에게 매달렸고 그로 인해 유사자폐 증세는 많이 호전이 되었다. 그러나 아직도 어릴 때의 흔적이 남아 있는 그에게 사람 관계를 맺는 것은 항상 어려운 일이었다.

오늘도 그는 사무실 문을 열기 전, 깊은 심호흡을 하며 떨리는 마음을 몰아냈다. 문을 열자, 어제 잠깐 봤던 그 여자, 혜지가 소파에 앉아 있었다. 진우와 혜지는 눈이 마주쳤고 순간 둘의 얼굴이 확 달아올랐다. 혜지는 혜지대로 진우는 진우대로 서로에게는 얼굴이 빨개질 이유가 있었다.

"김진우 작가님 오셨어요?"

여사무원이 고개 숙여 인사를 했다. 그 소리에 사무실 안에 있던 사람들 모두 인사를 했다. 혜지만 쑥스러운 얼굴로 고개를 까딱거렸다. 그에 진우도 꾸벅 하고 인사를 했다.

"어서 와요."

언제나 상냥한 웃음이 가득 흐르는 사장이 진우의 팔을 끌어다 혜지 옆에 앉혔다. 순간 둘은 침을 꼴깍 삼키고 말았다.

사장은 혜지와 진우를 나란히 앉혀 놓고 말을 꺼냈다.

그의 귀는 들리지 않아도 상대방의 입 모양을 보면 어떤 내용인지 거의 알아들었다. 문제는 진우가 수화를 모르는 상대방에게 의사표현을 할 때다. 말로 표현을 할 수가 없기에 답답할 수 있을 텐데 그는 불편하지 않았다. 그가 의사를 전달하는 방법은 글씨로 적는 것 외에 마임이 있었기 때문이었다. 그는 중학교 때부터 마임을 배웠다. 그 마임은 그와 세상을 연결하는 또 다른 소통도구였다. 천부적인 섬세한 손짓과 동작은 그를 정식 마임니스트로 이끌었다. 혜지의 염려와 달리 그는 일하는데 전혀 지장이 없었다.

"오늘부터 작업 들어갑니다. 작업실은 우리가 마련했어요. 한 달 정도 생각하고 있는데, 그보다 더 빨리 끝나면 좋고, 뭐…… 늦게 된다 하더라도 일주일 이상은 안 되는 거 아시죠?"

거기까지 말해 놓고 사장은 멋쩍은지 부러 큰 소리를 내어 웃어 댔다.

"호호호, 비용 때문이 아니라 책을 빨리 내야 하니까, 한 달을 세내는 거니까 거기서 먹고 자도 됩니다. 그렇다고 둘이 동거하라는 말은 아니구요. 호호호."

손가락 끝에
걸린
사랑

자기가 한 농담이지만 참으로 썰렁하다고 생각했는지 사장은 계속 웃음으로 얼버무리고 있었다.

"여기 작업실 약도와 현관문 비밀번호예요. 비밀번호는 두 분이서 상의하고 바꿔도 상관없습니다."

혜지가 사장이 건네준 약도를 보니 출판사에서 그리 멀지 않은 곳이었다. 집에서 출판사가 가까운 혜지는 만족한 듯했다. 그에 반해 진우의 표정은 알쏭달쏭한 것이 마음에 든다는 것인지 안 든다는 것인지 가늠이 안 되었다.

'아이, 말도 안 통할 텐데 어떻게 일을 같이할 수 있을까?'

혜지는 걱정이 밀려들어 사장에게 물었다.

"거기는 가전제품이 다 구비되어 있나요?"

"물론이죠! 여느 가정집처럼, 제대로 잘 꾸며져 있어요. 그릇들까지……. 넓은 평수는 아니어도 있을 건 다 있답니다. 뭐 별도로 필요한 것 있으세요?"

"아니, 거기서 살림하며 살 것은 아니라 다른 것은 필요 없지만……."

혜지는 진우의 눈치를 살피며 손으로 입을 가리고 얼른 말했다.

"음악이라도 들으며 작업해야 할 것 같아서요."

혜지가 말하려는 의도를 알아챈 사장은 고개를 끄덕였다.

"오디오뿐만 아니라 TV도 있습니다. 컴퓨터만 본인들 것을 가지고 가시면 되구요."

그제야 모든 것이 해결된 듯 혜지는 밝은 미소를 지었다.

작업실까지 걸어가는 동안 혜지와 진우는 말이 없었다. 물론 말없이 걸을 수밖에 없었지만 그래도 그 어떤 예의상의 행동도 없이, 혜지는 혜지대로 생각에 빠져 있었고 진우는 진우대로 카메라를 만지작거리며 주위 풍경에 관심을 가졌다.

"휴우."

작은 한숨이 혜지의 입에서 흘러나왔다.

'한 달 동안 이렇게 지내는 건 나에게 무지무지 가혹한 일이야. 최대한 서둘러서 빨리 끝내야지. 그러고 보니 지금 이렇게 꾸물댈 시간조차 없어.'

혜지는 마음이 바빠지자 걸음까지 빨라졌다. 그러다 보니 천천히 주위를 둘러보며 걷던 진우와 거리가 많이 떨어지게 되었다. 뒤를 돌아본 혜지는 미간을 살짝 찌푸리며 진우에게 다가가 그의 팔을 살짝 잡아끌었다.

"저기요……. 빨리 가지요. 당장 오늘부터 일을 시작해야 되니까요!"

소용없다는 걸 알면서도 혜지는 큰 목소리로 진우에게 말했다. 가는귀가 먹었던 할머니에게 말할 때 그녀는 일부러 큰 소리로 또박또박 말한 경험이 있었다.

진우는 혜지가 자신에게 말하는 것보다 자신의 팔을 잡아끄는 것에 더 신경이 쓰였다. 무슨 말인지 대충 알아들은 진우는

손가락 끝에
거부
사랑

조용히 고개를 끄덕였다.

작업실은 정말 말 그대로 작업실이었다. 잠을 자기 위한 공간
은 없고 잠깐 쉴 수 있는 소파가 하나 덜렁 있을 뿐이었다. 청
소는 깔끔히 해 놓은 상태였기에 별로 할 일은 없었다. 혜지가
이리저리 둘러보며 무엇이 있는지 알아보고 있는 사이 진우는
카메라를 들어 빛의 방향을 알아보는 중이었다.

그러던 중 진우의 카메라 렌즈 속에 혜지가 들어왔다. 그냥
지나칠 수 있었지만 어느 순간 혜지는 훌륭한 피사체가 되어 있
었다. 진우는 저절로 셔터를 눌러 댔다. 그것을 눈치채지 못한
혜지는 오디오 카세트를 작동시키고 있었다.

"음악이나 들어 볼까? 어?"

혜지는 CD플레이어 안에 들어 있는 오래된 CD를 꺼내 보
았다.

"와우! 공룡이 살던 시절에 들었을 법한 노래들이네."

혜지는 다시 CD를 집어넣고 플레이를 눌렀다. CD플레이어
에서 흘러나오는 노래는 한때 전 세계를 강타했던 전설 같은 곡
이었다. 그 노래에서 흘러나오는 드럼 소리는 심장을 흔들 만큼
강했다. 딱딱 떨어지는 박자에 혜지의 고개가 저절로 흔들었다.
문득 혜지는 혼자만 듣는 음악에 진우에게 미안함을 느끼고 그
에게 다가가 스피커에 손을 대라는 몸짓을 보였다.

"여기, 여기에 손을 대 봐요."

혜지가 무슨 생각으로 자기에게 그러는지 몰라 진우는 머뭇거렸다. 그러자 과감하게 혜지가 진우의 손을 잡아 스피커에 가져다 댔다.

"한번 소리를 느껴 봐요. 이 노래는 비트가 강하기 때문에 들리지 않아도 만지면 느낄 수 있어요."

진우는 스피커에 손을 대며 둔탁하게 자신을 때리는 진동을 느끼고 있었다. 그 진동 소리는 마치 지금 진우의 심장에서 쿵쿵 울려 대는 소리와 같이 박자를 맞추고 있는 듯했다.

진우의 뺨이 점점 빨갛게 달아오르고 있었다. 속눈썹이 파르르 떨릴 정도로 가슴이 두근거렸지만 그는 용기를 내어 혜지의 옆모습을 바라보았다.

❊

혜지는 오늘 첫 촬영에 쓰일 재료부터 사러 나가야 했다. 일곱 가지 샐러드와 다섯 가지 파스타를 만들기로 결정하고 혜지는 진우와 함께 대형마트로 향했다. 혼자 후딱 다녀와도 되겠지만 작업실에서 진우 혼자 딱히 할 일도 없을 테고, 짐도 들어줘야 하기에 같이 가기로 했다.

미리 적어 둔 재료를 확인하면서 장을 보았다. 재료비도 최대한 아껴 써야 하는 관계로 꼼꼼히 가격을 체크했다.

"우리, 뭐 좀 먹고 장보기 해요. 배가 고프니까 이것저것 다

손가락 끝에
건한
사랑

눈이 가서 안 되겠어요. 진우 씨 뭐 좋아해요?"

혜지는 진우를 잡아 세워 천천히 물었다. 진우는 씽긋 웃으며 휴대폰에 문자를 찍었다.

[떡볶이하고 김밥이요.]

진우가 찍은 문자를 보고 혜지는 김이 샜는지 입을 쑤욱 내밀었다.

"애걔, 겨우 그거요? 흠, 뭐 좋아요. 점심은 간단히 해결하고 저녁은 오늘 촬영한 거로 근사하게 식사하죠."

혹시라도 진우가 못 알아들을까 혜지는 손짓, 몸짓을 크게 하며 자신의 뜻을 표했다.

11시 10분. 점심시간치고는 매우 이른 시각이었지만 배가 든든해야 일을 더 빨리 할 수 있을 것 같아 떡볶이, 김밥에 순대와 튀김까지 추가해서 배부르게 먹었다. 혜지가 너무 맛나게 먹는 것을 보며 진우는 연신 손등으로 웃음을 찍어 내야만 했다.

'혜지 씨 먹는 게 너무 귀엽다.'

물까지 마시고 나서 냅킨으로 입술을 꾹꾹 눌러 닦은 혜지가 배를 두드리며 그에게 물었다.

"아, 잘 먹었다. 진우 씨도 잘 드셨어요?"

혜지의 물음에 미소를 흘리며 진우가 고개를 끄덕였고 그 미소는 혜지 마음 깊은 곳에 닿았다.

'미소가 예쁘네. 그런데 왜 마음 한쪽이 아프지?'

혜지는 진우의 미소에 괜히 가슴이 울렁거리고 눈가에 물기가 머금어졌다. 하지만 그 이유를 도저히 알 수가 없었다.

둘은 지하로 내려가 식품 코너로 카트를 잡아끌었다. 스파게티와 여러 가지 모양의 파스타와 라면, 토마토, 파프리카, 오이, 달걀, 피클, 바질, 파슬리 가루, 우유, 마늘, 가지, 양송이버섯, 감자, 양파, 올리브유, 건고추, 청주, 참기름, 간장, 설탕, 연 겨자, 고추장, 고춧가루, 마요네즈, 샐러리, 브로콜리, 양상추, 소금, 후추, 팩에 담겨진 각종 해물 등등 재료들을 카트에 담아내니 한가득이었다. 모두 들고 가는 것은 불가능하고 당장 써야 할 몇 가지 물건과 계란만 직접 들고 가기로 결정하고 나머지는 배달을 시켰다.

혜지는 물건을 나눠 들으려 했지만 진우가 혜지가 들은 것까지 빼앗아 가다시피 해서 그녀의 손은 무척이나 심심했다. 아직 서로에게 어색한 둘은 나란히 걷는 것이 쑥스러워 조금 떨어져 걸었다. 혜지는 씩씩하게 앞서 가는 진우의 뒷모습을 보며, 요즘 남자들과는 다르게 마냥 순수하고 착하다는 생각이 들었다. 그런데 웬일인지 그것이 혜지의 마음을 슬프고도 아프게 만들었고 진우의 형인 진호를 떠올리게 했다.

'둘이 모습은 정말로 똑같지만 느낌이 너무나 다른데? 진우 씨는 맑은 사람 같은데 진호 씨는 어떤 사람일까? 정말 바람둥이가 맞는 걸까?'

잠깐 딴 생각한 사이 진우가 한참을 앞서 갔기에 혜지는 서둘러 뛰어가야만 했다.

손가락 끝에
걸린
사랑

"진우 씨! 같이 가요."

그를 부른다고 들릴 리가 만무하지만 혜지는 진우를 큰 소리로 부르며 헐레벌떡 뛰었다.

아무리 먹어도 살찌지 않는 타입인 혜지는 운동에 신경을 쓰지 않고 근 30년을 살아왔기에 조금만 뛰어도 숨을 헐떡였다. 그때 전철 안에서 진호에게 변태 짓(?)을 했던 것도 그 탓이었다. 오늘도 역시 고것 좀 뛰었다고 혜지는 숨을 헐떡였다. 그때였다. 요란한 소리와 함께 전화벨이 울린 것은······.

모르는 전화번호가 뜨면 웬만하면 받지 않은 혜지였지만 출판사나 스폰서에서 전화가 오는 경우가 있어 혹시 몰라 얼른 전화를 받았다. 하지만 아무리 그래도 숨을 고르고 받았어야 했는데, 생각도 없이 그냥 전화를 받고야 말았다.

"여, 보······ 하아······ 하아······ 세요. 하악······ 흡!"

순간 상대방이 이상한 신음 소리로 들었을 것이란 생각에 미치자 혜지는 숨을 멈추려 손바닥으로 입을 가렸다. 하지만 당황하며 숨을 참느라 기어이 딸꾹질이 나오고 말았다.

"······아, 여보세요?"

상대방은 그녀의 신음 소리에 무척 당황했는지 한참 만에 말을 꺼냈다.

"예, 흐끅! 누구 끄윽! 세요? 흐끅!"

숨을 조절하면서 물어도 딸꾹질은 계속 새어 나오고 말았다.

혜지에게 전화를 건 사람은 다름 아닌 진호였다. 진호는 혜지에게 전화를 걸고 잠시 머리에 혼란이 왔다. 전철에서 본 혜지의 변태로 오인할 만했던 모습이 어쩌다 한 실수가 아니라 평상시의 본래 모습인가?라는 불안감 때문이었다.

'뭐야? 이 여자?'

두근거리는 마음으로 전화를 걸었던 진호가 잘못 걸었다 사과하고 그냥 끊어 버릴까도 생각해 봤지만, 설마라는 생각으로 헛기침을 했다.

"흠흠. 저, 김진호입니다."

"김진호? 아, 김진호!"

혜지는 김진호가 누굴까? 생각하다가 소스라치게 놀라서 찢어지는 하이 톤으로 이름을 되물었다.

'아니, 이 인간이 어떻게 내 전화번호를……? 이런, 해정이 고것이 가르쳐 줬구나. 이것이 감히! 나한테 허락 받고 가르쳐 줄 것이지.'

"지금쯤 점심시간일 것 같아서 전화 드렸습니다. 저번에 태웅이 통해서 명함 드렸는데 연락이 없으셔서, 기다리다 지쳐서 실례를 무릅쓰고 연락처를 알아내어 전화했어요. 연락 많이 기다렸는데……."

"아, 네. 근데 왜요?"

예상외로 시큰둥한 혜지의 반응에 진호는 자존심이 뭉개졌다. 여태껏 진호 전화를 받고 이런 싸늘한 반응을 보였던 여자는 혜지가 처음이었기 때문이었다. 그는 방금 전 망설였던 마음

손가락 끝에
걸린
사랑

이 싹 바뀌어서 전의가 불타오르기 시작했다.

"하하하, 남자가 여자에게 전화를 걸었을 때는, 왜 그렇겠습니까? 한번 만나 보고 싶어서 전화했습니다."

이럴 때는 솔직하게 말하는 게 나을 거라는 계산에 진호는 다이렉트로 자신의 용건을 말했다.

혜지는 어떤 대답을 할지 고민을 해야만 했다. 진호에게 호감을 갖고 있는 것은 맞지만 이런저런 이유 때문에 전화를 받기 전까지만 해도 이미 기억에서 지워진 사람이 되었다. 그러나 전화를 받으니 순식간에 마음이 바뀌었다. 입술을 오물거리며 망설이다 혜지가 답을 줬다.

"주중은 힘들 것 같고, 주말은 시간 괜찮아요."

혜지의 말에 진우는 먹잇감을 앞에 둔 한 마리의 늑대처럼 입꼬리를 올리며 미소를 지었다.

"아, 그렇군요. 그럼 제가 주말쯤에 다시 문자 보내 드릴게요. 많이 바쁘신 것 같아서 이만 끊겠습니다."

혜지가 따라오지 않자 진우가 뒤돌아 멈춰 서서 그녀를 보고 있었다. 뭣 때문인지 멀리서 본 그의 모습은 혜지에게 아련하게 느껴졌다. 괜히 진우에게 눈치가 보인 혜지는 휴대폰을 두 손으로 꼭 쥐고 있었다. 혜지는 진우에게 먼저 들어가라고 손짓을 하며 진호의 말에 대답을 했다.

"네, 그렇게 하세요."

"예, 며칠 뒤 연락드리겠습니다. 그럼, 안녕히 계세요."

어려서부터 지금까지 혜지의 이상형은 목소리가 감미로운 사람이었다. 아무리 잘생겨도 목소리가 깨는 사람이면 무조건 NO, NO였는데, 그 이상형에 가장 가까운 사람이 혜지 앞에 나타난 것이다. 그것도 대놓고 꼬리치며 유혹하고 있는 중이었다. 그냥 잡으면 되겠지만 그새 걸리는 게 몇 가지 생겼다. 그가 바람둥이라는 것, 그리고 그가 같이 일하는 김진우의 쌍둥이 형이라는 것…… 어쨌거나 일로 엮여진 김진우 씨인데 그런 점이 이래저래 불편한 것은 사실일 것이었다. 그래도 서른을 코앞에 둔 혜지로서는 간만에 접해 보는 이상형의 남자의 유혹을 뿌리치기는 어려웠다.

"그래, 이럴 때는 제일 현명한 방법이 있지. 머리가 아니라 마음이 이끌리는 대로 하자. 그래 마음이 가는 대로 가 보자."

결정하고 나니 훨씬 머리가 개운해졌다.

✳

점심시간 동안 어머니를 뵈러 간 진호의 표정은 아까와 달리 많이 어두워졌다. 그에게 있어 어머니는 푸근하고 따뜻한 존재가 아니라 부담스럽고 피하고 싶은 존재였다.

"그래, 내가 얼마나 너를 생각하는지 알지?"

그녀는 진호의 손을 놔 주지 않을 것처럼 꼭 붙잡고 있었다. 그리고 그의 얼굴을 연신 쓰다듬으며 눈물을 훔쳤다.

손가락 끝에
걸린
사랑

"난, 너 보는 낙밖에는 없어."

진호가 다소 쌀쌀맞게 대꾸했다.

"진우, 있잖아요."

진우라는 말에 그녀 얼굴에는 싸한 빛이 감돌았다.

"진우는 진우고. 걔는 내가 필요 없는 애야, 나 없이도 잘살 거다."

그녀의 말에 진호는 반박하고 싶어졌다. 어머니가 진우를 밀쳐 내려는 것은 아닌가요? 라고.

그렇지만 아픈 그녀에게 그런 말을 차마 할 수 없어 어금니만 깨물었다.

형식적인 몇 마디가 오고 가고 조금 후 진호는 회사에 들어가야 한다는 핑계를 대고 병원을 서둘러 빠져나왔다. 아버지가 진우를 낯설어 하는 것처럼 진호도 어머니가 낯설다. 어머니에게서 따뜻함을 느끼기보다는 삶에 찌들어 늘 투정하는 모습만 보아 왔기에 같이 있다는 것이 답답하기만 했다. 심각한 우울증을 앓았던 어머니, 그것을 머리로는 이해하면서도 마음으로는 무거운 바위 덩어리를 안은 것처럼 답답해 그녀에게 다가가기가 꺼려졌다.

요즘 추세인 꽃미남의 개념과 달리 어떤 면에서는 평범하리만큼 밋밋한 외모를 가진 진호였지만 한때 성우를 꿈꿀 만큼 멋진 목소리 덕분인지 여자들에게 인기가 많았다. 그는 그런 자신의 매력을 한껏 살려 그의 바람둥이 기질에 써먹었다. 아버지의 바람기를 그대로 물려받은 그는 그런 끼를 거부하지 않았다. 아니, 오히려 그것이 아버지보다 더하면 더했지 덜하지는 않았다. 어릴 때 어머니의 부재, 그리고 새 엄마와 이복형제와의 갈등, 이런 것들이 끊임없이 사랑을 갈구하게 만들었다. 그러면서 그는 사랑을 끊임없이 의심했다. 그러기에 그는 제대로 된 사랑보다는 어느 순간 쉽게 그 사랑을 버리는 걸로 매듭지었다. 그에게 버려진 대부분의 여자들은 그런 그를 증오하고 욕을 하지만, 그는 그것에 아랑곳하지 않았다. 그렇게 자신에게 생채기를 내는 걸로 어릴 때의 상처를 치료하고 있었다. 그게 그만의 아픈 치료법이었다.

그러나 서른이 다가오자 그도 변하기 시작했다. 나이가 주는 압박감이랄까? 서른이 되기 전에 그의 마지막 사랑을 찾기로 결심했다. 그게 누구든 간에 이번에는 최선을 다할 거고 방황도 끝일 것이다. 그도 누군가에게 정착하고 싶었다.

병원 밖으로 나온 순간 쏟아지는 눈부신 햇살에 눈이 부셔 눈을 뜰 수가 없었다. 손으로 빛을 가로막고 주차장으로 진호는 걸어갔다.

'웬일인지 좋은 일이 생길 것만 같군.'

리모컨으로 자동차 시동을 켜며 진호는 씩 미소를 지었다.

손가락 끝에
걸친
사랑

샐러드 일곱 가지와 파스타 다섯 가지, 오늘 안에 그 많은 요리가 만들어질까 진우는 의심스러웠으나 혜지의 손끝은 상당히 야무졌다. 진우가 옆에서 보조로 도와주긴 했지만, 사진을 찍어가면서 도와주는 형편이라 큰 도움이 못 되었을 텐데, 마법을 부린 것처럼 혜지는 뚝딱뚝딱 순식간에 요리를 해치워 냈다. 그녀의 신속한 요리 방법은 요리 하나를 하면서 다음 요리를 차곡차곡 준비하는 데 있었다. 파스타와 스파게티가 익는 동안 다른 재료들을 신속하게 썰고 종류별로 보기 좋게 담아 두었다. 손도 빨랐지만 어떻게 정리를 해 둬야 할지 머릿속으로 그림을 그려 놓은 것처럼 거침이 없이 움직였다.

"자, 그럼 봉골레 스파게티 먼저 찍기로 하죠. 마늘을 얇게 저며 썬 것하고 건고추 썰어 놓은 것을 프라이팬에 먼저 볶아서 향을 냅니다. 이때, 기름은 올리브유로 해야 어울려요."

혜지는 진우에게 일일이 재료를 들어 보이며 설명을 했다. 그 이유는 요리를 이해해야 진우가 사진을 잘 찍을 수 있을 것 같아서였다. 혜지가 얼굴을 일부러 과장스럽게 찡그리며 코에 손을 가져다 댄 채 진우에게 물었다.

"그리고 조개도 같이 볶는 거예요. 청주를 붓는 이유는 아시죠?"

진우는 고개를 끄덕였다. 표정과 손짓으로 '비린내를 없애기 위해서죠?' 라고 대답했다.

"맞아요, 비린내와 잡냄새. 화이트 와인으로 하면 더 고급스럽지만, 일부러 오늘은 청주를 사용할 거예요. 저렴한 비용을 무시할 순 없으니까. 자, 여기에 소금으로 간을 하고 스파게티도 넣어서 같이 볶아요. 접시에 예쁘게 담아 놓은 다음, 파슬리 가루를 솔솔 뿌리면…… 어때요? 금세 요리 하나를 완성했죠?"

진우는 뿌듯해하는 혜지의 표정에 피식 웃고 말았다.

"자, 그러면…… 가지 토마토 스파게티를 하죠. 이것도 아주 간단해요. 토마토를 열십자 모양으로 칼집을 이용해……."

열심히 설명해 주던 혜지가 갑자기 칼을 하나 더 빼 오더니 진우의 손에 들려 주었다.

"같이해 봐요. 그래야 나중에 혼자서도 해 먹을 수 있죠. 자, 보세요. 이렇게 칼집을 내고 끓는 물에 살짝 담그면…… 자, 봐요. 토마토 껍질이 금방 벗겨지죠? 이걸로 토마토소스를 만들 거예요."

진우도 요리에 문외한이 아니었기에 혜지가 가르쳐 주는 대로 제법 잘 따라 했다.

"와! 정말 잘했어요. 박수 짝짝짝."

환하게 웃으며 칭찬해 주는 혜지 때문에 진우는 신이 나서 더 열심히 요리를 배웠다.

오늘 하루, 처음으로 함께 일했지만 둘은 호흡이 너무 잘 맞았다. 아니 어쩌면 마음이 더 잘 맞았던 것 같다. 사진 촬영까지 다 마치고 둘은 조금 이른 저녁 식사를 했다. 그들이 같이 만든 요리만으로도 훌륭한 저녁 식사가 되었다.

손가락 끝에
걸린
사랑

"큰일 났네요. 이 많은 요리, 우리가 다 먹을 수도 없고……
싸 가실래요?"

혜지의 말에 진우는 손을 저어 사양했다.

"그럼, 어떡한다? 냉장고에 보관해도 다 먹을 수 없을 텐데.
일단 밀봉해서 스파게티는 냉동실에 보관하고 샐러드는 냉장
고에 넣어 둘게요. 내일 아침은 드시지 말고 곧장 오세요. 당분
간 아침은 샐러드로 해결하지요. 괜찮죠?"

혹시라도 진우가 못 알아들을까 봐 혜지가 천천히 말하면서
손짓 발짓을 했다. 소리를 못 들어도 입모양이 정확하면 비교적
잘 알아듣기에 진우는 걱정 말라는 듯 고개를 끄덕였다.

"자, 그럼 설거지는 식기세척기가 해 주니까, 접시 좀 세척기
에 넣어 주세요. 제가 나머지는 정리하겠습니다."

주방이 정리가 되자 밖은 벌써 어두워져 있었다.

"아, 피곤하다."

혜지는 자기의 주먹손으로 어깨를 두드리며 한숨을 뱉었다.
자기도 피곤하지만 사진을 찍은 진우는 집에까지 일을 가져가
마무리 할 것이라 생각하니 조금 미안해졌다. 혜지가 쓸 레시피
는 이미 블로그에 올린 것을 편집하기만 하면 된다. 하루 날을
잡고 사진과 같이 편집을 하면 되기에, 요리만 만들어 내면 당
분간 할 일은 없었다. 그러나 진우는 하루 종일 작업실에서 일
하다 집에 가서 일을 끌어안고 할 테니 '참, 피곤하겠구나.' 라

는 안쓰러운 마음이 생긴 것이다. 물론 그게 그의 일이기는 하지만, 무슨 까닭에서인지 혜지는 진우의 모든 것에 마음이 아려 왔다.

"저기요. 제가 어깨 좀 주물러 드릴까요?"

혜지의 말에 진우는 잠시 멍했다. 진우가 아무런 대답이 없자, 거절의 뜻이라 생각하고 멋쩍게 웃음 지며 말했다.

"하하, 제가 너무 오버했나 봐요."

순식간에 혜지 얼굴이 빨개졌다.

'아이, 쪽 팔려. 괜히 말했잖아. 혹시 오해하는 거 아냐?'

잠깐 멍해 있던 진우가 천천히 몸을 움직이더니 혜지의 키에 맞춰 어깨를 내밀었다. 이번에는 혜지가 놀라서 진우를 바라보았다. 그러나 이내 미소를 지으며 진우의 어깨를 주물렀다. 진우의 어깨살은 남자답지 않게 부드러웠으나 어깨가 많이 뭉쳐 있었다. 오늘 하루, 상당히 긴장했었던 것 같다.

"어휴, 어떡해. 이거 뭉친 거 다 풀어 줘야 되는데, 안 풀어 주면 나중에 더 아플 텐데……. 저기요."

혜지는 진우에게 말을 해 주려고 어깨를 손으로 두드리며 그를 돌려 세웠다. 순간, 민망할 정도로 그 둘의 얼굴이 밀착되어 버리고 말았다. 혜지는 말하려던 것을 잠시 잊고 입만 벌리고 있었다.

그때였다. 진우는 뭔가에 이끌린 듯 그녀의 입에 자신의 입술을 가져다 댔다. 정말 눈 깜짝할 사이 벌어진 일이었지만 혜지는 정신을 차리고 진우를 밀쳐 버렸다. 그 때문에 진우도 자신이 실수했다는 것을 깨닫게 되었다. 혜지는 쫓기는 사람처럼 가방을 들고 작업실을 빠져나갔다. 그녀를 쫓아가고 싶었지만 차마 그럴 수 없는 진우였다.

"뭐야? 이게 뭔 일이야?"

밖으로 나온 혜지는 헝클어진 머릿속을 아무리 파헤쳐 봐도 지금 상황이 설명이 안 되었다.

'이건 내가 먼저 꼬리 친 거나 다름없어. 그가 그렇게 오해한 거야. 그래서…… 그래서, 그렇게 나에게. 아휴, 어떡하지? 내일 당장 어떻게 얼굴을 보지? 아, 미치겠다. 내가 왜 그랬지? 내가 왜 그랬을까? 괜히 어깨를 주물러 준다고 해 놓고, 미쳤어. 미쳤어!'

혜지는 자신을 책망하듯 머리를 계속 쥐어박았다.

"내일 당장 어떻게 그 사람 얼굴을 보냐고!"

혜지는 발을 동동 구르며 하늘에 대고 소리쳤다.

4.
마음이 이끌리는 대로

진호는 아까부터 계속 휴대폰 화면만 바라보고 있었다. 갸웃
거리며 휴대폰 플립을 닫았다 열었다 해 보기도 했다. 하지만
휴대폰은 별 이상이 없었다.

"이상하네. 왜 답장이 없지?"

진호는 혼잣말로 중얼거렸다. 진호가 혜지에게 문자를 보낸
것은 벌써 6시간 전이다. 지금 시각이 11시. 혹시 문자가 잘못
갔나 확인 전화를 하려고 해도 전화하기에는 늦은 시각이다.

"허참! 김진호, 오늘 자존심 제대로 밟혔네."

29년을 살아오면서 이런 수모는 처음이었다. 한 번도 그의
문자는 여자에게 씹히지 않아 봤었다. 진호가 문자를 씹으면 씹

손가락 끝에
걸린
사랑

었지 진호에게 이런 여자는 정혜지가 처음이다.

"나한테 관심이 없다는 건가? 휴우."

혹시나 문자가 잘못 갔는지 확인을 하려고 발신함을 다시 검색해 보았다.

[주말에 괜찮다고 하셔서 영화표 예매하려고 하는데 보고 싶은 영화 있어요? 아니면 공연도 좋고, 문자 부탁드립니다.]

메시지가 정혜지 전화번호로 전달된 것은 확실했다. 지금 당장 전화를 걸어 확인해 보고 싶은 마음이 굴뚝같았지만 꾹 참았다. 과도하게 들이대는 것은 한 걸음 뒤로 물러나 있는 것만 못하기 때문이었다.

진호는 소위 속된 말로 선수였다. 처음 이성에 대해 알던 고등학교 시절부터, 아니 정확하게는 중3부터…….

그에게는 남다른 연애 기술이 있었다.

집에 들어와도 반겨 주는 사람이 없으니 외로움을 친구와 몰려다니는 걸로 달랬는데 그러다 여자 친구가 생겼고 그가 여자들에게 어필 될 수 있는 상당한 매력이 있다는 것을 알게 되었다. 그의 외모 자체로 평가했을 때는 눈에 띄지 않았다. 그러나 적당히 큰 키, 날씬한 몸매, 웃을 때 선하게 보이는 눈매와 한석규가 울고 갈 정도로 멋진 목소리는 평범한 외모를 덮어 주고도 남음이 있었다. 자신이 찍었던 여자가 안 넘어온 적이 한 번도 없었기에 진호의 자존심이 와르르 무너지고 말았다.

그는 내일 다시 그녀와 통화하기로 마음먹고 노트북을 켰다.

혹시 몰라서 그녀의 미니홈피를 방문해 보기 위해서였다.

"미니 홈피 정도는 만들었겠지?"

그녀의 이름과 나이를 쳐서 조회해 보았더니 상당히 많은 사람들이 있었다. 일일이 대조해서 찾기란 힘들었다. 잠도 오지 않는데 그냥 한번 해 볼 때까지 해 보자라는 심정으로 클릭해서 보았다. 하지만 열 명 정도 찾고 나서 결국은 포기하고 말았다.

"참내, 내가 이렇게까지 해서 찾아봐야 하나?"

자존심이 상했다. 천하의 김진호가 이럴 수는 없다는 생각에 부글부글 분노가 끓어올랐다.

'어디 두고 보자. 어떻게든 사귀고 나서, 이 수모를 갚아 주지.'

진호 마음속 깊이 숨어 있던 악의 기운이 튀어나왔다.

인터넷에서 빠져나오려고 하니 먹음직스러운 떡볶이 피자에 대한 사진이 올라왔다. 야심한 밤에 식욕을 당기게 만드는 먹음직스러운 사진이었다. 배를 쓱쓱 문지르며 진호는 저도 모르게 클릭을 해 버렸다.

"떡볶이 피자가 뭐지? 어?"

진호가 사진을 따라간 블로그에서 뜻밖의 얼굴을 봤다. 블로그 대문에 걸린 사진은 바로 혜지의 얼굴이었다. 일부러 얼굴을 잘 보여 주지 않으려 카메라 앞에 다가가서 촬영한 사진 같아 보였다. 그녀의 눈이 도드라지게 크게 나왔지만 그는 한눈에 그것이 그녀의 눈인 것을 눈치챌 수가 있었다. '정혜지의 지글 보글 톡톡'이라고 쓰여 있는 걸 보니 확실했다. 혹시나 해서 방명록을 뒤져 보니 혜정이 남긴 글도 있었다.

"와, 유명 블로거였어? 요리 책도 냈구나. 히야! 결혼하면 먹을 것 걱정은 안 해도 되겠네."

자취를 하느라 먹는 것이 부실한 진호는 벌써 그녀와 결혼을 한 것같이 괜히 뿌듯해졌다.

"요리를 잘하는 줄 몰랐네. 한번 먹어 보고 싶다."

혜지가 올려놓은 요리 사진들을 보며 진호는 입맛을 다시고 있었다. 그리고 휴대폰을 잡은 손에 저절로 힘을 주고 있었다.

❋

오늘 찍은 사진을 하나하나 살펴보며 진우는 멍한 표정을 짓고 있었다. 빨리 마무리해야 되는데도 일은 진척이 안 되고 있었다. 아까 일이 생각나서인지 계속 몽롱한 상태였다. 마치 지독한 감기약을 먹고 해롱거리고 있는 것처럼 잠이 솔솔 오고 있었다. 진우는 정신을 깨우려고 손으로 죄 없는 뺨을 찰싹 때렸다.

'아, 왜 이러지?'

진호와 달리 진우는 별다른 연애 경험이 없었다. 진우에게 좋은 감정을 가지고 있었던 몇 명의 여자들도 진우가 청각장애자라는 것에 결국은 마음을 접고 말았다. 진우 역시 여자에 대해 지레 겁을 먹고 다가가지 못했었다. 사실 여자뿐만 아니라 모든 대인 관계가 쉽지 않은 그였기에 여자를 사귄다는 것은 꿈도 못 꾸었던 것이었다. 물론 그만의 짝사랑도 몇 있었다. 하지만 말 그대로 짝사랑에서 끝이 났다. 그런데 조금씩 그의 마음에 욕심이 자라고 있었다. 그것은 순전히 혜지 탓이다.

그녀의 얼굴을 담은 사진들을 꺼내 보면서 그는 결심했다. 그녀에게 한 발자국 다가가기로.

'그녀가 나를 싫어하면 어쩌지?'

언제나 그런 자격지심으로 진우는 사랑할 수 있는 몇 번의 기회를 놓쳤다. 자신의 초라함에 스스로 물러났었던 것이다. 진우는 세차게 고개를 가로저었다.

'안 돼. 이번에는 절대로, 놓치면 안 돼.'

모니터에 떠 있는 혜지의 모습을 손가락으로 살며시 만진 진우는 자신의 뺨에 살포시 가져다 댔다. 그러자 아까와 같던 설레는 감정이 되살아나며 가슴속 깊은 곳에서 뭔가가 일렁거리는 것 같았다. 진우는 그 여운을 느끼고 싶어서 눈을 살며시 감았다. 그리고 얼마 지나서 감고 있던 눈을 번쩍 떴다.

'안 돼. 정신 차리자. 이러다 밤새겠다.'

정신을 차린 진우는 서둘러서 편집 작업을 했다.

＊

침대 이불 속에서 아직 빠져나오지 않은 혜지는 한쪽 눈만

손가락 끝에 걸린
사랑

살포시 떴다.

"아, 기어코 날이 밝고야 말았구나."

수심이 가득한 얼굴로 혜지는 얼굴을 감쌌다. 혹시나 하는 마음으로 달력을 확인했다.

"오늘이, 오늘이 아니고 내일이나 어제일 수는 없을까?"

말도 안 되는 궤변 같은 자신의 말에 스스로 혀를 차며 혜지는 밤새 따뜻하게 덥혀진 이불 속을 빠져나왔다. 방문 밖에서 엄마의 목소리가 우렁찬 수탉처럼 울려 퍼졌다.

"혜지 일어났냐? 오늘 일찍 나가 봐야 한다며?"

엄마의 외침에 혜지는 신경질을 가득 담아 빽 소리 질렀다.

"일어났어요!"

그러자 엄마의 날카로운 목소리가 부메랑처럼 그녀에게 되돌아 왔다.

"다 큰 년이 어디 엄마한테 소리 지르고 그래? 다시는 안 깨워 준다. 나쁜 년, 내 뱃속에서 난 자식이지만 아주 버릇도 드럽게 없어. 그냥, 너 같은 딸 열 명만 낳아라. 그래."

혜지가 엄마에게 섭섭하게 하면 노상 듣는 악담이다.

일어나려던 혜지가 신경질적으로 이불을 패대기치며 세 살 먹은 어린애처럼 발버둥을 쳤다.

"에이, 오늘 안 나가. 안 나가! 그리고 시집도 안 갈 거고 호호 할머니 될 때까지 엄마 옆에 딱 들러붙어 살 거야."

혜지 말이 끝나기도 전에 엄마가 방문을 벌컥 열었다. 그러곤 혜지의 말에 등짝을 철썩 때리는 걸로 답을 대신해 주었다.

"이년아, 어디 할 말이 없어서 그런 말을 해. 안 일어나? 네가 무슨 한두 살 먹은 애기냐? 으이그! 애기는 귀여운 맛이라도 있지. 다 큰 년이 말하는 본새 좀 봐."

세상의 모든 엄마들은 어쩌면 그렇게 힘이 좋은 건지, 등에 뜨거운 핫팩을 세 개는 붙여 놓은 것처럼 뜨끈뜨끈해졌다.

"아이, 아파! 알았어. 알았어요. 잘못했어, 잘못했어. 쏘리, 쏘리."

이쯤에서 혜지가 사과를 하지 않으면 혜지의 어마마마의 잔소리 행진이 2절, 3절까지 이어질 거다. 어마마마의 레퍼토리 중 최고 지존으로 듣기 싫은 것은 엄마 친구 딸들과 혜지를 비교하는 것이다. 얼른 사과를 하고 대충 머릴 빗고 있는데 엄마가 폭탄 발언을 했다.

"네 방, 오늘 다 치워 놔. 내일 네 언니 온다."

"아니, 왜?"

혜지는 머리를 빗다 말고 잔뜩 구겨진 얼굴로 엄마에게 물었다.

"언니 둘째 낳았잖아. 우리 집에서 몸 풀고 가야지. 서연이도 같이 오니까 너는 거실에서 자든가 해."

"아니, 내가 왜 거실에서 자!"

혜지는 울컥하는 마음에 버럭 소리를 질렀다.

"그럼 오늘 중에 시집을 가 버리던지!"

씨알도 안 먹히는 엄마와의 싸움에서 혜지는 참는 도리밖에 없었다. 아기 낳을 때나 쓰는 라마즈 호흡법으로 혜지는 자신의 혈압을 다스려야만 했다.

머리도 안 감고 대충 질끈 동여맨 머리로 뚜벅뚜벅 걸어 나간 혜지는 머릿속이 와글거렸다.

'어떡하지? 어떻게 한 달 동안 거실에서 지내라고. 엄마는! 내 친엄마 맞아?'

차를 기다리던 혜지에게 문득 좋은 생각이 떠올랐다.

"그래! 한 달 동안이잖아. 작업실에서 그냥 먹고 자면……? 그래, 왜 내가 그 생각을 못했을까? 사장님께 여쭤 봐야겠다."

자신이 생각해도 반짝이는 생각이라는 듯 혜지는 짝짝짝, 짝짝 짝 소리를 내며 오른쪽, 왼쪽 양쪽으로 번갈아 가며 박수를 쳤다.

씩씩하게 작업실로 향하던 혜지는 점점 발걸음이 슬로모션처럼 느려졌다. 잠깐 잊고 있었는데 작업실이 눈에 보이니 어제 일이 선명하게 떠올랐다.

"선글라스라도 가지고 올걸…… 어떻게 그 사람과 눈을 마주치냐고, 하아."

이번에도 또 한 번 혜지는 좋은 생각이 떠올라야 했다.

"좋은 생각, 좋은 생각."

손으로 머리카락을 잡아서 비비 꼬던 혜지가 눈빛을 반짝거렸다.

"그래, 내가 왜 그 생각을 못했을까?"

혜지는 작업실로 향하던 발걸음을 바꿔서 출판사로 향했다.

"안녕하세요?"

밝은 목소리로 혜지가 인사를 하며 들어오자 사장은 놀란 눈을 하고 있었다.

"어? 여기는 웬일로?"

"네, 어제부터 작업은 들어갔지만 그래도 사장님께서 한 번 행차를 해 주셔야 우리가 잘하고 있는지 알 수 있잖아요. 오늘 바쁜 일 없으시면 촬영하는 것 같이 보시고 음식도 드시라구요. 어제 한 음식들도 냉장고에 그대로 있어요. 아마 여기 직원 분들 다 가셔서 드셔도 될 거예요."

"어머, 그래요? 그러잖아도 이따 오후에 한 번 들를 참이었어요. 우리 직원들까지 신경 써 주시고 감사해요."

"지금 안 가시고요?"

"하하, 보시다시피 우린 회의가 있어서……."

사장의 완곡한 거절에 혜지의 얼굴은 상당히 우울해졌다.

'젠장, 허구한 날 하는 회의…… 오늘 하루 제쳐 버리면 안 되나? 아이, 제대로 되는 일이 없네.'

혜지는 여사무원 책상 위에 놓인 두루마리 휴지를 보며 '저 걸로 내 얼굴을 칭칭 감고 가면 어떨까?' 라는 부질없는 상상을 했다. 별수 없었다. 어제의 찜찜한 분위기를 오늘 아침까지 이어 갈 수밖에.

숨기락 끝에
거친
사랑

그녀는 심호흡을 여러 번 한 다음, 떨리는 손으로 손잡이를 잡고 조심스럽게 문을 열었다. 그러자 햇빛을 등지고 서서 스피커에 가만히 손을 대고 있는 진우가 눈에 들어왔다. 그가 입은 하얀 남방이 햇빛에 눈이 부셔, 눈을 뜰 수 없을 만큼 작업실을 환하게 만들었다. 그 숨 막히는 모습에 혜지는 저절로 고개를 떨어뜨렸다. 인기척을 그제야 느꼈는지 진우가 혜지를 바라보았다. 진우 역시 고개를 살짝 돌리더니, 씩 미소를 지었다. 몰랐는데 그가 환하게 웃자 왼쪽 뺨에 보조개가 팼다.

혜지는 떨리는 마음을 들키지 않으려고 아무 일 없었던 것처럼 진우에게 인사를 했다.

"좋은 아침이네요. 아침 드셨어요?"

혜지 말이 끝나기 무섭게 진우가 가방에서 뭔가를 꺼냈다. 보온병과 빵 한 덩이였다.

또 그는 어제 냉장고에 넣어 두었던 샐러드를 테이블에 올려 놓았다. 그러고 나서 보온병에 담아 온 것을 하얀 머그잔에, 따랐다. 따끈한 커피나 차를 생각했는데 뜻밖에 수프였다. 비록 슈퍼에서 파는 인스턴트 가루 수프를 끓여 온 거긴 했지만 혜지의 가슴속에 잔잔한 감동이 일었다. 진우는 씽긋 웃으며 어서 먹으라고 혜지에게 손짓으로 말했다.

혜지도 고개를 끄덕여 답해 주었다. 어제 하루 종일, 그리고 오늘……. 여기 오는 내내 어떻게 얼굴을 들고 진우를 볼까라는 고민은 쓸데없었구나. 라는 생각과 함께 그녀는 수프를 한 모금

훅 들이켰다.

'따뜻하다.'

부드러운 수프가 입안에 번지자 혜지의 입가에도 미소가 천천히 번졌다.

부우.

휴대폰을 매너모드로 바꾸었더니 문자가 들어올 때도 진동이 울렸다. 혜지는 핸드백을 열어 휴대폰을 꺼냈다.

"어머!"

혜지가 휴대폰을 보고 놀란 이유는 진호가 보낸 문자가 두 번이나 찍힌 탓이었다. 어제 한 번, 오늘 한 번. 어제나 오늘이나 정신없어서 휴대폰을 챙겨 볼 생각을 안 한 탓에 두 번이나 문자를 놓친 거였다.

[문자 못 받으셨는지요. 연락 주세요. -진호]

혜지는 고민을 하다가 그에게 답문자를 보냈다.

[죄송해요. 제가 바쁜 일이 있어서, 당분간 못 만날 것 같습니다. 죄송합니다.]

혜지는 1퍼센트의 희박한 가능성일지라도 자신으로 하여금 두 남자가 얽히고설키게 될 것 같다는 걱정이 들었다. 그래서 아예 그런 여지를 진호에게 주지 않기로 결심했다.

'뭐, 그 사람이 나의 인연이라면 일이 끝나고 다시 만나도 만나지는 걸 테고, 아니면 할 수 없고.'

어디서 튀어나오는 똥배짱인지는 몰라도 혜지는 당분간 진호

혀끝에 걸린
사랑

와 거리를 두기로 마음먹었다.

한편, 진호는 혜지 답문자를 받고 거의 패닉 상태였다.

'완전히 까였군.'

믿었던 것에 대한 배신감, 딱 그 심정이었다.

그동안 수많은 여자를 찼을 때마다 혹시 나중에라도 지은 죄에 대한 벌을 받지는 않을까라는 생각을 해 본 적이 있었다.

"이제 내가 벌 받을 차례인가?"

그동안 그에게 매달렸던 수많은 여자들……. 그 여자들이 달라붙을 때마다 순식간에 마음이 식었는데, 그 여자들과 완전 반대인 혜지 때문에 오히려 마음이 조급해졌다. 문제는 혜지가 그에게 상처 줄 때마다 그녀를 원하는 마음이 커지고 있다는 거였다. 자기 자신도 너무 당황스러울 정도로.

그가 좋다고 쫓아다니는 여자들이 발에 채였는데 자신을 심드렁하게 생각하는 여자에게 목매고 있다니 스스로에게 화가 치밀었다. 해정에게 여러 차례 확인한 바로는 분명 혜지는 사귀는 남자가 없다. 축구로 따지면 골키퍼와 일대일로 맞닥뜨리는 페널티킥 상황인데 그 골을 못 넣어서 이렇게 애가 타다니…….

진호는 시간이 흐를수록 혜지에 대한 간절한 감정이 생기는 것에 짜릿한 설렘을 느꼈다. 그것은 아주 오래간만에 느끼는 그런 감정이었다.

"가지고 싶다. 이 여자."

진호는 낮은 목소리로 중얼거렸다.

작업실에서 간단하게 아침을 해결하고 나서 둘은 곧바로 마트로 향했다. 혜지와 진우는 닫힌 공간에서 둘만 있는 것보다 마트에서 장을 보는 것이 훨씬 편하다는 생각이 들었기 때문이다.

작업실에서와 달리 둘은 표정이 환했다.

기본양념이 되는 재료는 냉장고에 구비되어 있기에 오늘은 추가 되는 재료만 구입하여, 각종 소스 만들기와 리조또 요리 서너 가지를 만들 예정이다.

혜지와 진우는 리조또 요리에 필요한 쌀과 새우, 오징어, 닭고기 등을 보고 있었다.

"오징어 먹물 리조또를 해야 되니까 물오징어로 사죠."

물건을 장바구니에 넣으면서 일일이 보여 주며 설명해 주는 모습이 예뻐 보였던지 뒤에서 지켜보던 나이 지긋한 아주머니 한 분이 호들갑스럽게 말을 건넸다. 척 보니 대한민국에서 가장 참견하기 좋아하는 연령대로 추정되는 아주머니였다.

"아이고, 둘이 신혼인가 봐. 어제도 그렇고 오늘도 같이 장보러 나왔네. 좋겠어, 아주 둘이 예쁘네."

뒤에서 한 말이기에 그 말은 혜지 귀에만 들렸다. 당황스러운 혜지는 아니라고 해명하기도 난처한 상황이었다. 오늘 하루만 장을 보는 거면 일일이 설명하면 되겠지만 한 달 동안 보게 될지도 모르는데 일에 대해 장황하게 설명하기도 피곤하니 그냥 입 꾹 다물고 유부녀인 상태로 있는 게 정신 건강에 이로울지도 모른다.

물건을 보던 혜지가 갑자기 멈춰 서자 그제야 뭔가 이상하다고 눈치챈 진우가 혜지의 팔목을 잡으며 물어보았다.

[무슨 일이에요?]

이제는 진우 표정만 봐도 그가 무슨 말을 하는지 혜지는 조금은 감이 왔다. 사실 그대로 얘기할 수가 없어서 그녀는 대충 얼버무리고 말았다.

"마트에서 우리 자주 본다고 하시네요."

그다지 믿음이 안 가는 혜지의 답에 진우는 잠시 갸웃하다 애써 믿으려는 눈치였다.

장을 보고 와서 재료를 다듬고 있는데 사장이 작업실로 왔다. 말 그대로 오후에, 그것도 점심시간에 딱 맞춰서…….

혜지는 그런 사장이 은근 얄미워 슬며시 일부러 이런저런 잡일을 시켰다. 리조또 요리를 다하고 촬영까지 마치니 2시가 넘어섰다. 사장은 일하느라 허기졌는지 주린 배를 계속 손으로 만지고 있었다.

"배고프시죠? 조금 식긴 했지만 그래도 먹을 만할 거예요."

어제 만든 샐러드와 함께 오늘은 리조또가 주 메뉴였다. 오징어 먹물 리조또, 새우 리조또, 김치 리조또, 고추장 리조또가 테이블 위에 놓이자 사장은 맛을 본다는 명목하에 이것저것 찔러서 맛을 음미하고 있었다.

"어머머, 고추장 리조또가 특이하다. 난 그냥 돌솥비빔밥 생각했는데 조금 다르네요? 소스를 어떻게 만들었어요?"

"고추장만 넣으면 텁텁할 것 같아서 고추장과 간장, 고춧가루를 배합해서 만들었어요. 고추장은 나중에 넣어야 돼요. 처음부터 넣으면 조금 쓴맛이 나는데다 텁텁한 맛이 더 많이 나거든요. 사실 고추장만으로 리조또 만들면 맵기도 맵지만 리조또 본연의 맛이 사라지잖아요."

맛을 본 사장은 입맛에 맞았는지 연신 '맛있다!' 라는 말을 연발했다.

"김치 리조또나 고추장 리조또는 우리나라 사람들 입맛에도 잘 맞네요. 이런 퓨전 요리가 인기 있을 것 같아요. 리조또 요리를 조금 더 추가하죠. 아무래도 한국 사람들에게는 밥이 최고니까."

"제가 생각하기에도 찬밥으로 이용할 수도 있으니 괜찮을 것 같아요."

사장은 만족스러운 얼굴을 하며 고개를 끄덕이다가 문득 진우를 바라보았다.

"어때요, 혜지 씨랑 같이 일할 만해요?"

사장이 진우에게 물어본 순간 혜지와 진우는 동시에 얼굴이 붉어졌다. 혜지는 아랫입술을 이빨로 지그시 깨물고 있었다.

'아이참, 사람 앞에 세워 두고 그렇게 물으면 뭐라고 대답하

겠어?'

진우는 눈에 희미한 미소를 띠며 고개를 천천히 끄덕였다. 그런 그의 대답에 사장은 그럴 줄 알았다는 듯 웃음 지으며 말했다.

"그래요. 혜지 씨가 참 재미난 사람이라서 같이 있으면 심심하지 않을 거예요."

"아니, 사장님. 제가 무슨 게임기도 아니고……. 심심하지 않다고 말하시다니 너무하세요."

혜지는 쑥스러운 마음에 괜히 투정을 부렸다.

"진우 씨, 이거 봐요. 이거 봐. 혜지 씨 표정이나 말, 얼마나 재미있는데. 남자들이 이런 매력을 몰라줘서 그렇지 얼마나 멋진 여잔데요. 그렇죠, 진우 씨?"

사장의 물음에 진우는 혜지를 잠깐 보더니 엄지손가락을 치켜세웠다. 그런 진우를 따라 사장도 엄지손가락을 세우며 말했다.

"진우 씨도 최고!"

오고 가는 훈훈한 칭찬 속에 혜지는 괜히 뻘쭘해졌다. 상당히 적응 안 되는 따끈따끈한 분위기. 그래도 이런 뜨뜻한 분위기를 놓치지 않고 사장에게 부탁의 한 말씀을 올려야 하기에 혜지는 주저주저하다가 조심스레 이야기를 꺼냈다.

"저…… 사장님."

"네, 혜지 씨."

"제가 집에 사정이 있어서 그러는데 작업하는 동안만 여기서 지내면 안 될까요? 주말엔 그냥 저희 집으로 가고요."

혹시나 몰라서 주말 이야기까지 얼른 덧붙였다. 아무리 마음 씨 좋은 사장이라도 공은 공이고 사는 사일 텐데, 부탁하는 혜지로서도 무척 부담스러웠다.

"어, 그래요? 뭐, 그렇게 해요. 어차피 한 달 동안 통째로 빌려서 쓰는 거니까, 야간작업도 할 테고……. 혜지 씨 좋을 대로 해요."

선선하게 허락해 주는 사장에게 혜지는 잽싸게 보충 설명했다.

"네. 지금은 천천히 가고 있지만 상황 봐서 야간에도 작업이 필요할 것 같기는 해요. 한 달 안에 일을 끝내야 한다면서요. 주말에는 쉬어야 되고."

지혜와 사장의 대화를 다 이해하지 못한 진우가 둘을 빤히 보자 사장이 간단한 수화로 상황을 설명해 주고 있었다.

'사장도 수화를 할 줄 아는구나.'

기억을 더듬어 보니 책꽂이에 수화에 대한 책이 꽂혀 있었던 것이 생각났다. 진우 때문인지는 모르지만 책까지 사다 놓고 연구하는 걸 보니, 사장이 배려가 참 깊은 사람이라는 생각이 들었다.

'나도 이 기회에 수화 좀 배워 볼까?'

혜지는 사장과 손으로 이야기를 나누는 진우를 보며 말이 아닌 손으로도 대화를 할 수 있다는 것이 신기하면서 신선한 충격으로 다가왔다.

✳

물에 한 달은 푹 담겨진 솜처럼 무거운 몸을 이끌고 집으로 돌아온 혜지는 기함을 하고 말았다. 분명 내일 온다던 언니와 조카가 들이닥쳤기 때문이었다.

　"임모!"

　조카 서연이 자신을 부르는 말에 혜지는 눈썹을 치켜 올리며 정정해 주었다.

　"임모가 아니라, 이모!"

　"이모. 이제 왔떠?"

　"왔떠가 뭐야? 왔떠가…… 오셨어요? 해야지."

　혜지의 언니 혜미가 남산만 한 배를 내밀고 혜지의 방에서 나오며 말했다.

　전혀 반갑지 않은 말투로 혜지는 그녀의 언니에게 떨떠름하게 인사했다.

　"언니…… 왔어?"

　"응, 그래. 오늘부터 네 방에서 신세 좀 져야겠다."

　"내일 온다며."

　"응, 엄마가 둘째는 첫째보다 더 빨리 나올 수 있다고 서두르라고 하셔서 그냥 하루 먼저 왔다. 왜? 불만 있냐?"

　"아니, 뭐. 불만은……."

　혜지는 엄마가 주변에 있는지 확인을 하면서 대답을 했다. 엄마 앞에서 혜지는 언니에게 꼼짝을 할 수가 없다. 엄마는 무조건 언니 편이었으니까.

삼남매 중 혜지는 중간에 낀 간둥이였다. 위로는 언니, 아래로는 남동생.

설움을 토해 내자면 50권 양장본 전집을 내도 모자랄 판이지만, 그 모든 것을 참을 忍 자를 가슴에 아로새기며 눈물의 세월을 보냈다. 남동생은 남자임에도 워낙 깔끔한 성격이라 자기 방을 비워 주는 것은 상상도 할 수 없는 일이었다. 그러므로 만만한 혜지가 방을 비워 줘야만 했다. 사실 언니는, 결혼 전까지 혜지와 같이 방을 썼기에 으레 혜지 방이 자기 방이라고 생각하고 있었다. 서연이를 낳을 때도 그렇게 했기에 지금 상황은 너무나도 당연한 거였다.

거실 한구석을 보니 혜지 물건들이 초라하게 놓여 있었다. 그 모습이 마치 자신의 처지 같아 보여 혜지의 마음이 울컥거렸다.

"엄마! 나 내일부터 집에 안 들어와요. 한 달간 작업실에서 지낼 거야."

그 말에 조금이라도 걱정해 줄 것이라 생각했던 엄마가 흔쾌히 대답했다.

"그래라, 아주 잘됐다. 작업실이 원룸이라며? 아예 이참에 나가 살던지."

"정말…… 엄마, 내 엄마 맞아? 나 혹시 신데렐라 아니야? 어쩜, 딸내미 걱정도 손톱만큼도 안 할 수 있어?"

엄마의 대답에 섭섭해진 혜지는 그동안 참았던 말들을 와르

손가락 끝에
걸친
사랑

르 쏟아 뱉어 내었다.

"야! 어디 엄마한테 큰소리야? 네가 뭐 잘한 게 있다고. 엄마 말이 뭐가 틀린 게 있니. 시끄러워, 이웃집에서 욕해. 어서 씻고 잠이 나 자. 아버지 주무시는데 어디 큰소리를……."

혜지를 꾸짖는 언니의 말에 '그래, 내가 오늘도 참는다.' 하는 수밖에 없었다. 혜지가 언니가 오는 걸 싫어하는 이유가 바로 이런 거였다. 엄마 못지않은 잔소리꾼 언니, 이 상황에서 일이 커지지 않으려면 만만한 혜지가 참는 수밖에 없었다.

'참자, 참아야 하느니라. 참는 자에게 복이 있나니.'

혜지는 부르르 떨리는 두 손을 꾹 쥐고 언니 혜미의 뒤통수를 째려보았다.

다음 날 아침이 되자 혜지는 짐을 바리바리 싸 가지고 집을 나왔다. 어차피 작업하는 동안 옷이 필요한 것도 아니고 화장을 요란하게 할 것도 아니라서 최소한의 짐만 들고 나왔다. 그 와중에 혜미가 이번 주에 소개팅 하라고 전화번호 적힌 메모지 하나를 그녀의 손에 쥐어 주었다. 혜미 시댁의 먼 친척이라고 하는데 사돈의 팔촌쯤 되어서 별로 문제 될 것은 없다고 했다. 전에도 사돈이 소개해 준 남자를 만나서 '짜증 지대로' 였는데 이번에도 저번처럼 될까 봐 정말 내키지 않았다. 사돈이 해 준 어려운 자리라면 저번 변강쇠처럼 성질대로 할 수도 없을 것이고, 그렇다고 예의 차린다고 잘해 주면 자기가 마음에 드는 줄 알고 그녀에게 달라붙으니······. 이래저래 아는 사람이 해 준 자리를 나가면 혜지만 손해였다. 그래서인지 선심 쓰면서 전화번호를 건네주는 언니가 완전 심술 사나운 팥쥐처럼 보였다. 그래도 마음을 곱게 먹어야 복을 받는다는 생각에 혜지는 성질을 죽이고 좋게, 좋게 생각하기로 마음먹었다.

❋

이른 아침, 오늘도 그는 자리를 박차고 서둘러 일어났다. 피곤해도 몸이 먼저 그를 자리에서 일으켜 세우고 있었다. 혼미한 정신을 깨우고자 그는 욕실로 들어가서 찬물로 샤워를 했다. 찬물로 그의 몸을 적시는데도 웬일인지 그의 몸은 계속 뜨거워져만 갔다.

요즘따라 진우는 아침마다 일찍 눈이 떠졌다. 날이 밝아지기만 하면 눈이 자동으로 떠지는 이유 때문이다. 그러면서 그의 맥박은 요란하게 뛰어오르고 숨이 가빠질 만큼 호흡도 빨라졌다. 그리고 자꾸만 작업실로 빨리 달려가고만 싶어졌다. 그 이유가 뭔지 처음엔 몰랐지만 오늘은 확실히 알았다.

요 며칠 진우 꿈속에 등장하는 사람은 혜지였다.

꿈속에서 그는 혜지와 모든 대화가 가능했다. 입을 열지 않아도 둘은 말이 통했다. 아니 그들에게 말은 필요 없었다. 말을 안 해도 그와 혜지는 사랑을 속삭일 수 있었기에. 그는 그녀에게 수

십 번의 키스를 했고 같이 침대 위에서 서로의 뜨거운 몸을 안으며 사랑을 나누었다. 너무나도 진짜 같은 꿈 때문에 그는 자리를 털고 일어나서도 약에 취한 것처럼 한참을 멍한 채로 있었다. 그 여운을 즐기려는 듯 침대에 누워서 천장을 멀거니 쳐다보고 있어야만 했다. 그래야만 겨우 자리에서 일어날 수 있었다.

그녀를 만나러 가는 길이 점점 가까워질수록 두방망이질 치는 심장 소리에 다리가 부들부들 떨리기까지 했다. 신호등만 건너면 작업실로 갈 수 있었다. 그는 초조하게 신호등을 바라보다 건너편을 보았다. 그의 눈에 들어 온 것은 커다란 짐을 낑낑대며 들고 있는 혜지였다. 그녀 때문에 눈이 저절로 커다래진 진우는 신호등이 초록불로 바뀌자 옆을 살필 생각도 않고 그냥 무작정 건너 버렸다.

그때였다. 흰색 중형차가 그를 덮치고 말았다.

끼이익!

요란한 브레이크 소리와 함께 진우는 그 자리에 쓰러지고 말았다. 그 시끄러운 소리에 주변 사람들이 몰려들었고 흰색 차의 주인이 운전석에서 내려 그에게 다급하게 다가왔다. 운전한 사람은 젊은 여자였다. 자신이 사고를 낸 것에 무척이나 당황한 표정이었다.

"어머, 괜찮아요? 어떡해. 미안해요. 다친 데 없어요?"

그녀는 걱정되는 눈으로 진우를 바라보고 있었다. 다행히도 진우는 크게 다친 곳 없이 멀쩡해 보였다. 사실 진우는 차에 부딪힌 게 아니라 그냥 쓰러진 거였다. 소리는 들을 수 없었지만 순간의 진동을 느꼈기에 충격을 받은 듯하다. 하지만 주변 사람들이나 운전자는 그가 소리를 듣지 못하고 말하지 못한다는 것을 모르고 있었다. 그러했기에 계속 그 여자는 그에게 질문만 해 댔다.

"다친 데 없냐구요."

진우는 말 대신 손짓으로 괜찮다고 하며 자리를 툭툭 털고 일어섰다. 그리고 아무 일 없었다는 듯 가던 길을 가려 하고 있었다. 그러자 주변 여기저기에서 참견을 하기 시작했다.

"아니, 그러다 나중에 후유증 생기면 어쩌려고 그냥 가?"

"그러게 말이야."

"서로 명함이나 주고받아야 나중에 연락이라도 하지."

"그래, 그래야 보험을 처리하든지 하지."

"아가씨한테 명함 받아요."

그 말에 같이 정신없었던 젊은 여자도 서둘러 명함을 꺼냈다.

"저기, 이거 제 명함인데 몸에 이상 있으면 꼭 연락 주세요. 혹시 명함 없으세요?"

진우는 겁에 질린 그녀를 물끄러미 보더니 자신의 지갑에서 명함을 꺼내 주었다. 서로 명함을 주고받자 구경하던 사람들이 안심된 듯, 제 갈 길을 가고 있었다.

그가 받은 명함에는 그녀의 이름 회사 이름이 적혀 있었다.

도도패션 디자이너 서유정

진우는 목례로 간단히 인사를 하고 서둘러 작업실로 걸어갔다. 유정은 그런 그가 사라질 때까지 뚫어지게 보고 있었다.

"다행이다. 크게 다치지는 않은 것 같으니……. 큰일 났네. 오늘 처음 몰고 나온 차인데 아빠한테 혼나겠다. 그런데 이상하네. 저 사람은 왜 말 한마디도 안 하지? 너무 놀라서 그러나?"

유정은 진우가 주고 간, 명함을 보았다.

"프리랜서 사진작가, 마임니스트 김진우? 뭐야? 직업이 두 개인가? 흠, 그렇구나. 그래서 아까 목에 카메라를 걸고 있었구나. 그나저나 카메라 비싼 것 같은데 넘어질 때 고장 난 건 아니겠지? 에이 뭐, 아쉬우면 나한테 전화하겠지."

유정은 깜짝 놀란 가슴을 쓸어내리며 차에 다시 올라탔다. 그리고 유난히 기다란 진우의 손가락을 떠올리더니 입술을 꾹 다물었다.

'김진우…… 김진우. 어디서 들어 본 이름인 것 같기도 한데.'

바쁜 시간인데도 불구하고 그녀는 시동을 걸 생각도 잊은 채 진우의 이름을 떠올리고 있었다.

5.

또 다른 등장

"어머, 어떡해. 넘어지셨어요?"

휘청거리며 들어오는 진우를 보고 놀란 혜지가 그에게 다가와 물었다. 진우는 아무렇지도 않은 척했지만 하늘색 남방의 소매는 바닥 먼지로 더러워졌고 팔꿈치는 거친 바닥에 긁힌 상처로 인해 피가 맺혔다. 자신의 짐을 아무렇게나 팽개쳐 놓았던 혜지가 서둘러 가방을 풀어헤쳐 뭔가를 찾고 있었다.

"진짜 아프겠다! 저렇게 긁혀서 난 상처는 더 쓰라릴 텐데, 일단 소독약으로 소독하고 반창고 붙여야 할 것 같아요. 다행이네요. 제가 오늘 바리바리 싸 들고 온 짐에 구급약도 있으니까…… 말이에요."

실컷 종알거리던 혜지는 순간 멈칫했다. 진우와 등 돌린 채 지금껏 한 말은 혜지의 혼잣말밖에 되지 않는다. 그에게 전혀 전달이 되지 않는, 그냥 허공의 메아리일 뿐이었다. 그녀는 등을 돌리며 무심코 했던 모든 말들에 대해 괜히 진우에게 미안해졌다. 미안함을 덜고자 혜지는 서둘러 약을 꺼내고 어색하게 서 있는 진우를 의자에 앉혔다. 그리고 그녀는 그 진우 앞에 쭈그려 앉아서 팔을 살펴보았다. 한참을 보던 그녀가 얼굴을 들고 안쓰러운 표정으로 진우를 올려다보았다.

"하아, 어쩌다 이렇게 되었어요?"

진심으로 걱정이 배어 있는 혜지의 얼굴을 보고 하마터면 진우는 그녀를 안든지 아니면 그녀에게 안기든지 하고 싶은 충동이 일었다. 그런 그의 마음을 모르는 혜지는 소독하기 전, 그에게 미리 설명을 했다.

"조금 아플 거예요. 소독하는 게 제일 싫겠지만 혹시 모르니까 소독부터 할게요."

그녀는 식염수를 솜으로 적셔 상처 부위를 씻은 다음, 과산화수소를 적신 솜을 핀셋으로 들고 상처 부위에 살살 가져다 대었다.

"상처 부위에서 부글부글 거품이 나네요. 균이 많이 들어가면 이렇게 되더라구요. 이거 말려야 하는데…… 잠깐만요."

혜지는 입술을 모아 진우 상처에 대고 호오 하고 입김을 불어 주었다. 소독을 할 때는 따끔거려 진우의 얼굴이 저절로 찡그려졌었지만 혜지가 불어 주는 입김 때문에 묘하고 야릇한 느낌이 들었다. 나른함이 몰려와 오히려 기분이 좋아졌고 그의 눈도 슬며시 감겨졌다. 순간 진우는 꿈을 꾸는 것 같은 몽롱한 상태가 되었다.

'아, 좋다.'

그녀가 이렇게 그의 상처를 치료해 준다면 매일 넘어져도 좋을 것 같았다.

소독한 부위가 마르자 혜지는 상처에 연고를 바르고 반창고를 붙여 주었다. 완벽하게 처치를 하는 걸 보니 많이 해 본 솜씨였다. 진우가 고맙다는 표시를 미소로 대신했다.

"제가 어렸을 때부터 잘 넘어졌어요. 부모님 두 분 다 직장에 나가셔서 밤늦게 들어오시고 언니도 공부하고 오느라 저녁 늦게 들어왔거든요. 그래서 제가 넘어져서 다치면 제 스스로 상처를 소독하곤 했어요. 괜히 놔두었다가 상처 덧나면 걱정도 들고 야단만 맞아서요."

혜지의 말 하나하나를 놓치지 않으려는지 진우는 그녀의 얼굴을 뚫어져라 바라보고 있었다. 말을 멈추자 혜지는 진우의 뜨거운 시선을 느꼈다. 저절로 어색해지는 감정에 그녀는 안절부절 어쩔 줄 몰라 했다. 이 부자연스러운 분위기를 빨리 깨야만 한다고 생각한 그녀는 목을 가다듬고 말을 꺼냈다.

"흠, 흠. 팔꿈치 쪽이 다쳐서 굽혔다 폈다 하기가 어려울 것 같은데요? 오늘은 쉬엄쉬엄 일하죠. 뭐, 드시고 싶은 것 없으세요?"

진우는 혜지의 말에 어깨를 으쓱거렸다. 종전의 어색함을 없애려고 혜지는 창밖의 풍경을 바라보았다. 날이 너무 화창했다. 게다가 녹음의 계절답게 나무의 푸른 잎들은 진초록 빛을 뿜내고 있었다. 순간 무슨 생각에서인지 혜지가 진우에게 기막힌 제안을 했다.

"우리 땡땡이칠래요?"

혜지의 말을 잘 알아듣지 못한 진우는 멍한 표정으로 고개를 살짝 갸웃거렸다. 그런 진우의 마음을 눈치채고 혜지가 장난기 가득한 얼굴을 진우에게 가까이 가져가며 한 단어 한 단어 또박또박 말했다.

"오늘, 날씨도 좋고 하니. 소풍이나 가자구요. 오늘 할 일은 내일로 미뤄서 내일 조금 더 열심히 하구요. 어때요?"

이제는 혜지 말을 알아들었지만 망설이고 있는 진우의 표정에 혜지가 샐쭉거리며 입을 내밀었다.

"아니면 말구요. 뭐…… 그냥 모범생 모드로 오늘도 보람찬 하루 만들죠."

혜지의 말에 진우는 혜지의 팔목을 잡고 고개를 가로저었다. 나가자는 뜻이었다.

"좋아요. 그래도 하루 온종일 놀 수는 없으니 간단한 샌드위치 만들어 놓고 그걸 핑계 삼아 놀러 가죠. 뭐, 제가 혼자 후딱 마트에 다녀올 테니 진우 씨는 여기서 잠깐 누워 계세요."

혜지의 말에도 불구하고 진우가 따라나서려고 하자 그녀가 강하게 말렸다.

"쓰웃! 금방 다녀온다니까요. 미안해하지 마시고 여기서 잠깐 쉬세요."

도저히 고집불통인 혜지를 이길 수 없을 것 같아 진우는 그녀를 혼자 보내기로 했다.

혜지가 나가자 진우는 긴장이 풀어진 사람처럼 몸이 녹아내리는 기분이었다. 소파에 눕자 몸이 노곤해져 자동적으로 눈이 감겨졌다. 졸음이 쏟아져서라기보다 아까 혜지가 그에게 해 주었던 부드러운 손길을 느끼고 음미하려는 듯했다. 신은 그에게서 듣는 능력을 빼앗아 갔지만 대신 다른 감각은 남들보다 상당히 뛰어나게 만들어 놓았다. 동물적인 본능처럼 그는 그런 감각을 활용해 사진작가로서도 마임니스트로서도 인정을 받았다.

혜지가 전해 주었던 그 감촉은 그의 잠들었던 남자의 본능을 깨우게 했다. 혜지의 사소한 손길 하나에도 몸이 움찔할 만큼 진우에게는 짜릿하게 느껴졌다. 그래서는 안 된다고 생각하면서 그는 숨이 가빠져 옴을 느꼈다. 눈을 감아도 혜지가 앞에 서 있었다.

미치도록 그녀를 갖고 싶은 마음에 그의 숨은 점점 거칠어지고 있었다.

숨가쁜 끝에 거친 사랑

유정은 자신의 휴대폰을 자꾸 확인하고 있었다. 아침에 자신이 차로 받을 뻔했던 그 남자에게서 연락이 올까 봐 걱정도 되면서, 한편으로는 궁금하기도 했다.

"이상하네? 다치지 않았다 하더라도 병원에 가 보는 게 우선일 텐데 순진한 건가, 아니면 정말 괜찮아서 그런 건가, 전화가 안 오면 오히려 나야 좋은 거지만."

유정은 그렇게 중얼거리면서도 한 번쯤은 그 남자에게서 전화가 왔으면 하는 바람도 있었다.

"서유정 씨!"

디자인실 팀장이 유정을 불렀다.

"네, 팀장님."

"가을, 겨울 신상품 카탈로그 기획안 서유정 씨 담당이죠?"

"예, 맞습니다만……."

조심스러운 얼굴로 유정이 대답하자 팀장은 난감한 표정을 지었다.

"이거 어쩌지요? 위에서 마음에 안 들어 하시던데요. 신상품이 완전히 죽어 보인다고 뭐가 문제인지 파악하라고 지시하셨습니다."

팀장이 자기보다 한참 아래인 유정을 어려워하는 이유는 유정이 이 회사의 실세의 딸이라는 소문이 돌았기 때문이었다. 실세의 딸인지 아닌지는 그 실세와 유정만이 아는 일이겠지만 나중에 어떻게 될지 모르는 일이라 유정에게 세게 나가지는 못하고 있었다.

"글쎄요."

아직은 신참이나 다름없는 유정은 딱히 흠이 없어 보이는 카탈로그를 빤히 바라보고만 있을 뿐이었다. 아무래도 그녀가 문제점을 찾는 것은 어려운 일인지 싶었다.

"휴우, 제 생각은……."

팀장은 뭔가를 발견한 듯했다.

"이 사진이 문제예요."

"사진이요?"

"음, 그러니까…… 우리가 이 의상에 포인트를 주는 것이 무엇인지, 사진을 찍은 사람이 파악 못한 것 같아요. 그저 모델이 예쁘게만 나왔지 옷이 살지 않잖아요. 이렇게 하면 옷 장사 못하지."

거기까지 말하고 팀장은 아차! 하는 표정으로 말을 끊었다. 다른 사원 같으면 호되게 야단을 쳤겠지만 승진에 목숨을 걸고 있는 팀장이기에 유정에게는 조심스러운 게 사실이었다.

팀장은 이 계통 경력이 10년 가까이 되었기에 한눈에 봐도 뭐가 문제인지 파악이 되었지만 올해 입사한 유정은 아직도 어리바리해 보이는 병아리사원밖에 되지 않기에 답을 알려 줘도 모르는 눈치였다. 그런 그녀에게 첫 임무를 준 것이, 자칫하다가는 팀장에게 모든 책임을 물을 판이었다.

"사진작가 다시 섭외해서 다시 제작하세요."

"사진작가는 어디서 다시 섭외하죠?"

마음 같아서는 그것도 내가 알려 줘야 하냐? 라고 쏘아붙이고 싶었지만 그런 마음을 애써 누르고 팀장은 최대한 웃으며 대답했다.

"요즘 잘나가는 잡지 찾아보면 괜찮은 사진작가 나올 거예요. 출판사에 물어서 사진작가 찾으면 되겠죠."

"네, 알겠습니다."

알았다고 대답했지만 유정은 불만이 그득한 얼굴이었다.

'내가 보기에는 괜찮은데, 뭐가 어떻다고.'

기껏 했던 일이 허사로 되어 버린 것에 유정은 속이 상했지만 되도록 티를 내지 않기로 했다. 괜히 자기 때문에 아버지가 욕을 얻어먹을 것 같아서였다. 아버지의 백으로 들어온 직장이기에 허투로 하면 안 된다고 생각한 유정은 자기 자신을 다잡으려는 듯 두 손을 불끈 쥐었다.

❈

아무도 없는 텅 빈 어두운 공간, 그곳에서 진우는 누군가를 찾고 있었다. 어린 모습을 한 그가 울먹이는 얼굴로 찾고 있는 사람은 바로 엄마였다. 그러나 아무리 엄마를 부르려고 해도 소리가 나오지 않았다. '엄마'라는 그 최소한의 단어조차 뱉어 내지 못하는 자신이 원망스러워 진우는 자신의 가슴을 치고 있었다.

가슴을 퍽퍽 쳐 대도 소리는 나오지 않았다. 답답하고 고통스러워서 꺽꺽거리고 울었지만 엄마라는 말은 입에서 나오지 않았다. 혼자 있어서 무서운데 진우에게 아무도 없었다. 점점 주위는 어둠 속으로 빠져들고 엄습해 오는 두려움에 그는 이상한 괴성을 지르며 벌떡 일어났다. 그는 자리에 앉아서 가쁜 숨을 몰아쉬고 주위를 돌아보았다.

'꿈이었구나.'

손등으로 만져 본 이마는 땀으로 흥건하게 젖어 있었다. 시계를 보니 30분 정도 깜빡 잠들었던 것 같다.

'혜지 씨 올 시간이다.'

진우는 이런 자신의 모습을 혜지에게 들키고 싶지 않아서 욕실로 들어가 세면대에서 찬물로 세수를 했다. 찬물로 얼굴을 적시니 정신이 맑아졌다. 세수를 하고 나오자 혜지가 현관문을 열고 들어왔다.

"누워 있으라고 했더니, 괜찮아요?"

샌드위치 재료를 탁자에 올려놓으며 혜지가 물었다. 그녀의 물음에 웃음으로 대답하면서도 진우는 우울했다. 그녀에게 '괜찮아요.' 라는 말 한마디 하지 못하고 웃음으로 대답하는 자신이 정말 싫었다.

'나도, 이 여자와 하루 종일 이야기를 나누고 싶다. 소소하고 별거 아니지만 이런저런 이야기, 하고 싶었던 말들⋯⋯. 나 당신 좋아하는 것 같아요. 어쩌면 좋죠? 내가 당신을 좋아하는데 당신은 어떤가요? 하아⋯⋯. 글이 아니라 내 입으로 내 목소리로 그녀에게 고백하고 싶다.'

뜨거워진 눈시울을 그녀에게 들킬세라 입술을 꾹 다문 채 테이블 모서리를 손가락으로 문질러 댔다.

그는 29년 동안 살아오면서 자신이 말을 할 수 없다는 것에 대해 이렇게 화가 나 본 적이 없었다.

남자였지만 어릴 때 인어공주를 읽고 펑펑 울었었다. 공주가 거품이 되어 날아간 것이 슬퍼서가 아니었다. 마녀에게 목소리를 주고 말을 할 수 없는 인어공주가 너무도 가여웠다. 그래서 마치 자신이 인어공주가 된 것처럼 그 책을 읽고 눈이 퉁퉁 부을 만큼 울었던 적이 있었다.

지금 자신의 상황이 목소리를 잃어버린 인어공주와 같다는 생각이 들어 그의 가슴은 시퍼렇게 멍든 것같이 아팠다.

"참치 좋아해요?"

혜지가 묻자 진우는 애써 표정을 가다듬고 조용히 고개를 끄덕였다.

"참치에 겨자와 마요네즈를 넣고 양파 다진 것과 쪽파도 넣어서 참치 샐러드를 할 거예요. 이걸 빵 사이에 끼우고 살짝 구워 주면, 제법 근사하고 맛있는 샌드위치가 된답니다. 기대하세요!"

말을 하면서도 손으로 재빠르게 뭔가를 뚝딱뚝딱 만들어 가는 혜지를 보며 진우는 미소를 되찾았다. 그녀가 섬세한 손길로 뭔가를 만들 때마다 마법을 부리는 것 같아 신기하기만 했다.

혜지가 만든 샌드위치를 들고 밖으로 나왔다. 녹음이 우거진 공원길을 걸으니 탁 트인 느낌에 엔도르핀이 솟아나는 것 같은 기분이었다. 그런 기분에 도취되어서인지 혜지의 발걸음은 솜털 같이 가벼워졌다. 진우는 그런 혜지의 그림자를 쫓아 가만히 뒤따라왔다.

"저기요, 여기서 사진 한 컷 찍어요. 카메라는 저 주세요. 작업실에서 만날 사진 찍으시니까 지겹죠? 여기서는 제가 사진작가가 되어 멋지게 찍어 드리겠습니다. 자, 포즈 취하세요."

혜지의 말에 당황한 진우는 어떻게 해야 할지 몰랐다. 진우는 자신을 제외한 것만을 찍어 왔기에 포즈 취하는 게 상당히 어색했다. 남들은 셀카다 뭐다 해서 자신의 카메라로 갖가지 포즈를 잡는데 진우는 그래 본 적이 한 번도 없었다.

어정쩡한 그의 포즈에 혜지는 당황했다.

"아니, 사진작가가 포즈를 그렇게 취하면 어떻게 해요?"

그녀는 진우에게 다가가서 그의 촬영 각도를 이리저리 참견했다. 고개는 45도 각도로 돌리게 하고 팔의 위치나 다리 벌림까지 일일이 코치하고 나서야 사진을 찍었다. 블로그 활동을 하면서 혜지도 제법 사진을 많이 찍었던 터라 사진 찍는 게 그리

손가락 끝에
걸린
사랑

어렵지는 않았으나 자신의 카메라가 아니어서 그런지 손에 익지 않았다. 혹시나 해서 사진을 확인하려던 혜지는 잠깐 놀란 표정이었다. 그럴 수밖에 없는 것이 앞으로 가면 갈수록 자신도 몰랐던 그녀의 사진들이 카메라에 담겨져 있었기 때문이었다. 순간 당황한 혜지였지만 일부러 모르는 척 넘어갔다. 그가 왜 자신의 모습을 몰래 담았는지는 모르지만 여기서 다그친다면 그가 난처해할까 봐서였다.

'혹시 저번에 그 일로 이상한 마음을 갖는 건 아니겠지?'

혜지는 전에 진우 어깨를 주물러 주다가 엉겁결에 입을 맞춘 것을 떠올리고는 순식간에 얼굴이 홍당무처럼 빨개졌다.

❋

혜지의 방을 불법으로 점령하고 5일이 지나자 혜미는 산기를 느꼈고 곧 태어날 아기 때문에 병원으로 가게 되었다. 2, 3일은 병원에 있어야 할 것 같았기에 병원에는 그녀를 돌봐 줄 엄마도 같이 가야만 했다. 결국 혜지는 꼼짝없이 며칠 동안 돌봐 줄 사람 없는 조카 서연을 맡아야만 했다.

"나도 일하는 사람이야. 세상에, 어떻게 나보고 서연이를 맡아 달래? 너무한 거 아니야?"

혜지는 서연을 부탁하는 엄마의 말에 강하게 따지고 들었다.

"그러니까 부탁하는 거잖아? 언니는 둘째 낳느라 사경을 헤매는데, 동생이라는 년이 한다는 소리 좀 봐. 너, 나중에 나한 테 산후조리 운운하기만 해 봐."

"휴우, 그래…… 다 좋아. 그럼, 형부는? 형부는 뭐하고? 그리고 언니네 시댁도 있잖아."

말을 듣던 혜지의 엄마가 기어코 손으로 혜지 팔뚝을 철싹 때렸다.

"으이그! 이런 인정머리 없는 거. 오죽하면 너한테 부탁하겠냐. 네 형부도 지금 회사가 어려워서 하루 빠지는 것도 눈치 보고 있다는데, 그리고 시어른 편찮으신 것 뻔히 아는데 어디다 대고 도와달래? 게다가 시댁이 어디 쉬운 양반들이냐?"

'그러게, 누가 그렇게 까다롭고 어려운 집에 시집가래?'

차마 말로 꺼내지는 못하고 혜지는 속으로 중얼거렸다.

혜지는 자신의 언니지만 자신과 가치관이 확연히 다른 혜미에 대해 이해가 안 갔다. 혜미는 자신이 사랑했던 남자를 택한게 아니라 자신의 생각하는 조건과 가장 맞아떨어지는 남자와 결혼했다. 연애는 남부럽지 않게 했던 혜미였기에 신랑은 더 괜찮은 남자를 고를 거라 생각했었다. 물론 지금의 형부는 그때 상황에서 최고로 잘난 남자였다.

7년 전 기준에서 그는 잘나가는 대기업의 과장이었고 시부모님도 가진 재산이 많았기에 시집가서는 다른 사람들처럼 시댁 때문에 고생하지 않을 거라고 믿었었다. 그래서 혜미는 선을 보고 두 달 만에 결혼을 결심했다. 하지만 그런 것도 부질없었다.

손가락 끝에
걸린
사랑

형부는 결혼 1년 만에 회사에서 명퇴를 하고 1년 가까이 백수 상태로 있다가 조그만 회사에 겨우겨우 취직했다. 시부모님도 이러저러한 병환 때문에 가지고 있는 재산을 야금야금 까먹고 있는 중이었다. 나중에는 자식들에게 한 푼도 줄 생각 없으니 그리 알라고 엄포까지 놓으셨다고 한다.

당신들의 재산을 믿고 자식들에게 봉양을 요구했던 시부모님은 재산을 한 푼도 주지 않는다고 선언했음에도 예전처럼 당당했고, 그래도 자식들인데 나중에 물려주겠지란 일말의 희망이 있어서인지 형부와 언니는 그런 시부모님의 말씀이라면 마치 하늘에서 내리는 명처럼 여기고 벌벌 떠는 혜미가 막상 친정집에 와서는 왕비 노릇하려는 게 가장 못마땅했다.

그래도 어쩔 수가 없는 게…… 언니니까, 그리고 조카니까, 더 이상 뭐라고 할 수 없었다. 딱 3일만 맡기로 하고 서연을 작업실로 데리고 왔다.

"진우 씨, 죄송해요. 서연이 맡길 데가 없어서……."

미안해서 죽을상을 하고 있는 혜지에게 진우는 진심으로 괜찮다고 손을 내저었다. 서연은 혜지와 진우 사이에 끼어서 손가락을 입에 물고 서 있었다. 제딴에는 뭔가 생각 중인 눈치였다. 그러더니 둘을 번갈아 가며 쳐다보았다.

"임모……뿌?"

그 말에 당황한 혜지는 눈을 치떴다.

"아니야! 얘가 아무나 보면 이모부래. 그런 사이 아니거든?

혹시나 저 아저씨한테 그런 소리 하면……."

혜지는 진우 몰래 서연에게 부르르 불끈 쥔 주먹을 슬쩍 보여 줬다. 그런 혜지의 무서운 경고의 뜻을 잽싸게 간파한 서연은 침을 꼴깍 삼켰다.

진우는 서연을 재미있게 해 줄 요량으로 간단한 마임을 보여 주었고 그의 입에서 뭔가가 길게 나왔다. 눈으로 보이지 않았지만 그것은 기다란 줄을 표현하는 듯했다. 눈에 보이지 않은 그 끈으로 그는 있는 힘을 다해 줄다리기를 하고 있었다. 실감나는 그의 연기에 서연은 신기해하면서 그에게 푹 빠진 듯했다. 혜지는 처음 본 진우의 색다른 모습에 신선함을 느꼈다.

'마임니스트라고 하더니, 정말 맞구나. 가까이에서 마임을 보니 정말 예술인데.'

아주 짧은 공연이 끝나자 서연은 함박웃음을 터뜨리며 박수를 연신 쳐 댔다. 옆에 서 있던 혜지도 환한 미소를 띠며 열심히 박수를 쳤다. 그런 두 여자를 보며 진우는 작게 가슴이 떨렸다.

'혜지 씨가 웃는다. 나를 보고……'

둘이 작업을 하는 동안 서연에게 얌전히 있겠다는 다짐을 받아 둔 혜지였지만 하루 종일 심심해하는 서연을 보자 녀석이 조금은 안됐다는 생각이 들었다. 의기소침한 서연을 위해 바람도 쐴 겸 마트에 가기로 했다.

서연은 그 또래가 그렇듯 마트에 있는 것 자체가 흥분이요,

즐거운 놀이였다. 지나치게 신이 난 나머지 이곳저곳 방방 뛰며 돌아다녔기에 그 녀석을 줄로 칭칭 감아 매달아 놓고 싶을 정도였다. 결국 혜지가 선택한 방법은 자동차가 달려 있는 카트에 서연을 꼼짝 못하게 가둬 놓는 거였다. 서연이 자동차에 타자 그제야 그들에게 잠깐의 평화가 찾아 왔다.

오늘은 그라탱과 오믈렛을 만들기로 했다. 그것을 택한 진짜 이유는 그것들이 서연이가 좋아하는 요리라는 것이다. 그 음식을 먹으면, 먹는 동안만이라도 녀석이 잠시 조용해질 것 같아서 선택한 거였다. 이리저리 코너를 돌고 있는데 왠지 낯익은 목소리가 들려왔다.

"어머머, 신혼인 줄 알았는데 애까지 있었구먼. 아이고, 딸이 아빠 닮아 아주 예쁘게 생겼네!"

혜지는 치즈를 들고 있던 손을 바르르 떨면서 고개를 홱 돌아보았다. 맞다. 바로 그 아줌마인지 할머니인지 헷갈리는, 참견 좋아하는 그 여자였다. 전에 두 번이나 보았던……

"저기요. 얘는 제 조카거든요. 그리고 저 결혼 안 했습니다."

"아니 세상에, 그럼 식도 안 올리고 같이 사는 거였어?"

오버하며 놀라는 그 여인네에게 혜지는 어떤 말을 해야 현명한 건지 판단이 서지를 않았다. 가만히 듣고 있자니 복창 터질 노릇이었다. 그렇지만 그녀가 그 오지랖 넓은 아줌마에게 해명을 하게 되면 구구절절이 자신의 사생활에 대해 얘기를 해야 하는데 그러기는 더더욱 싫었다. 이것저것 생각해 보니 차라리 가만있는 게 나았다.

'그래, 그냥 오늘도 참자. 참자…… 혜지야, 참는 자에 복이 있나니.'

부글부글 끓어올라 머리 뚜껑이 열리는 걸 겨우 눌러 참으며 혜지는 그녀에게서 시선을 거두었다. 그리고 요리에 맞는 치즈를 고르기 위해 치즈 코너를 둘러보고 있었다. 치즈 봉지에 구멍이 뚫릴 정도로 눈에 힘을 주며 분을 다스렸다. 아무리 성분표를 보며 집중을 해도 울컥하는 심정은 다스릴 길이 없었다.

"생각해 보니 진짜 열 받네. 나를 유부녀로 당연히 아는 것도 화가 나고 서연이를 딸로 알고 있는 것도 화가 나지만…… 그래, 그것까지 참을 수 있어. 아니, 그런데 예쁘면 엄마 닮아 예쁘다고 해야 맞는 거지, 어디 아빠 닮아서 예쁘다고 그래? 내가 저 아줌탱이를 그냥!"

씩씩대며 혜지는 카트를 밀고 그 아줌탱이 엉덩이를 향해 돌진했다. 그리고 그 뚱뚱한 엉덩이를 시원하게 날려 버렸다. 물론 상상으로만…….

계속 생각해 봤자 자신의 정신 건강만 해칠 것 같아 혜지는 앞장서서 걷고 있는 진우에게로 다가갔다.

✳

진호는 요 근래 들어 마치 금욕을 결심한 사람처럼 수많은 소개팅 제의를 사양하고 있었다.

여자라면 자다가도 벌떡 일어날 위인이라는 걸 주변에서 알고 있기에 눈치가 빠른 친구들은 진호에게 뭔가를 캐내려 하고 있었다.

"김진호, 너 왜 그래? 계절에 옷 바뀌듯 여자 바꾸는 놈이, 요즘 뜸하다? 늘 액세서리처럼 여자들 주렁주렁 달고 다녔잖아? 이제 그런 여자들이 지겹냐?"

"몰라, 이제는 다른 여자들에게 흥이 안 가."

"하하, 이놈 벌써 씨가 말랐냐? 아니면 고자가 된 거야? 네가 그럴 놈이 아닌데 말이야. 흠…… 너 혹시…… 사고 쳐서 결혼?"

"아니야, 새꺄! 결혼은 무슨, 그냥 마음에 둔 여자가 있는데 잘 당겨지지 않아서 그래."

친구의 한 발 앞선 짐작에 진호는 대꾸도 귀찮은 듯 성의 없는 말투로 내뱉었다.

"히야, 천하의 김진호가 당겨지지 않은 여자가 있었어? 이거 완전 놀랄 '노' 자다. 도대체 그 여자가 누구야? 뭐 전지현? 아니면 김태희?"

"이 자식이 놀리고 있어? 남은 심각한데, 입 닥치고 술이나 마셔. 짜샤!"

그는 요즘 무엇을 하던 의욕이 없었다. 아니 정확하게 얘기하자면 자신감을 잃어버렸다. 솔직하게 말해 만만하게 봤던 혜지

에게 수모 아닌 수모를 겪으니 어떻게든 그녀와 만나 보고 싶어
졌다.

웬만해서는 자기가 먼저 친구를 부르지 않는 진호이지만 오
늘의 대학동창 모임은 그가 직접 불러 모은 것이었다. 그 한 명
중 해정의 신랑 대섭이었다. 대섭이 다가오자 진호는 얼른 그에
게 말을 걸었다.

"신혼 재미 좋냐?"

처음부터 본론으로 들어갈 수 없어서 소소한 안부 먼저 물
었다.

"좋긴, 짜샤. 우리 부인께서 배가 제법 올라와서 달콤한 신혼
도 못 보내고 있다."

"그래도 능력 좋아, 올해 안에 장가도 가고 애까지 낳으니 말
이야. 그 정도면 성공한 거지. 어디다 불만을 제기해? 외로운
싱글 앞에서!"

"이놈 말하는 거 봐라. 네 녀석이 왜 외로운 싱글이야? 항상
여자들이 번호표 들고 우르르 대기하고 있는데. 야! 그 많은 여
자들 어디다 두고 그런 씨알도 안 먹힐 소리를 하냐?"

대섭은 진호에게 짐짓 주먹으로 치는 시늉을 했다. 그런데
도 진호 표정이 진지하자 눈썹을 올리며 믿기지 않은 표정을
지었다.

"자식 정말인가 보네? 그러게 적당히 차라고 했잖아. 이제
와서 외롭다느니 하면서 어쩌라고! 뭐, 여자라도 소개시켜 달라

고? 알다시피 우리 혜정이 요즘 굉장히 예민해서 말 꺼내기 어려운데, 게다가 와이프 친구들 거의 유부녀고."

진호는 대섭의 말에 잽싸게 대꾸했다.

"아직, 결혼 안 한 친구 있잖아."

진호의 말에 대섭이 눈을 굴리며 생각하고 있었다.

"너, 혜지 씨 생각하는 거야? 안 돼, 인마. 우리 허니가 '진호 씨에게 혜지는 절대 안 돼요. 혜지는 순진한데 그 사람은 너무 바람둥이예요.' 이럴 텐데 분명히."

대섭은 어울리지도 않은 성대모사까지 하며 그의 부탁을 완곡하게 거절했다.

"혜지 씨 애인 없다며? 내가 어때서? 나, 인기 좋잖아. 인기 좋은 남자가 만나 주겠다고 하면 황송해야 하는 것 아냐?"

뒤에서 진호 말을 고깝게 듣고 있던 태웅이 소리쳤다.

"이제 그 나이 되었으면 정신 차려야 되는 것 아냐?"

"야, 김태웅? 너 왜 그래? 술 취했어?"

당황한 대섭이 태웅을 부축하며 진호 눈치를 봤다.

"나쁜 새끼, 진호 넌 나쁜 새끼야. 늘 내가 찍었던 여자만 가로채고."

태웅의 폭탄 같은 말에 진호의 눈빛이 금세 싸늘하게 바뀌었다.

"솔직히 말해 보자고. 네가 찍은 여자들, 내가 가만히 얌전히 있었다면 너한테 갔다는 말인 거야? 아니잖아. 그리고 내가 언제 가로챘다고 그래? 여자들이 나에게 들이대는 걸 나보고 어쩌라고, 응? 가로챘다는 말은 네가 내 앞에서 할 말이 아닐 텐데? 너야말로 혜지 씨에게 전해 달라는 명함은 어떻게 했냐? 배고파서 뜯어 먹었냐?"

진호의 비아냥거림에 태웅은 부들부들 떨며 주먹을 날렸다. 하지만 이미 취한 상태인 태웅의 주먹은 헛방만을 날렸다. 이에 진호는 태웅의 주먹을 으스러져라 꽉 잡았고 어금니를 꽉 깨문 채로 턱을 씰룩거렸다.

"명함, 잘 전달하라고 그랬지? 마음만 먹으면 네가 한 말대로 네가 찜해 놓은 여자들 죄다 채갈 수 있어. 그러니까…… 조심해."

차갑고 낮은 목소리로 진호가 내뱉자 주위가 싸해졌다.

진호는 휘청거리는 태웅을 다른 친구에게 맡기고 대섭과 어깨동무를 하며 술집을 빠져나오며 외쳤다.

"1차 계산은 내가 하고 갈 거니까, 나머지는 너희가 알아서들 해라."

대섭은 진호가 친구로서 괜찮고 능력 있는 놈이라는 걸 알지만 언뜻언뜻 보이는 비열한 느낌의 차가움 때문에 썩 좋아하는 친구는 아니었다. 그런 이유에서인지 해정이도 진호를 별로 달가워하지 않고 있었다.

"아까 못 다한 말 더 할게. 죽이 되든 밥이 되든 혜지 씨나 나나 둘 다 성인이니까 일단 만나게만 해 줘. 나 여자관계 빼놓고는 다 괜찮은 놈이잖아. 너도 그건 알지?"

"그래. 안다, 이놈아."

"나, 변했다니까. 아니, 지금도 변하고 있고 계속 변하려고 무진장 노력하고 있다. 그러니까 해정 씨에게도 안심하라고 전해 줘. 내가 직접 혜지 씨 만나려고 했는데 잘 안 돼서 그런다. 아무래도 해정 씨가 나에 대해 별로 좋은 소리 안 한 것 같아. 해정 씨에게 나 좀 한 번 믿어 달라고 좀 해 봐. 응?"

대섭은 내키지 않았지만 간곡한 진호의 부탁을 물리칠 수가 없었다.

6.

새로운 감정

"오토바이, 배, 소방차, 기차."

혜지는 서연에게 손가락으로 짚어 가며 그림 속 단어의 이름을 읽어 주었다. 조기교육에 관심 많은 엄마를 둔 덕분에 서연은 말도 서툰데 불구하고 한글을 배우고 있었다. 언니의 출산 관계로 한 달 동안 한글 선생님이 못 오는 공백을 혜지가 메우고 있었다. 휴식 시간 틈틈이 한글 공부를 봐 주고 있는데 스티커를 아무 데나 붙이는 서연에게 하나씩 짚어 가며 읽어 줘야만했다.

"임모, 이거 어띠다 붙텨요?"

잠깐 뭐라도 할라 치면 끊임없이 말을 거는 서연이 때문에

손가락 끝에
거친
사랑

혜지는 마냥 지쳐 가고 있었다. 이럴 때 진우가 옆에 있으면 좋으련만 어머니 퇴원 관계로 작업실에서 일찍 나가고 없었다.

혜지는 혼자서 작업실 정리 및 레시피에 관한 글을 끝내 놓고 조금 일찍 작업실에 나와 소개팅을 한 후, 해정을 잠깐 보기로 했다. 그러니 마음이 계속 바쁠 수밖에 없었다. 그러한 혜지 마음도 모르고 서연은 계속 그녀를 붙잡고 안 놔주고 있었다. 깍쟁이 같고 얄미운 남동생이지만 혜지가 죽는 소리를 하자 오늘 하루만 조금 일찍 퇴근해서 서연을 봐 준다고 했으니 그나마 다행이라는 생각이 들었다.

원래 소개팅 약속은 다음 주였는데 소개팅남이 출장 있다고 서두르는 바람에 급하게 오늘로 약속을 잡게 되었다. 그전에 해정을 만나기로 미리 약속했던 것이 있기에 어쩔 수 없이 하루에 약속이 두 개나 잡혔다. 번갯불에 콩 볶아 먹듯 서둘러서 하는 게 싫었던 혜지는 '출장 다녀와서 보는 게 낫지 않을까요?' 라고 조심스럽게 물었다. 그러자 그는 출장이 석 달이나 걸린다며 차라리 일찍 만나 보는 게 낫지 않겠냐고 밀어붙였다. 혜지로서도 선택의 여지가 없었다.

혜지는 서연이 때문에 정신이 한 무더기 나간 상황에서 옷에까지 신경을 쓸 수가 없었다. 참으로 성의 없었지만 입던 옷 그대로에 머리만 가지런히 정리하고 작업실을 빠져나왔다. 중간에서 동생을 만나 서연을 건네주고 약속 장소로 향했다. 나름 청바지에 정장풍의 재킷을 입긴 했지만 그래도 소개팅 옷차림으론 영 아니었다.

커피 전문점에 들어가니 소개팅남이 먼저 와서 기다리고 있었다. 사돈께서 해 주는 선과 같은 소개팅이라 예의를 갖췄어야 함에도 옷차림에서부터 그녀는 이미 나가리였다. 혜지는 모든 것을 포기한 사람처럼 소개팅남이 앉아 있는 곳을 향해 걸어갔다.

"일찍 오셨네요?"

"아, 예."

언니한테 잠깐 브리핑을 받은 간단한 약력을 떠올리자면 '막내아들에 서른셋의 나이, 연애 경험 거의 없고 주말에 친구도 잘 안 만나고 돈 쓸 줄도 몰라서 모아 놓은 돈이 꽤 있다.'였다. 그리고 덧붙인 말에 의하면 외모는 기대하지 말라고 했는데 기대를 안 한 탓인지 크게 실망할 것까지는 없었다.

"죄송해요. 일하다 와서 옷차림이……."

혜지는 상대 남자에게 양해를 구했다.

청바지 차림으로 선을 본 적은 한 번 더 있긴 했었다. 그때 그 남자는 대놓고 혜지에게 예의 없다고 쏘아붙였는데, 그런 싸가지 없는 말을 한 그 남자도 만만치 않은 복장이었다. 잠바대기에 수염도 거뭇거뭇해 사이다를 들이켜도 속이 메슥거리기만 했었다. 그 수모 이후 혜지는 되도록이면 선 자리나 소개팅 자리에는 청바지를 입지 않으려고 나름 노력했는데 오늘 상황은 어쩔 수 없었다.

언니가 나중에 지랄하더라도 서연이 때문에 그랬다고 버럭 소리 지르면 될 것이었다.

혜지는 서연이와 놀아 주다 보면 화장실에 갈 여유조차도 없었다. 녀석을 하루 종일 돌봐 준 이후, 그동안 얄밉기만 했던 언니를 이해해 주기로 마음먹기까지 했다.

소개팅남은 지금 아무 말이 없었다. 아니 아까도 말이 없었고 지금도 말이 없고, 앞으로도 말이 없을 것 같아 보였다. 혜지는 이 어색함을 깨려고 하는 수 없이 혼자 원맨쇼를 해야만 했다. 그냥 자리를 박차고 나가고 싶었지만 그래도 30분은 채워야 했기에 연신 시계를 보며 마음을 다스렸다. 이제 혜지의 레퍼토리도 다 끝나고 무서운 침묵이 일었다.

'무써븐 침묵.'

말하는 것이 은이면, 침묵은 금이라는 유명한 말이 있지만 이 어색한 상황에서 침묵은 어떤 공포영화보다 무섭다. 다행히 상대방이 천천히 입을 열어 침묵을 깼다.

"혜지 씨는 TV 프로그램 중에서 어떤 프로그램 즐겨 보세요?"

"글쎄요. 전 TV와 별로 친하지 않아서 가끔 건성건성 보지만 딱히 즐겨 보는 건 없어요. 주로 음악 듣고 책을 보거나 컴퓨터를 하거든요."

"그러시구나. 전, 사랑 그리고 전쟁을 즐겨 봅니다."

'사랑 그리고 전쟁? 사랑과 평화, 전쟁과 평화 아니고? 그게

무슨 프로지? 전쟁 드라마인가? 정말 모르겠네.'

혜지가 사랑 그리고 전쟁이 무엇일까 나름 상상의 나래를 펼치고 있는데 그가 입을 열었다.

"주말 밤마다 했던 프로그램인데 요즘은 안 하더라고요. 섭섭했는데 가끔 케이블TV에서 재방송을 하고 있어 그것 보며 만족하고 있어요."

아무리 생각해도 사랑 그리고 전쟁이 뭔지 모르겠는 혜지가 그에게 물었다.

"사랑 그리고 전쟁이 뭐하는 프로예요?"

"부부클리닉이라고 해서, 부부들 사연을 드라마로 보여 준 다음 시청자 의견 묻는 거예요. 왜 거기 유명한 대사 있잖아요. '한 달 후에 뵙도록 하겠습니다.' 참 재미있고 감동적인 프로그램이에요."

그제야 알아들은 혜지는 그 자리서 로켓이 되어 지붕 위로 솟구쳐 올랐으면 하는 심정이 되었다. 즐겨 보지 않아 제목이 잘 기억 안 났지만 가끔 우연히 보게 되면 껌처럼 씹어 대던 프로그램 중 하나였다.

'무슨 공영방송에서 저런 자극적인 걸 내보내는지. 완전 시청률 때문에 발악한다. 쯧쯧.' 하며 혀를 찼던 프로그램이었다. 과도하게 자극적인 내용만 골라서 방송하는데다 가만히 보고 있자면 결혼에 대한 부정적인 감정을 심어 줘서 볼 때마다 짜증을 일으켰는데 이 남자는 재미도 모자라, 감동까지 있단다.

'어쩌면 나와 달라도 이렇게 다른지……'

조용히 찌그러져 있던 이 남자가 뭐가 그리도 좋은지 여태까지와는 달리 과도하게 말이 많아졌다. 사랑 그리고 전쟁만 파고들며 연구했는지, 아니면 그 프로그램을 기반으로 박사 논문을 쓰려던 참이었는지 자기가 인상 깊게 보았던 에피소드를 주절주절, 침까지 튀겨 가며 자세하게도 얘기하고 있었다.

"최근에 재미있게 봤던 것은 쌍둥이가 나온 얘기였는데요. 결혼한 쌍둥이 언니가……"

앞에서 소개팅남이 떠들고 있어도 매우 심심한 참으로 아이러니한 이 상황에서 혜지는 말 한마디 없어도 같이 있으면 편하고 재미있는 진우가 생각났다.

한시라도 빨리 자리를 뜨기 위해 혜지는 머그컵 한가득 담겨진 뜨거운 커피를 한입에 '훅' 하고 털어 넣고는 일 핑계로 자리에서 일어났다.

"저, 정말 죄송합니다. 오래된 선약이 있어서 지금 일어나야 할 것 같아요. 그럼 바빠서 저는 이만……"

서둘러 인사를 하고 뒤돌아서는데 남자가 뭐라고 중얼거렸다. 혜지 뒤에 대고 계속 '뒤에 오토바이가 있어요.' 라는 말을 두어 차례 하는데 그게 무슨 말인지 못 알아들은 혜지는 그 남자가 슬슬 두렵게 느껴지기까지 했다. 그래서 그가 말하건 말건 뒤도 안 돌아 보고 뛰다시피 빠져나왔다.

"무어야? 저 인간 사이코도 아니고 어디에 오토바이가 있다는 거야? 커피 전문점에 웬 오토바이? 아니면 오토바이로 나를 치겠으니 뒤를 조심하라는 거야? 아이, 짜증나."

하지만…… 그로부터 얼마 지나지 않아 혜지는 그 남자가 한 말의 뜻을 알게 되었다.

❋

혜지는 헐레벌떡 뛰어서 약속 장소에 도착했다. 10분 정도 늦었는데 그 정도면 해정에게 목숨 부지가 불가능한 상황이었다. 그녀는 숨도 고르지 않고 이리저리 둘러보며 해정을 찾고 있었다.

"어, 이상하다? 얘 어디 간 거야?"

그런데 약속 장소에 해정은 안 보이고 어디선가 상당히 낯익은 얼굴이 눈에 들어왔다. 그 사람을 보자마자 혜지는 '진우 씨가 여기는 웬일이에요?' 라고 말할 뻔했다.

그는 진우가 아니라 진우의 형, 바로 김진호였다.

상당히 놀라면서 어리둥절해하는 혜지를 보더니 진호가 천천히 느긋한 웃음을 흘렸다.

"죄송합니다. 놀라셨죠? 실은 해정 씨에게 제가 간곡히 부탁 드렸습니다. 혜지 씨 만나게 해 달라고. 식사 안 하셨죠? 제가 예약한 곳이 있는데 먼저 가서 식사하면서 같이 자세한 이야기 나누죠."

기름이 상당히 칠해진 매끄러운 매너가 형제와 엮이지 않으려 단단히 마음먹은 혜지라도 약해지게 만들었다.

'그래, 일단 무슨 얘기인지 들어나 보자고.'

계산을 하는 동안 혜지가 뒤돌아서 있는데 진호가 아까 소개팅남과 같은 말을 했다.

"뒤에 오토바이 있어요."

혜지는 주위를 두리번거렸다. 아무리 뒤돌아 봐도 오토바이가 쫓아오지도 않는데 오토바이가 있다고 하니 혜지는 거슬리는데다 짜증까지 났다.

'아니, 뒤에 오토바이가 있다고 말하는 게 유행어야, 뭐야?'

그래도 못 알아듣는 혜지에게 진호는 난감해하다가 어쩔 수 없는 표정으로 엉덩이를 가리키며 말했다.

"바지 엉덩이에, 오토바이가……."

"네에?"

혜지는 진호 말을 곰곰이 생각하다 머리가 두 개로 갈라지는 충격을 받았다. 손으로 엉덩이 쪽을 더듬어 보니 청바지 촉감과 다른 뭔가가 만져졌다. 스티커였다. 조카와 같이 찾아도 찾아도 보이지 않았던 한 장의 오토바이 스티커가 하필이면 혜지의 엉덩이에 철썩 달라붙은 거였다.

순식간에 얼굴이 빨갛게 달아오른 혜지가 스티커를 떼려고 손으로 엉덩이를 더듬거렸다. 재빨리 떼어 냈지만 오토바이 중 '오토'만이 떼어졌을 뿐이었다. '바이'도 마저 떼려고 하는데 이놈의 스티커가 강력 접착제를 사용했는지 떼기가 어려워 혜지는 계속 버둥거리고 있었다.

'앞에 붙었으면 손톱으로 긁어서 떼는 게 그리 어렵지 않았을 텐데 하필 엉덩이에 붙어 가지고 민망하게시리!'

점점 이상야릇한데다 꼴사나워지는 꼴을 감수해도 나머지 스티커가 잘 떼어지지 않자 진호가 그녀에게 조심스레 물었다.

"실례가 되지 않는다면 제가 떼어 드릴까요? 손을 계속 엉뚱한 곳에 가져다 대는 것 같아서요."

떼어 달라고 하기에도 뭐하고 그냥 놔두기에도 뭐한 상황, 고민하던 혜지가 눈을 치뜨며 말했다.

"실례가 되지 않는다면 그냥 이대로 있으면 안 될까요?"

허를 찌르는 혜지의 대답에 진호는 당황스러우면서도 신선한 느낌을 받고 혜지를 빤히 바라보았다.

'생각보다 더 재미있는 맹랑한 아가씨네. 점점 마음에 드는데?'

✻

어머니가 주무시는 걸 확인하고 나서야 진우는 컴퓨터 앞에 앉아 한숨을 돌리고 메일부터 확인했다. 듣지 못하는 진우에게 메일은 긴한 내용의 연락을 주고받는 중요한 통신수단이었기에 자주자주 메일을 확인하는 편이었다. 오늘 반나절 동안만 컴퓨터를 안 들여다봤는데도 메일이 다섯 통이나 와 있었다. 스팸 메일 두 개를 휴지통에 넣고 메일 세 개를 확인해 보니, 하나는 마임 공연에 관한 것이었고 두 개는 사진 작업에 관한 메일이었다. 한 곳은 예전에 몇 번 작업한 곳이었지만 나머지 한 곳은 잘 모르는 곳이었다. 하지만 상호명은 낯설지 않았다.

'도도패션?'

물론 유명 브랜드를 갖고 있는 회사이기에 익히 알고는 있었지만 같이 일을 해 본적이 없기에 낯설어야 마땅했다. 그렇지만 요 근래 들어 어디선가 봤던 기억이 있었다. 한참 고개를 갸웃거리던 진우가 책상을 탁 쳤다.

'아, 명함!'

진우는 지갑에 끼워진 명함 속에서 '도도패션 디자이너 서유정'이라는 이름이 찍힌 명함을 찾아냈다.

메일을 확인해 보니 서유정이 보낸 것은 아닌 디자인팀 팀장이라고 하는 사람이 보낸 메일이었다. 그와 같이 작업을 하고 싶다는 내용이었다. 진우는 골똘히 생각한 후, 답 메일을 작성했다.

[같이 일을 해 보고 싶지만, 지금 하고 있는 일도 있고 곧 공연 계획이 있어 힘들 것 같습니다. 죄송합니다. 다음 기회에 연락 주십시오. -김진우]

진우는 한 가지 일을 시작하면 그 일이 끝날 때까지 집중하는 스타일이라 두 가지 직업이 있어도 한 번도 겹쳐서 일을 해 본 적이 없었다. 그러니 당연히 사진 작업도 한꺼번에 두 탕을 뛴다는 것은 있을 수 없는 일이다. 그래서 그의 일은 완벽하다는 평판을 듣기도 한다.

그런 고지식함은 자신의 형 진호와 완전 반대였다. 같은 뱃속에서 자란 쌍둥이들은 성격도 비슷하다던데 사는 환경이 달라서였을까? 그들은 외모만 닮았고 나머지는 거의 반대였다. 진우는 진호에게 문자를 보냈다.

[어머니, 퇴원하셔서 지금 집에 계셔. 나중에 잠깐이라도 엄마 뵈러 와. -진우]

조용히 어머니께 드릴 죽을 끓이고 있는데 문자가 들어왔다. 진호가 보낸 거였다.

[수고 많았다. 집에 가는 것은 나중에 다시 연락할게. -진호]

나중에, 따로, 다시 연락할게라는 뜻은 별로 어머니를 뵙고 싶지도 연락하고 싶지도 않다는 뜻이다. 진호의 연락을 한없이 기다릴 어머니를 생각하니 답답한 마음이 일었다. 숨이 막혔다. 이렇게 힘들 때 생각나는 사람은 나에게 어떤 사람일까? 그 생각과 동시에 진우는 혜지의 얼굴을 떠올렸다.

'혜지 씨, 지금 뭐하고 있을까? 보고 싶다. 오늘은 일찍 헤어져서, 주말 끝나고 월요일에나 볼 수 있을 텐데…….'

혜지를 볼 수 없는 주말이 진우는 무척 힘들었다. 그래도 진우는 억지로 기운을 차리고 어머니 드릴 죽을 그릇에 담았다.

손가락 끝에
기분
사랑

※

코스 요리가 나오기 시작하자 진호가 입을 열었다.

"알고 봤더니 혜지 씨 유명한 분이시던데요?"

"네에?"

무슨 뜻으로 진호가 말하는지 몰라 혜지는 되물었다.

"아, 제가 우연히 혜지 씨 블로그에 들어갔거든요."

"어떻게요?"

의심스러운 눈초리로 자기를 바라보는 혜지에게 변명하듯 진호는 서둘러 말했다.

"아니에요. 아니에요. 저 스토커 아니고, 피자 떡볶이에 관한 레시피가 메인에 올라와서 들어갔더니 어디서 많이 본 사람이 블로그 대문에 떠 있더군요. 일부러 카메라 가까이에 가서 찍었지만 전, 단번에 혜지 씨라는 것 알아봤습니다. 어찌나 반갑던지."

그제야 오해를 푼 듯 혜지는 고개를 천천히 끄덕였다.

"그렇구나. 그건 그렇고 어떻게 된 거예요. 오늘?"

"제가 친구 놈을 통해 해정 씨께 말씀 좀 잘 넣어 달라고 했죠. 해정 씨나 혜지 씨나 저에 대해 오해하고 있는 부분이 있는 것 같아서요."

"오해요? 무슨 오해요?"

혜지가 심드렁한 표정으로 대꾸하자 진호는 여태껏 보여 주었던 세련된 매너와 달리 조금 당황스러운 표정이었다.

"저…… 이거, 참 제 입으로 얘기 꺼내기가 좀 뭐한데, 저에 대해 혹시 바람둥이라는 말을 들으시지 않으셨는지…… 아닌가요?"

"아! 그거요? 그래서요?"

"그러니까. 음…… 그래서 저를 피하고 계신 게 아닌가…… 해서요."

걸어 놓은 낚싯밥에 딸려 오지 않는 혜지 때문에 그는 진땀을 빼고 있었다.

"그런 생각해 보지는 않았는데요."

혜지는 속으로 덧붙였다.

'아주 아니라고는 하지는 못하겠지만.'

혜지의 대답에 진호는 허탈한 한숨을 뱉었다. 긴장이 풀린 건지 숨을 길게 쉬고 말을 이었다.

"그러시구나. 난 또……. 그러면 진짜로 바쁜 작업이 있어서 그러신 거였군요."

"네, 제가 이번에 책을 또 하나 내게 되었어요. 그 작업이 거의 한 달 걸려요. 지금 시작한 지 일주일 지났으니 못해도 3주는 더 있다 마무리되겠네요. 정말 그동안은 누구 만날 시간도 없어요. 무엇보다 마음의 여유가 없긴 해요."

"하하하. 그런 줄도 모르고 실은 제가 상당히 낙담하고 있었습니다."

손가락 끝에
걸린
사랑

"낙담이요?"

"네. 저를 피하는 줄 알고……. 여태껏 저를 피하는 여자는 혜지 씨가 처음이었어요."

진호의 말에 혜지는 머릿속을 정리하고 있었다.

'지금 이 남자는 나에게 꼬리치고 있는 거다. 사실 내가 자기를 피하고 있는 게 틀린 생각은 아닌데……. 하지만 내가 피하려는 진짜 이유는 괜히 형제 사이에서 얽히지 않으려는 뜻이었는데…….'

혜지는 자신에게 호감을 갖고 있는 진우와 진호 사이에 자신이 들어가 있다는 것이 혼란스럽고 이건 아니다라는 생각이 들었다. 진호에게 호감이 있었던 것은 확실하다. 그러나 나중에라도, 즉 진호와 사귀게 된다면 진우는 시동생이 되는 건데 이건 말이 안 되는 일이다. 그렇지만 진호와 마주 앉아 있다 보니 그에게 끌리는 것은 불가항력이었다.

깍듯한 매너와 세련된 옷차림, 살살 웃음 짓는 매력적인 눈. 딱히 미남은 아니지만 가슴을 뛰게 만드는 묘한 매력이 그에게서 풍겨 나왔다. 무슨 스킨을 쓰는지 모르지만 은은하게 풍겨 나오는 체취와 함께 그에게서는 좋은 향기가 뿜어 나왔다. 게다가 그는 누구보다 달콤하고 감미로운 목소리를 가지고 있었다. 왜 여자들이 그에게 빠졌는지 이해가 충분히 될 만한 그런 사람이었다.

그러는 한편으로 진우에 대한 죄책감이 왜 생기는지 혜지는 이해가 안 갔다.

'내가 진우 씨와 사귀는 것도 아니고 그저 같이 작업을 하는 것뿐인데, 진우 씨도 나와 일하는 동료로서 호감을 가지고 있는 것인지도 몰라. 괜히 나 혼자 오버하고 있는 거라면 이 사람이 나에게 접근한다고 피할 이유는 없어.'

혜지의 주저하는 마음을 읽은 건지 진호가 웃음 띠며 말을 했다.

"혜지 씨가 저를 너무 부담스러워하시네요. 그러지 않으셔도 됩니다. 사귀자는 게 아니라 한번 만나 보자고 말씀드리는 겁니다. 지금 혜지 씨가 싫다고 해도 저는 그것에 불만은 없습니다. 전, 그저 우리가 몇 번의 운명 같은 만남을 가졌던 것에 대해 충실하고 싶었습니다. 옷깃만 스쳐도 인연이라는 진부한 말을 차치하고서라도 분명 우리에게는 어떤 뭔가가 이끌고 있다는 생각이 들어서요. 그런 적은 이번이 처음이에요. 혜지 씨를 정말 놓치고 싶지 않아요."

정말 놓치고 싶지 않다는 그의 속삭임에 그녀의 가슴이 뛰기 시작했다.

'그래, 우리가 만난 것은 분명, 어쩌다 한 번 걸리는 우연이 아닌, 거스를 수 없는 운명일지도 몰라. 운명을 일부러 거스를 필요는 없지. 아직 아무것도 된 게 없고 시작도 안 해 봤는데……'

혜지는 드디어 결심했다.

"그래요. 한번 만나 보죠."

그녀의 대답에 진호는 저절로 활짝 벌어지려는 입술을 꽉 다물며 미소를 지었다.

'됐다!'

＊

어머니를 간병해 주시는 아주머니가 오시자 진우는 작업실로 발걸음을 향했다. 집에서는 작업이 쉽지가 않았기에 잠깐이라도 작업실에서 일을 할 계획이었다. 꼭 일이라기보다는 혹시나 작업실에서 혜지 얼굴을 볼 수 있을까 하는 막연한 기대감도 있었다.

작업실은 불이 꺼져 있었다. 밤 8시, 자고 있는 것은 아닐 테고 아직 그녀가 돌아오지 않은 것 같다. 어쩌면 그녀는 오늘 작업실에 오지 않을지도 모른다. 어쨌든 간에 진우는 할 일만 하면 된다.

작업실 비밀번호를 누르고 어둠 속으로 들어가자 가슴 한구석이 시큰거렸다. 당연히 있어야 할 그녀가 없다는 사실에 주먹이 복부를 강타한 것처럼, 그의 몸이 고꾸라지는 느낌이었다.

'작업이 끝나면, 혜지 씨와는 어떻게 되는 거지? 그렇게 된다면 혜지 씨와도 더 이상 만날 수 없는 건가? 아마도 그렇겠지?'

미처 생각하지 못했는데…… 정말 그랬다. 작업이 끝나면 그들은 만날 이유가 없었다. 나중에 혜지가 다시 한 번 책을 낼 때 만날 수 있을지 모르겠지만 그게 언제가 된다는 보장이 없다.

'그녀를 볼 수 없다면, 다시는 볼 수 없게 된다면.'

불을 켤 생각도 하지 않고 그는 자리에 털썩 앉았다. 가슴이 타들어 가는 안타까움에 작은 경련이 일어 눈앞이 캄캄해지고 말았다.

일을 마저 하려고 왔건만, 그 생각에 미치자 진우는 일에 손도 대지 못한 채 의자에 쭈그려 앉았다. 그는 고슴도치처럼 몸을 둥글게 말고 있었다. 밝은 여름 날씨임에도 그는 온몸에 한기를 느꼈다. 웅크린 몸속으로 고개를 파묻었다.

늘 혼자였던 그, 외로움에 시달렸던 그. 하지만 그보다 사랑이 더 고팠던 그였다.

그는 어려서부터 사랑에 굶주려 있었다. 그러면서도 혹시라도 상처를 받을까 봐 누구에게 선뜻 먼저 다가가지 못했다. 그저 속으로 자신의 사랑을 숨겨 두고 혼자서 삭이고만 있었다. 이제는 그런 것에 무딜 때가 되었으련만, 한 번 시작할 때마다 그는 힘든 사랑 때문에 가슴이 갈기갈기 찢기는 고통을 감수해야 했다. 그럴 때마다 그는 숨이 멎을 듯이 힘들었다. 그 생각들을 떠올리며 그는 무기력하게 그렇게 화석처럼 앉아 있었다.

한 시간여가 흐른 후, 불도 켜지 않은 채로 그렇게 앉아 있던 진우는 깜빡 잠이 들었는지 주위에 갑자기 환한 빛이 들자 고개를 번쩍 들었다.

"어맛!"

혜지는 작업실로 들어오다 의자에 시커멓게 앉아 있는 누군가 때문에 순간 놀라고 말았다. 그 사람이 진우라는 걸 알고 그녀는 놀란 가슴을 가라앉히며 물었다.

"여긴, 웬일이에요?"

그녀가 자신을 보고 놀라자 진우는 매우 미안한 표정이었다.

[죄송해요. 어머니 때문에 미처 다 못 끝낸 작업이 있어서 잠깐 하려고 들렀어요.]

급하게 휴대폰에 문자를 찍더니 진우가 그녀에게 보여 주었다.

"아니에요. 괜찮아요. 작업실이 내 것도 아니고, 그나저나 어머니는 괜찮으세요?"

진우는 고개를 끄덕였다.

"다행이네요. 그런데 저녁은요?"

진우가 머뭇머뭇하자 혜지는 알아채고 씩 웃었다.

"그럼, 오믈렛이라도 해 드릴게요. 10분이면 충분해요."

그녀의 웃음에 잠시 어두워졌던 그의 마음도 불이 켜진 듯이 환해졌다.

하지만 그녀에게 언뜻언뜻 다른 남자의 냄새가 묻어났다. 여자에게서는 나지 않는 그런 낯선 냄새.

'이 향기, 어디서 맡아 본 것 같은데.'

분명히 그녀는 지금까지 어떤 남자와 같이 있었음이 틀림없다. 그 생각이 들자 억제할 수 없는 슬픔과 함께, 끝없는 질투가 몰려들었다. 그 뜨거운 질투에 그의 모든 세포가 타들어 갈 것만 같았다. 그녀를 붙잡고 누구와 같이 있었냐고 따져 물어보고 싶었다. 그녀에게 제발 나만 바라봐 달라고 소리치고 싶었다. 그러나 그것은 그의 헛된 바람이라는 걸 그 스스로 뼈저리게 알고 있었다.

'아무것도 할 수 없구나.'

그녀가 모양 좋게 만들어서 식탁 위에 놓은 오믈렛을 그는 아무 소리 없이 꾸역꾸역 집어넣었다. 속에서 봇물처럼 터져 나오는 울음소리와 함께 그는 그것들을 아프게 삼켜 버렸다.

❋

진우가 기운이 없어 보이자 혜지는 작업실을 진우에게 양보하고 오래간만에 집으로 걸음을 향했다.

'딱 세 번만 만나 주세요. 그래도 아니다 싶으면 더 이상 매달리지 않겠습니다.'

진호가 했던 말이 생각나 혜지는 괜히 찌릿찌릿해지며 피식피식 웃음이 새어 나왔다.

20대의 혜지가 그동안 인기가 없었던 여인네는 아니었지만 요 근래 들어 남자의 'ㄴ'자도 보기 힘들던 차에 저절로 괜찮은 남자가 떼구루루 굴러오니 이게 웬 떡이냐 싶었다. 가방 속

146 손가락 끝에 걸린
사랑

에 거울을 꺼내 놓고 찬찬히 자기 얼굴을 들여다보니 나름 아직
은 쓸 만해 보인다는 생각이 들었다.

"흠, 그래. 정혜지, 너 아직 안 죽었어. 여자의 미모는 삼십
대 초반에 최절정을 이룬다고 하니까 나의 매력은 아직도 짱짱
하겠구나."

진호의 제의에 걸리는 점이 없었던 것은 아니었으나 누구 말
대로 어떤 선택을 해야 할지 고민될 때면 마음 가는 대로 하는
게 최고라는 말에 따르기로 했다. 최대의 걸림돌이 되는 진우가
있었지만, 진우는 말 그대로 일하는 동료라고 마음속으로 굳게
먹었다.

괜히 자신이 자랑스럽고 뿌듯하게 느껴져 자신의 엉덩이를
기특하게 툭툭 두드리려는 순간 '바이'가 떠올랐다.

"아차! '바이'가 아직 안 떨어졌을 텐데. 아이, 몰라. 이거
완전 골고루 망신이네. 아까 진우 씨도 봤을라나? 보면 안 되는
데…… 빨리 집에 가서 해결해야지. 으이그, 하여간 주서연! 너
때문에 이모가 아주 멍멍이 망신당했어! 나중에 두고 봐."

혜지는 엉덩이를 씰룩거리며 누가 자신의 엉덩이를 볼세라
서둘러 집으로 달려갔다.

식구들이 모두 잠이 들었는지 집 안은 조용했다. 혜지는 자기
방에서 당분간 입을 옷들을 꺼냈다. 아무리 바쁘다 해도 소개팅
에 청바지 차림으로 나갔던 결정적인 원인이 옷을 여유 있게 가
져가지 못해서였다. 내일 언니가 퇴원하면 방으로 들락날락하기

가 더 어려울 테니 아예 지금 정리해서 내일 아침 들고 가는 게 나을 듯싶었다. 이제 작업실 가는 길을 확실하게 알고 있으니 차를 끌고 가도 될 테고 원하는 대로 옷을 잔뜩 실어 나를 수 있었다.

"그래, 내일부터는 차가 있으니까 장보기도 쉽겠다."

무엇이 그리도 좋은지 혜지는 저절로 나오는 콧노래에 맞춰 예쁜 옷들을 고르고 있었다. 옷을 고르면서도 마음속으로 진호의 미소와 목소리를 떠올리자 가슴이 파르르 떨렸다.

이른 아침이 되자 엄마는 오늘 퇴원하는 혜미의 옷을 가지러 집에 들렀고 혜지는 작업실로 가는 길에 엄마를 모셔다 드리기로 했다. 조카 서연은 오늘 아버지께서 맡아 주시는 날이었는데 계속 혜지를 따라가겠다고 떼를 썼다.

"나뚜, 나뚜, 나뚜 가. 임모, 임모, 서연이 임모뿌 만나러 가 끄야."

도저히 못 알아듣겠는 서연의 말에 엄마는 멍한 표정으로 혜지를 쓱 한 번 쳐다보았다.

"이모부? 그게 무슨 말이라냐?"

혜지는 서연이 팔을 잡아당기며 어금니를 앙다물고 나직이 말했다.

"서연아, 오늘은 안 된다고 했지? 오늘은 할아버지하고 같이 놀아."

"시여, 시여! 하부지와 노는 거, 서연이는 시여. 하부지 시여.

임모뿌 쪼아. 서연이는 임모뿌하고 같이 노 끄야."

"애는, 아무나 보면 이모부라고 갖다 붙이고 있어. 암튼, 이모는 할머니 모셔다 드려야 하니까 그만 떼써. 안 그러면 이모가 때찌! 해 준다."

혜지와 같이 가겠다는 서연을 겨우 떼어 놓고서야 그녀는 엄마와 같이 차에 올라탔다.

서연의 말을 그냥 흘려들어도 되련만 이럴 때 그녀의 엄마는 안테나가 상당히 잘 작동하는지 뭔가 감지한 듯 혜지 얼굴을 빤히 쳐다보다가 입을 열었다.

"너…… 같이 작업한다는 사람이 혹시 남자냐?"

무슨 말을 하려는지 조금은 짐작이 된 혜지는 초장에 짜증으로 답을 해서 엄마의 입을 막으려 들었다.

"아이, 또 왜에?"

"아니, 서연이가 이모부 어쩌고저쩌고해서 둘이 일하는데 뭔가 있나 해서."

"있긴 뭐가 있어요? 참내, 왜 그러나 몰라. 아이나 어른이나 여자 남자 같이 있으면 뭔가 있다고 생각하고 엮으려고만 하니."

"뭐, 서연이가 아직 어려도 뭔가 있으니까 이모부라고 하는 거 아닌가 해서 그러지."

"엄마, 오버예요. 오버! 같이 작업하는 사진작가가 남자 맞는데요. 절대로 그렇고 그런 관계 아닙니다. 그리고…… 그리고……. 하여간, 아니라구요!"

혜지는 뭔가 말을 더 하려다 멈추었다. 괜히 진우에 대해서 이러쿵저러쿵 엄마에게 소소하게 말을 하는 게 그에 대한 예의가 아니라는 생각에서였다. 수상한 얼굴을 풀지 않은 엄마를 병원에 내려놓고 혜지는 작업실로 차를 몰았다.

✻

평상시보다 20분이나 늦어서 혜지는 서둘러 작업실로 걸어올라갔다. 그런데 예상과 달리 작업실은 텅 비었다.

"어? 어떻게 된 거지? 이상하네."

늦게 집에 갔던지 아침 일찍 갔던지 했겠지만, 그래도 일하는 시간에는 한 번도 늦지 않았던 진우였기에 혜지는 슬쩍 걱정이 들기 시작했다.

왜 늦냐고 전화를 걸 수도 없고 문자를 넣자니 그것도 귀찮고…… 이래저래 갈등하고 있는데 문자 들어오는 소리가 들렸다.

"진우 씬가?"

혜지는 서둘러 가방 속에 있는 휴대폰을 꺼내 들었다. 그러나 문자는 진우에게서 온 게 아니었다. 진우가 아닌 진호에게서 온 거였다.

[상쾌한 아침입니다. 오늘 저녁에 영화 어때요? -진호]

진우가 아니라 실망한 혜지는 어깨를 축 늘어뜨렸다. 그에 대한 걱정 때문에 진호의 문자가 전혀 반갑지 않았다. 오히려 귀

찮기만 했다. 혜지는 고민되는 얼굴을 하더니 그에게 답문자를
보냈다.

[오늘은 어떻게 될지 이따 연락드릴게요. -혜지]

혜지는 진우에게도 문자를 보냈다.

[어디에요? 무슨 일 있어요? 아직 안 오셔서요. -혜지]

그러자 문자 도착 진동음이 울렸다. 혜지는 자신의 휴대폰을
확인하고 어리둥절했다.

"어? 내 휴대폰에서 나는 소리가 아닌 것 같은데."

소리가 들렸던 곳으로 고개를 휙 돌린 혜지는 순간 테이블
바닥에 떨어진 휴대폰을 보게 되었다. 테이블 구석에 떨어져 있
어 엎드려 손을 뻗어야만 겨우 집을 수 있었다. 힘들게 휴대폰
을 들고 확인해 보니 자기가 보낸 문자가 들어온 거였다.

"뭐야? 휴대폰도 놔두고 어딜 간 거야?"

그녀는 허탈한 마음으로 진우의 휴대폰을 식탁 위에 올려놓
았다. 그때 진동이 여러 차례 요란하게 울리며 진우 휴대폰으로
발신번호가 떴다.

"이상하네? 진우 씨한테는 주로 문자가 들어오던데…… 이거
받아야 하는 거야 말아야 하는 거야. 남의 전화 함부로 받을 수
없고, 아이…… 어떡하지?"

고민하던 혜지는 끊기기 일보 직전인 전화를 받았다.

"여보세요."

"……여보세요? 혹시 김진우 씨 휴대폰 맞나요?"

상대방은 조금은 앳된 목소리의 여자였다.

"네, 맞습니다. 지금 김진우 씨가 휴대폰을 놓고 가서요."

"그럼 지금 전화 받는 분은 누구세요?"

당돌한 상대방 여자의 물음에 혜지는 무슨 생각에서인지 퉁명하게 되물었다.

"그렇게 묻는 분은 누구시지요?"

진우와 직접 통화할 수 없다는 걸 모르는 여자라면 진우와 별 사이 아닐 거라는 생각에 혜지는 그렇게 물어볼 수 있었다. 혜지의 물음에 상대방 여자는 당황하고 있었다.

"저, 지난번 교통사고 때문에 궁금해서 전화해 봤습니다. 당사자와 직접 통화해야 되는데, 누구신지 몰라서 제가 뭐라고 대답하기가 그러네요."

"아, 그러시구나. 흠…… 저기."

혜지는 진우에 대해서 잘 모르는 이 여자에게 어떻게 얘기를 해 줘야 할지 몰라서 계속 머뭇거렸다.

"진우 씨 오시면 연락드리라고 말씀드릴게요. 성함이 어떻게 되시죠?"

"서유정인데요. 혹시 진우 씨 누나 되세요? 아니면……."

'뭐, 누나?'

그렇게 기분 나쁠 말은 아닐 텐데도 공연히 심술이 올라온 혜지는 누나라는 말에 괜히 발끈했다.

"진우 씨, 여자 친구예요."

말하자마자 혜지는 자신의 입술을 때렸다. 일하는 동료라고 말을 해야 하는데 여자 친구라고 하는 이유는 뭔지.

전화를 끊고 나서 혜지는 머리끝에서 뭔가 솟아오르는 것 같은 느낌이 들었다. 뾰족뾰족 뿔이 나는…… 그런 느낌.

"뭐야아? 아침부터 웬 여자? 차! 뭐, 차 사고라고 말하는 것 같기는 하지만…… 그래도, 아침 댓바람부터 전화해? 하 참."

혜지의 속이 까닭 없이 타들어 가고 있었다. 믿었던 진우에게 배신당한 느낌이랄까? 그런 말도 안 되는 생각을 하는 자신이 이해가 안 되었지만 기분이 참 묘했다.

'이 사람도 혹시 자기 형처럼 바람둥이인 건가? 그러든 말든 그게 나하고 무슨 상관이람. 그런데 왜 이렇게 속이 쓰리지?'

혜지는 손톱을 깨물며 왔다 갔다 돌아다녔고 시계를 보니 벌써 10시가 넘어섰다.

"아니, 왜 안 와. 이 인간은!"

혜지는 바닥에 화풀이하듯 발을 쿵쿵 굴렀다.

그때 버튼을 누르는 소리가 들리더니 현관문을 열고 진우가 들어왔다. 진우가 들어오면 한마디 하려던 혜지였지만 기운 하나 없이 우울한 표정을 짓고 있는 그를 보자 저절로 마음이 누그러졌다.

'이건 무슨 감정일까?'

진우를 볼 때면 진호를 볼 때와 전혀 다른 감정을 갖게 된다. 하지만 혜지는 그 감정이 딱히 어떤 감정인지 감을 잡을 수 없었다.

"이제…… 왔어요?"

혜지는 감정을 최대한 들키지 않으려 애써 덤덤한 얼굴로 진우를 맞았다.

[서유정이라는 사람에게서 전화 왔어요.]

혜지는 진우의 표정을 확인하자마자 그의 휴대폰에 문자를 찍어서 그에게 건네주었다. 별다른 표정 없이 휴대폰을 건네받은 진우는 문자를 보더니 누구에겐가 문자를 보내는 것 같았다. 그런 진우의 모습을 슬쩍 바라보던 혜지는 뜨거운 향기가 피어오르고 있는 원두커피를 머그잔에 가득 따랐다. 그리고 그것을 진우에게 건네주며 다시 한 번 그의 표정을 살폈다.

"오늘 좀 늦으셨네요. 무슨 일 있었어요?"

혜지의 물음에 진우는 무표정한 얼굴로 휴대폰에 문자를 찍어 보여 주었다.

[어머니께서 많이 편찮으세요.]

"어? 괜찮아지셔서 퇴원한 거 아니었어요?"

진우는 고개를 천천히 내젓더니 다시 휴대폰에 문자를 찍었다. 그러고 보니 오늘 그는 평상시와 달라 보였다. 평소 얼굴을 보며 대화를 하고 가끔씩만 휴대폰에 문자를 찍었던 진우였는데 오늘따라 이상하게 모든 대화를 휴대폰만을 통해서 하고 있었다. 마치 직접 대화를 피하려는 사람처럼…….

'이 사람, 왜 이러지?'

혜지는 그런 그의 모습이 조금 낯설면서 서운한 감정이 들었다. 그런 그녀의 마음을 아는지 모르는지 진우는 문자가 찍힌 휴대폰을 그녀에게 보여 주었다.

[정신과 치료 받았었는데 지금은 다른 곳이 안 좋으셔요.]

"지금 가 봐야 하는 것 아녜요?"

걱정하고 있는 혜지를 보자 그제야 진우는 그녀의 두 뺨을 손으로 살며시 잡고 자신의 얼굴을 향하게 했다. 아니라는 듯 그는 고개를 젓고 있었다. 혜지에게 안심하라는 듯 따뜻한 미소까지 짓고 있었다.

그런데…… 그녀에게 이상한 일이 생겼다. 가까이서 진우 얼굴을 대하자 평소와 달리 가슴은 떨리고 숨까지 멈춰졌다. 숨을 조절할 수 없었던 그녀는 그만 딸꾹질이 나오고 말았다.

"흐끅, 흐끅!"

혜지가 딸꾹질을 하자 진우는 당황해서 그녀의 등을 두드려 주었고 그녀는 괜찮다는 것을 알려 주려 손을 내저었다. 겨우 딸꾹질은 멈춰졌지만 빨갛게 달아오른 그녀의 뺨에서 나는 열은 쉽사리 식지 않았다.

'아…… 내가 왜 이러지?'

혜지는 눈썹을 파르르 떨며 진우의 옆모습을 훔쳐보았다.

혜지와 진우는 일주일 동안 작업한 것을 정리해야 했다. 오늘은 특별히 출판사 사장님과 편집장님께서 작업에 참여하시기로 했다. 늦게까지 작업을 해야 하기 때문에 진우는 진호에게 문자를 보냈다. 그가 늦게 가면 그의 어머니 돌봐 줄 사람이 필요했다.

[형, 오늘 내가 일이 늦게 끝날 것 같은데 간병하시는 분이 6시 전에는 가 봐야 한대. 늦어도 6시까지는 형이 가 봐야 할 것 같아. 부탁할게. -진우]

진우는 문자를 보내면서도 마음이 무거웠다. 많이 쇠약해진 어머니가 걱정이 되어서였다. 되도록이면 자신이 일찍 가서 돌봐 주고 싶었지만 자신의 사정 때문에 다른 일하는 사람들에게 폐를 끼치고 싶지는 않았다.

'형이 잘 돌봐 주겠지.'

순가락끝에 고인 사랑

7.

마음의 매듭

"섭외하려던 작가가 있었는데 그 사람이 지금 작업하고 있는 것이 있다고 거절하고 있는 상태예요. 아무래도 서유정 씨가 그 작가를 만나 봤으면 하는데⋯⋯."

"그걸, 왜 제가요?"

팀장이 자신에게 지나치게 과한 일을 맡긴다는 생각에 유정은 난감한 표정을 지었다. 원하지 않은 유정의 대답에 팀장은 언짢은 표정이었다. 아무리 유정이 사장 딸이 아니라 사장 할아버지라고 해도 일하는 사람의 태도로 많이 부족하다는 판단에 한 소리를 해야겠다고 마음먹었다. 팀장은 이제까지와 달리 유정에게 싸늘한 표정이 되었다.

"그럼, 내가 할까요? 서유정 씨가 사진작가를 찾기 어려워하는 것 같아서 내가 직접 그 작가에게 메일까지 보냈는데, 찾아가서 만나는 것도 팀장인 내가 할까요?"

팀장이 뼈 있는 말을 하며 차갑게 유정을 쳐다보았다. 그런 팀장을 보니 유정은 예스라는 답밖에 할 수 없었다.

"예, 알겠습니다. 제가 직접 만나 볼게요. 그런데 그 작가가 누구죠?"

"여기, 명함 있어요. 오피스텔 주소도 적혀 있고. 그곳으로 한번 찾아가 보는 것도 나쁘지 않을 것 같아요. 공을 들여야 잡을 수 있는 법이니까. 그 작가가 사람들을 잘 안 만나는 사람이래요. 그래서 계속 일하던 사람들하고만 일하던데, 그래도 이런 사람 한 번 우리 편 만들면 일하는 것은 확실할 거예요."

팀장에게 명함을 건네받고 유정은 잠시 멍한 표정을 지었다.

"김진우? 어디서 많이 들어 본……."

그러다 뭔가 생각난 듯 눈빛을 반짝였다.

"어? 이 사람?"

"아는 사람이에요?"

"아니, 뭐 안다기보다는, 제 차에……."

더 이상 얘기를 꺼냈다가 팀장에게 책잡힐 것 같단 생각이 든 유정은 얼른 입을 다물고 명함을 핸드백 속에 집어넣었다.

"그럼, 오늘이라도 당장 찾아가 보겠습니다."

"그래요. 그럼, 일 봐요."

유정이 나가자 팀장은 그녀에게 덧붙여 할 말을 깜빡 잊고 놓친 걸 깨달았다.

"아, 맞아. 유정 씨에게 얘기해 줘야 하는데. 괜히 그 사람에게 실수하면 더 난감할 텐데."

자신이 그 사진작가에 대해서 빠뜨린 이야기가 있다고 말을 전하려고 전화기를 든 순간 그녀에게 다른 전화가 걸려왔다.

"네, 부장님. 다 되었습니다. 네, 그럼 지금 바로 올라가겠습니다."

결재 받을 것이 있어서 팀장은 서류를 들고 부장실로 향했고 그러면서 유정에게 해 줄 중요한 말을 완전 잊어버리고 말았다.

그때 유정은 자기가 갖고 있는 명함과 팀장에게서 받은 명함을 비교해 보면서 확인하고 있었다.

"사진작가, 마임니스트 김진우. 맞구나…… 이런 우연의 남발이 있을 수가! 그 사람이 내가 찾던 사진작가라니. 그래, 잘됐다. 겸사겸사 그 사람 괜찮은지도 알아볼 겸 찾아가 보자."

주소를 보니 유정이 있는 회사와 멀지 않은 곳에 그의 오피스텔이 있었다. 서둘러 진우에게 전화를 걸으니 배터리가 나갔는지 전화를 받을 수 없다는 메시지만 흘러나오고 있었다.

"뭐, 그래. 직접 찾아가 보지."

유정은 진우의 오피스텔로 차를 몰았다.

진우의 부탁으로 오늘 하루는 진호가 어머니의 간병을 맡기로 했다. 간병이 힘들어서가 아니라 어머니가 진호를 간절히 원해서이기도 했다. 예전에 보아 왔던 것과 달리 어머니는 초라한 노파가 되어 있었다. 몇 달 사이 세월의 흔적은 그녀의 몸 곳곳에 유달리 많이 나타났다. 이마 위에 입 주변에, 주름살이 칼로 베인 것처럼 선명하게 드러내고 있었다. 머리카락은 파뿌리처럼 파시시하고 머리색도 이제는 완연한 회색이었다. 아니, 정확하게 말해 흰색으로 완전 뒤덮이고 있었다. 아버지보다 세 살이나 적은 나이지만 지금의 어머니는 훨씬 나이가 들어 보였다. 그런 초라한 어머니 모습이 새어머니와 비교되자 진호의 마음은 착잡해졌다. 그녀의 쇠꼬챙이처럼 가느다래진 팔목과 퀭해진 눈을 보니, 진호 마음이 편치 않았다. 겨우 어머니가 잠이 들자 진호는 한숨을 길게 내쉬었다.

담배는 잘 피지 않는 그이지만 가끔, 아주 가끔은 담배 한 대로 복잡한 심경을 날려 보낼 때가 있다. 편의점에서 담배 한 갑을 샀다. 담배 갑을 열어 한 개비를 입에 물었다. 어머니께 가기 전 딱 한 대만 피려던 계획이 두 대로 바뀌어 두 번째 담배 개비에 불을 붙이려던 순간 모르는 여자가 차에서 내리더니 그에게 큰 소리로 인사를 했다.

"안녕하세요?"

진호는 하마터면 입에 물고 있던 담배를 바닥으로 떨어뜨릴 뻔했다. 생판 모르는 여자가 아는 척을 하며 인사를 하다니……

'누구시죠?' 라는 말을 하고 싶었지만 그동안 그에게 스쳐 간 수많은 여자 중에 하나라면 그 말은 상당히 위험한 말이다. 그 한마디에 뺨 한 대 맞기 십상이었기에 그저 그녀를 멍하니 바라볼 뿐이었다. 그러나 그녀가 점점 가까이 다가오자 진호도 엉겁결에 그녀의 인사에 답하고 말았다.

"아…… 예, 안녕하세요?"

"저, 기억하시네요."

"네? 아, 네."

그녀가 자신을 알아보고 있다며 안도의 한숨을 쉬는 걸 보고도 도저히 생각이 나지 않은 진호는 '누구지?' 를 계속 머릿속에 새기며 답답해하고 있었다.

"제 이름 기억 안 나시죠?"

그녀의 질문에 그는 허탈하기까지 했다.

'당연히 안 나지, 아무리 봐도 처음 보는 것 같은데.'

낯선 여자는 이제 갓 직장 생활을 한 듯 세련되지 못한 멘트를 하고 있었다. 나이는 20대 중반 정도인데도 중형차에서 내리는 걸 보니 있는 집 딸임이 분명했다. 몸 전체에서 빛을 뿜고 있는 명품들이 그걸 증명하고 있었다.

"저, 서유정이에요. 저번에 제 차에 치였는데 정말 괜찮은 거예요?"

진호는 서서히 뭐가 잘못되었는지 알아 가고 있었다.

'지금 이 여자는 내가 기억 못하는 걸 말하는 것이거나, 나를 다른 사람으로 착각하고 말하는 거다. 그렇다면 그 다른 사람은 진우?

"죄송해요. 미리 연락드리고 찾아뵈어야 했는데 전화를 계속 받지 않으시더라고요. 진짜, 진짜 급한 거라서 오피스텔로 이렇게 불쑥 찾아온 거예요. 실례했다면 정말 죄송합니다."

점점 못 알아들을 말을 하는 그녀에게 진호는 뭔가 말을 해 줘야만 했다. 그러나 무슨 말을 해야 할지 상황 파악이 전혀 되지 않았다. 사고 운운하다가 별안간 급한 일이라니…….

유정은 진호의 표정을 전혀 읽지 못한 채 자신의 말을 이어 갔다.

"팀장님께서 메일을 보내셨는데 거절을 하셨다면서요?"

말을 끝내도 반응이 없는 진호를 바라보았다. 그의 얼굴엔 물음표가 가득했다. 그제야 유정이 멋쩍게 웃으며 사과했다.

"어머, 죄송해요. 오늘 제가 왜 왔는지 설명도 안 드리고…… 제가 왜 왔냐 하면요. 우리 회사에서 카탈로그를 만드는데 김진우 작가님께서 이 계통에선 최고라고 알려지셨더라고요. 그래서…….."

이제야 확실하게 알게 된 진호가 중간에 말을 끊었다.

"이거, 말 중간에 죄송해서 어쩌지요? 전, 김진우 작가가 아닙니다."

"네에?"

놀란 토끼 눈을 하고 있는 유정에게 미소를 지으며 진호가 말을 이었다.

"진우가 아니라, 진우 형 김진호입니다. 진우에게 볼일이 있으신 것 같은데."

"어머, 죄송합니다. 제가 사람을 잘못 봤나 봐요. 이상하다. 그분 맞는 것 같은데……."

"하하하, 아닙니다. 괜찮습니다. 혹시나 나중에도 실수하실 것 같아서 미리 말씀드리죠. 우리가 쌍둥이라서 이렇게 오해 받는 경우가 종종 있습니다. 미안해하실 필요 없어요."

"어머나, 정말요?"

그의 말에 유정은 의외란 듯 꽤나 놀란 눈치였다. 가뜩이나 큰 그녀의 눈이 왕방울만큼 커지고 있었다.

"그리고…… 한 가지 부탁드릴 말이 있습니다."

"부탁이요?"

"네, 아니면 당부라고 해 두지요. 진우가…… 귀가 안 들려요. 그래서 전화 소리를 듣는다거나 말을 하는 것이 어렵습니다. 모르는 사람들에게는 그런 말 잘하지 않지만, 진우에게 일을 부탁하시려면 메일이나 문자로 문의하는 게 가장 빠를 겁니다. 이렇게 힘들게 오셨는데 혹시나 서로 마음 상하게 되지나 않을까 싶어서요. 그럼, 전 어머님 때문에 그만."

진호는 고개를 가볍게 숙이고 오피스텔 건물로 들어갔다.

유정은 진호 말을 듣는 순간 머리에 핵폭탄이 두 개가 한꺼번에 떨어진 것처럼, 멍한 상태가 되어 버렸다. 그랬기에 그녀의 입에서는 어떤 말조차 나오지 않았다. 멀어져 가는 진호 뒷모습을 보며 가까스로 입을 열었지만 그녀는 충격이 컸는지 계속 말을 더듬고 말았다.

"아, 저. 그러니…… 까, 저."

머리가 무거워졌는지 그녀는 고개를 휘휘 저었다.

'그게 그래서 그런 거였구나.'

사고 당시 진우가 왜 그런 행동을 했는지 이해가 되었고 비로소 그 모든 의문이 풀리는 것 같아 유정은 입을 다물지 못한 채 고개를 천천히 끄덕이고 있었다.

❋

[오늘이 제 생일이에요. 같이 저녁하고 싶어요. ─진호]

혜지는 진호의 문자를 받고 고민에 빠졌다.

'진호 씨 생일이 오늘이라면 진우 씨 생일도 오늘이라는 건데…….'

어머니께서 계속 편찮은 탓인지 진우 표정이 요즘 들어 상당히 안 좋았다. 오늘 역시 억지로 웃어 보이려고 애를 쓰고 있었지만 기운이 쫙 빠진 모습이 안타까워 보였다. 가뜩이나 그의 기다란 다리는 기운 없이 휘청대고 있는 것 같아 보였다.

'저 얼굴은 전혀 오늘 생일 맞은 얼굴이 아닌데. 그러고 보니, 조금 이상하네.'

혜지는 진우의 얼굴을 몰래몰래 염탐하고 있었다. 그러나 그녀의 수상한 행동은 진우에게 들켰고 그는 어리둥절해하면서 두 뺨을 빨갛게 물들였다. 자신의 얼굴을 만지며 왜 그러느냐는 듯 혜지를 바라보았다. 이에 당황한 그녀는 어색한 미소를 지어보였다.

"아, 진우 씨. 오늘 많이 힘들어 보여서요. 우리 잠깐 차 한 잔 마시고 일해요."

혜지는 뜨거운 물을 컵에 붓고 티백으로 된 자스민을 넣었다. 은은한 향기에 피로가 풀리는 기분이었다. 혜지는 차를 한 모금 입에 물고 천천히 넘겼다. 차를 한 모금 넘기고 기분이 차분해진 혜지는 그에게 궁금했던 것을 물어볼 용기가 생겼다.

"진우 씨는 생일이 언제…… 지요?"

'오늘, 진우 씨 생일 맞나요?' 라고 노골적으로 묻는 것보다 살짝 돌려 묻는 게 나을 것 같았다.

진우는 혜지를 잠깐 바라보다가 손가락으로 날짜를 가르쳐 주었다.

"네에? 10월 18일? 분명 10월 18일인 거죠?"

진우는 유난히 놀라는 혜지가 이상했지만 그녀의 속마음을 알 리가 없기에 고개를 연신 끄덕이고 있었다.

혜지는 그의 대답에 생일이라고 거짓말을 한 진호가 매우 괘씸하게 생각되었다.

'이런, 그 인간, 완전 건수 만들려고 생일을 속인 거네? 어디

두고 보자.'

진우가 휴대폰에 문자를 찍었다.

[혜지 씨 생일은 언제인가요?]

혜지는 말로 할까 하다 진우처럼 손가락을 펴 보이며 연속으로 7을 두 번 폈다.

진우는 머릿속으로 그 숫자를 수없이 되뇌었다.

'7월 7일, 7월 7일……'

"참, 진호 씨 형제는 어떻게 되지요?"

[위로 형이 하나 있어요.]

혜지는 이미 알고 있으면서도 그에게 물어보고 있었다. 그것이 약간 양심에 찔리긴 했지만 뭔가 확실하게 해 두어야 할 것 같아서였다.

"형이요? 형 나이가 어떻게 되는데요?"

진우는 입을 일자로 다문 채 자신을 가리키며 양손의 엄지 검지를 탁탁 두드렸다. 그 정도 수화는 혜지도 알아챌 수 있었다.

"혹시 같다? 라고 한 건가요? 그럼, 쌍둥이?"

혜지의 물음에 진우는 고개를 끄덕였다.

그녀는 진호에게 형제 관계를 물어봤을 때를 떠올려 봤다. 그때 진호는 동생이 있다고 얼버무렸었다.

'쌍둥이라도 참 많이 다르네.'

진우와 이야기를 나누다 그에 대해서 더 많이 알고 싶어진

손가락 끝에
지닌
사랑

혜지는 따뜻한 자스민 차 한 모금을 입에 머금으며 그를 잔잔하게 바라보았다.

'이 사람에게서도 좋은 향기가 나는구나.'

그를 가만히 바라보던 혜지는 큰 숨을 들이쉬고 뭔가 마음속으로 큰 매듭을 짓고 있었다.

✳

일이 끝나자 진우는 어머니 때문에 서둘러 작업실을 빠져나갔고 혜지는 그가 나가자마자 작업실에 있는 욕실에서 목욕재계를 하고 자신이 들고 온 옷 중에서, 나름 우아하고 예쁜 옷을 골랐다. 다른 때와 달리 그녀는 액세서리에까지 매우 신경을 썼다.

그렇게 공들이던 그녀가 시계를 보자 놀란 토끼눈이 되었다. 서둘렀는데도 벌써 7시 15분이 넘어 서고 있었다.

"이크! 지금 나가도 늦겠네."

진호와 잡은 약속 시간은 7시 30분.

물론 그녀의 작업실과 멀지 않은 곳에서 만나기로 했지만 아무리 못해도 20분 가까이 걸리는 거리였다. 혜지는 자신의 차를 놔두고 택시를 잡아탔다. 그녀는 무대 위에 올라갈 준비를 하는 배우라도 된 양 택시 안에서 정성 들여 꽃단장을 했고 단장이 마무리되자마자 약속 장소에 도착했다.

그녀는 헐레벌떡 올라가다 입구에 멈추어 서서 머리카락을 이리저리 매만지고 다시금 손거울로 얼굴을 확인했다. 혜지가 오늘따라 이리도 외모에 신경 쓰는 이유는 오늘, 진호와 마지막 만날 결심을 하고 나온 것이기 때문이었다. 물론 그 마지막이라고 생각한 것은 혜지의 생각이니 진호는 꿈에도 모를 것이다. 마지막이기에 혜지는 유종의 미(?)를 고려하여 있는 꾸밈, 없는 꾸밈을 다해서 최대한 예쁘게 하고 나온 것이다. 그게 그에 대한 예의라는 생각에서였다.

혜지가 약속 장소에 들어가 두리번거리며 진호를 찾아보았지만 그의 모습은 보이지 않았다. 숨바꼭질의 술래처럼 주위를 샅샅이 찾아봐도 아직 안 왔는지 그는 코빼기도 보이지 않았다. 그녀가 휴대폰으로 시간을 확인해 보니 7시 40분.

"뭐야? 매너 없게!"

그가 늦을 거라고 생각을 못한 혜지는 발바닥에 불이 나도록 뛰어온 것이 괜히 허탈했다. 그녀는 타는 목마름에 아이스티를 주문하면서도 혹시나 하는 마음을 가지고 주위를 두리번거렸다. 미리 창가 쪽에 예약석까지 마련해 놓은걸 보면 약속을 잊은 것은 아닐 테고…….

혜지는 전화를 걸까 고민하다, 일단 기다려 보기로 결심했다. 빨대로 천천히 아이스티를 빨면서 눈동자를 이리저리 굴려 봤지만 진호는 아직 올 기미가 보이지 않고 있었다. 처음엔 울컥하고 분노가 솟구쳤던 감정이 이제는 서서히 걱정으로 바뀌고 있었다.

세 번째 만나는 동안, 물론 그리 많이 만난 것은 아니지만, 그가 이렇게 늦은 경우는 없었다. 아니 오히려 그가 약속 시간보다 먼저 와서 그녀를 기다리곤 했었다.

"무슨 일 있나?"

혜지는 약속 시간이 30분을 넘어서자 그때서야 진호에게 전화를 걸었다. 신호는 가는데 그는 전화를 받지 않았다.

"아니 뭐야? 이 인간, 없는 생일까지 만들어 약속 잡은 사람이 왜 바람을 맞히고 그래? 혹시, 사고라도?"

설마, 설마 하며 혜지는 애써 마음을 다스리고는 다시 20분을 더 기다렸다. 혜지는 두려운 마음에 가만히 앉아 있을 수가 없어 아이스티 절반을 남겨 두고 밖으로 나왔다. 계속 진호에게 전화를 걸며 계단을 내려오는데 전화벨 소리가 가까이서 들렸다. 동시에 그녀를 부르는 소리가 들렸다.

"혜지 씨!"

어두운 계단에서 아래를 내려다보는데 새하얗고 고른 이를 드러내며 웃고 있는 남자가 있었다. 진호였다. 한 시간이나 약속에 늦은 것이 화가 날 법하였지만 걱정 뒤라서 그런지, 그를 보자 혜지는 반가운 마음이 먼저 들었다.

"어떻게 된 거예요?"

"죄송해요. 갑자기 일이 생겨서…… 다른 데로 갈까요? 배고프시죠?"

"아니, 저……."

사실 혜지는 차만 간단히 마시고 일어설 계획이었다. 세 번째 만나고 사귈 것인지 말 것인지 결정해 달라는 그의 말에 그러기로 약속하고 나서, 오늘 만남이 마지막이 될 텐데 그에게 또 뭔가를 얻어먹을 수는 없었다. 왠지 자신의 계획에 차질을 빚고 있는 감이 들었다. 너무나 미안해하고 있는 진호에게 본론부터 얘기할 수 없음을 안 혜지는 생각을 고쳐먹었다.

'그래, 그럼 일단 저녁까지 먹고, 말을 꺼내자.'

✳

사실, 진호는 약속 시간보다 10분 일찍 와 있었다. 약속 장소에서 기다리고 있었던 게 아니라 약속 장소가 잘 보이는 곳에 앉아서 혜지의 모습을 지켜보고 있었던 것이다. 이미 예약한 자리는 진호가 지켜보기 좋은 장소였다. 창가에 자리가 위치했기에 건너편에서도, 시력 좋은 진호는 혜지가 무엇을 하는지 지켜보는 게 어렵지 않았다.

그는 그녀가 자기를 위해서 얼마나 기다려 줄 것인가를 알아보고 싶었다. 마지노선이 30분이었는데 그보다 더 많이 기다려준 혜지가 정말로 고마웠다. 진호가 예상하기를 그 정도 기다렸으면 누구라도 흥분해서 팔짝팔짝 뛰고 난리 났을 것 같았는데 그를 바라보는 혜지 눈은 화가 났다기보다는 걱정된 눈빛이었다. 그런 그녀를 보자, 진호는 오늘 그녀가 긍정의 답을 줄 거라고 믿어 의심치 않았다.

만약 혜지가 30분 이전에 자리에서 일어났다면 그는 먼저 연락을 끊으려 생각하고 있었다. 그만큼이, 혜지가 자신을 생각하는 만큼일 거라는 계산에서였다. 그런 그도 그녀가 1시간이나 기다릴 것이라고 생각하지는 못했다.

그녀가 1시간을 기다리고 밖으로 나오는 모습을 보자 그는 마음을 굳게 먹었다. 그 여자를 내 여자로 만들기로. 그제서 진호는 서둘러 그녀에게 달려간 것이었다.

혜지는 진호의 모습에 어리둥절했다. 입으로는 계속 죄송하다고 해 놓고 연신 싱글벙글거리는 그의 모습이 심히 못마땅했다.

"뭐가 그리 좋으세요?"

"혜지 씨가 한 시간이나 저를 기다려 줘서요. 사실, 이미 가 버리신 줄 알았거든요."

"그래요? 솔직히 말하면 저 화 많이 났었어요. 게다가 계속 전화 걸어도 안 되고…… 그냥 갈까 생각도 했지만, 나중에는 걱정이 되더라고요. 혹시라도 사고 난 건 아닐까 하고."

지금껏 만나 왔던 다른 여자와 달리 그녀는 순수한 마음을 가진 어린애처럼 착했다.

"걱정 끼쳐 드려 죄송합니다. 제가 전화할 상황이 아니었습니다."

순간 혜지는 어머니 때문인가 하는 생각이 스쳤다.

"혹시 집에 무슨 일 있으신 거예요?"

"집에 무슨 일이요? 그런 건 없는데 왜요?"

"아니, 그냥 짐작으로요."

혜지는 어머니 때문에 서둘러 집으로 간 진우를 생각하며 뭔가가 이상하단 생각이 들었다.

"진호 씨, 뭐 좀 물어봐도 돼요?"

"네, 저에 대해 궁금하시다면 다 알려 드리겠습니다. 혜지 씨가 저를 궁금해하신다면 영광입니다."

'무슨 영광씩이나.'

혜지는 오버하는 진호에게 마음이 불편해짐을 느꼈다.

'내가 나중에 어떤 말을 할 줄 알고, 저런 느끼한 말이 술술 나오냐? 저리도 맨정신에.'

마음이 불편하고 불안한 혜지는 물 한 모금을 마시며 조심스럽게 질문을 했다.

"진호 씨, 가족 관계가 어떻게 되시죠? 생각해 보니 진호 씨 가족에 대해서는 별말씀이 없으셔서요."

그녀의 말에 그의 표정이 순식간에 딱딱하게 굳어졌다. 그는, 두 주먹을 가볍게 툭툭 치며 입을 일자로 꾹 다문 다음, 잠시 있다가 무거운 입을 열었다.

"······부모님께서 어렸을 때 이혼하셨어요. 지금 저는 아버님

과 같이 살고 새어머니와 이복동생들이 두 명 있어요. 친동생은
어머니와 같이 살고 있고요."

헤지는 진호와 진우의 가족에 대한 생각지도 않은 얘기에 꽤
놀랐으나 일부러 티를 내지 않았다.

"전에 말씀하셨던 동생이 친동생 맞죠?"

"네."

"진호 씨, 사실…… 저 진호 씨에게 고백할 게 있어요."

"무슨, 혹시 오늘 제 생일 선물 준비 안 했다는 말씀인가요?"

진호가 짓궂은 표정으로 농담을 했다. 그런데 그 모습은 자신
의 진짜 모습을 감추려 하는 농담 같아 보여 웃음이 나오지 않
았다.

"진호 씨, 오늘 생일 아니란 거 알아요."

"……!"

"제가 말씀드리려고 한 게 바로 진호 씨 동생 분에 관한 거
예요. 제가 요즘 작업을 하는 게 있다고 했죠? 아시겠지만 화보
가 들어가서 사진작가가 필요해요. 그런데 그 사진작가가……."

진우 이름을 말하려 하는데 갑자기 목이 잠겨 밭은기침이 나
왔다. 겨우 기침을 멈추고 혜지는 말을 이었다.

"김진우 씨예요."

"김. 진. 우? 제 동생이요?"

진호는 많이 놀랐는지 음절을 하나하나 끊어 말했다.

"네, 처음부터 말씀드렸어야 했는데…… 죄송해요. 그냥 모

르는 척 넘어갈까도 생각했었어요. 한데 제가 괜히 둘을 속이는 것 같아서 안 되겠더라구요. 진우 씨는 아직 몰라요."

진호는 매우 놀란 듯 몸이 잠시 휘청거렸다.

"휴우, 하! 어떻게 그렇게 되었지요? 하! 말도 안 돼. 어떻게 그런 일이 생길 수 있지요?"

"진호 씨가 저하고 일하는 작가 분의 형님이라서 실은 그게 많이 불편했어요. 하지만 진호 씨와 몇 번의 우연 같은 인연 때문에 운명일지도 모른다는 생각을 했죠. 그래서 진호 씨 제의를 어렵게 받아들인 거였어요."

"그럼 그때 망설인 것이 그 이유 때문인가요?"

"네, 거의 그렇다고 봐야겠죠."

혜지의 대답에 진호는 뭔가를 예감한 눈빛이었다.

"그럼, 이렇게 말씀하시는 이유가 저와 사귀지 않겠다는 뜻?"

"네, 맞아요. 죄송해요. 솔직히 말씀드릴게요. 처음엔 저도 진호 씨에게 호감을 가졌어요. 그것도 아주 많이. 그런데 계속 만나다 보니 진호 씨에게는 뭔가 커다란 막으로 덮여져 있다는 느낌이 들었어요."

"하하, 막이요? 가식 덩어리란 말인가요?"

웃고 있는 진호의 얼굴이었지만 속은 까맣게 타들어 가고 있었다.

혜지는 그의 말에 부정을 하는 듯 고개를 가로저었다.

"아니, 그거하고는 조금 다른…… 진정한 모습이 아니라는 그런 의구심 같은 거요. 왜 그러잖아요. 어느 한 드라마에서 멋진 남자 주인공과 실제 배우를 혼돈해서 시청자들이 구분을 못 하는 그런 현상 말이에요. 배우는 배우일 뿐인데 드라마에 나오는 멋진 남자 주인공과 착각하는……. 아무도 모르죠. 그 배우가 실제 어떤 사람인지, 그저 우리에겐 그의 멋진 모습만 보일 뿐이니까. 그래서 생각했죠. 혹시 진호 씨에게 느꼈던 좋은 감정은 겉모습의 진호 씨가 아니었을까 라는 생각."

"후후, 그럼 혜지 씨는 제 겉모습에만 끌렸다는 말씀인 거네요."

"그래요…… 맞아요. 그랬던 것 같아요. 그래서 결론 내린 거예요. 계속 만난다 해도 더 이상의 진전은 기대할 수 없을 것 같아서요. 생일이라고 말씀하셨는데 진짜 생일이었다면 제가 못 할 짓을 한 것 같아요. 아…… 하여튼 너무 미안합니다. 뭐라고 말씀하셔도 이건 아닌 것 같아요. 제 말이 무슨 뜻인지 아시죠?"

혜지는 입속에 침이 바짝 마른 사람처럼 입이 계속 쩍쩍 붙어 물을 연신 들이켜야 했다.

멍하니 듣고 있던 진호가 힘겹게 무거운 입을 열었다.

"그렇군요. 그래요. 하아…… 그런데 어쩌죠? 전, 혜지 씨한테 점점 끌리는데, 이제 혜지 씨가 절 떠나면 미쳐 버릴 것 같은데, 이런 적 처음이에요. 정말이에요. 여자에게 차인 것도 여

자에게 먼저 다가간 것도……. 이건 가식 아니고 입에 발린 말
도 아닙니다."

혜지는 말가니 진호를 바라보았다. 지금 그의 모습은 정말로
진실처럼 느껴졌다. 이해하겠다는 듯이 혜지는 고개를 천천히
끄덕였다. 그러나 그 이상도 그 이하도 아니었다. 그녀의 고갯
짓은 마음은 이해해도 더 이상은 해 줄 것이 없다는 뜻이었다.

진호는 술에 취하지도 않았는데 충격 때문인지 흐느적거렸
다. 잠시 고개를 숙이고는 한참 동안 말이 없던 그가 힘겹게 고
개를 들었다. 그의 두 눈은 축축이 젖은 채 붉게 충혈되어 있었
다. 그런 그가 혜지를 노려보듯 바라보며 물었다.

"혹시, 진우 때문에 그런 건가요?"

그가 무슨 뜻으로 하는 말인지 알기에 혜지는 쿵쿵대는 자신
의 심장 소리를 들으며 침을 꼴깍 삼켰다. 뭔가 대답을 해 줘야
하는데 그녀의 얼굴은 마음과 달리 자꾸만 빨개지고 있었다.

8.

서로에게 향한 마음

한가한 일요일 오후, 나른함을 이기고 혜지는 해정을 만나기 위해 집을 나섰다. 해정과 만난 곳은 해정의 집 근처 한 커피숍이었다. 입덧이 완전 멈춘 것이 아니라 먼 곳까지 갈 수 없다는 것이 이유였다.

"입덧이 심할 때는 헤이즐넛 냄새도 맡기 어려웠는데, 지금은 커피 향이 달콤하게 느껴지는 걸 보니 많이 나아진 것 같다. 내가 커피 마니아였잖아. 그런데 그렇게 입덧을 했던 걸 보니 아기가 거부했던 것 같다."

해정이 본론부터 얘기하지 않고 말을 빙빙 돌리는 걸 보니, 뭔가 꺼내기 쑥스러운 말을 하려는 요량이라 짐작했다.

"최해정. 안 어울려, 그냥 하고 싶은 말부터 해."

"으이그, 눈치는 빨라서. 그래, 그럼 다이렉트로 물어보겠다. 진호 씨, 어떻게 된 거야? 너도 그 사람에게 호감 갖고 있었잖아. 잘해 보라고 멍석까지 깔아 줬구만, 들리는 소문에 의하면 네가 그 사람 찼다며? 여태껏 진호 찼다는 사람이 있다는 걸, 들어 보덜덜 못했다고 하던데? 그것 때문에 우리 신랑이 상당히 놀란 눈치야. 히야! 정혜지 대단해. 네 덕분에 나까지 대단한 사람 취급 받고. 도대체 이유가 뭐야? 뭔데, 뭔데, 뭔데!"

"무슨 이유? 남녀 사이에 안 맞으면 안 만날 수도 있지. 꼭 만나야 하는 이유가 있는 거야?"

해정은 혜지 눈을 깊숙이 들여다보며 기다란 한숨을 내쉬었다.

"흠, 그래. 뭐…… 진호 씨가 마음에 안 들 수도 있었겠지. 그 사람이 매달렸던 여자는 세 손가락 안에도 꼽히지 않는다고 하는데 그중에 네가 들었다는 게 솔직히 말해 쬐에끔 자랑스럽기는 하다. 뭐, 네 말대로 그 사람이 너한테 필이 없는 것일 수도 있겠지. 그래도 아깝잖아. 그 사람 정도는 지금 네 나이에 쉽게 만날 수 있는 사람이 아닌데."

"만날 수 없으면 말지 뭐."

아무리 그래도 남자와 잠깐 만나다 헤어진 건데, 전혀 타격 입은 모습이 아니라 오히려 혜지가 태평스러워 보여 다행이다 싶기도 했다. 하지만 한편으로 그런 그녀가 답답하다는 생각이

손가락 끝에
걸린
사랑

들었다.

잠시 서로 간에 침묵이 흘렀다. 혜지는 해정의 눈치를 슬슬 보더니 힘겹게 입을 열었다.

"내 얘기는 아니고 내가 아는 사람, 음…… 그러니까 그냥 아는 사람 이야기인데……."

"무슨 얘기하려고?"

해정은 턱을 괴면서 혜지의 말을 경청하고 있었다. 그런 해정의 모습 때문에 혜지는 얼굴이 조금씩 붉어지면서 말을 계속 끊게 되었다.

"어, 그러니까. 내가 말하려는 그 사람이 여자인데 그 여자가 좋아하는, 아니 정확하게 얘기하자면 호감 가는, 아니다. 호감이 가기 시작하는 남자가 하나 있다. 그런데 그 남자가 상당히 능력이 많더라고. 요새 말로 투잡을 하는데 직업 하나는 사진작가, 다른 직업은 마임니스트."

"흠, 한마디로 예술을 한다는 거군. 게다가 직업이 두 개, 능력 좋네. 꽉 잡아라."

"아, 아, 아니! 내 얘기가 아니라……."

혜지는 괜스레 얼굴을 붉히며 해정에게 발끈했다.

"이게 어따 대고 소리를 질러? 나 아직 조심해야 되거든? 그리고, 그렇게 얼굴이 뻘게지며 극구 자기 얘기 아니라고 하면 누가 믿겠냐? 지나가는 멍멍이가 짖는다. 월월!"

"티 났냐?"

"그럼, 티 나지. 마구마구 티 나지. 네 이마에 씌어 있네. 지. 금. 부. 터. 하. 는. 얘. 기. 는. 내. 얘. 기. 란. 다."

해정은 혜지 이마를 검지로 짚으며 읽듯이 말했다.

혜지는 이미 들통이 났는데 이실직고하자는 심정으로 말을 꺼냈다.

"에잇, 쯧! 모르겠다. 그래. 네 말이 맞아. 내 이야기야. 실은 지금 같이 작업하는 남자 얘기이기도 하고."

"와우! 같이 일을 한다고? 그럼 뭐, 고민할 것도 없겠네."

혜지는 고개를 내저었다.

"아니, 지금부터가 진짜 고민이야. 그래서 네가 객관적으로 판단해 줬으면 해."

"흠, 객관하면 나지. 최객관. 또는 호가 객관, 이름은 최해정. 그래, 이 객관적인 훌륭한 인품을 가진 언니가 너에게 금쪽같은 조언을 해 주마. 어여 얘기하거라."

"하아. 그러니까, 실은 그 사람이 귀가……."

"왜? 귀가 얇아? 아니면, 팔랑 귀?"

"아니, 그게 아니라. 귀가……."

"귀가 시간이 너무 늦다고?"

"아, 아니! 너는 왜 내가 말을 하려고 하는데 미리 저만큼 앞서 가서 얘기하니? 맥 딱딱 끊어지게."

"그러게 빨랑빨랑 얘기해야지! 사람 숨넘어가게. 내가 너 때문에 미리 라마즈 호흡해야 되겠다. 도대체 무슨 말을 하려고

손가락 끝에
걸린
사랑

이리 뜸을 들여? 너무 뜸 들이면 탄다. 타!"

"왜 이렇게 입이 안 떨어지냐? 그 사람이…… 실은 귀가 안 들려."

"엥? 그게 무슨 말이야?"

"음, 그러니까 장애가 있다고 할까? 하여간 말을 못해. 귀가 안 들리기 때문에 말을 못 하는 거겠지만 어쨌거나 그래."

"뭐어어? 아니, 세상에! 그럼 너 그 사람하고 진도 어디까지 나갔는데?"

해정의 물음에 혜지는 펄쩍 뛰었다.

"무슨, 진도는? 그 사람이 나를 좋아하는지도 확실히 모르는데, 아까 처음 한 말처럼 그냥 호감이라니까."

해정은 큰 한숨을 허공에 짧게 뱉고 혜지 팔목을 잡았다.

"혜지야. 이 언니가 진지하게 충고하마. 내 말 잘 들어. 아직 시작하지 않았으면 그냥, 접어."

"그냥…… 접으라고?"

"그래, 접으라고. 이미 사랑에 빠져서 그 없으면 못살겠다. 그가 아니면 죽을 것 같다가 아니라면 그런 가시밭길…… 뛰어들지 마라. 왜 편한 길 놔두고 그런 험한 길을 걸어가려고 하니?"

해정의 말이 너무 뜻밖이라 혜지는 온몸이 뜨끈뜨끈해졌다.

"그게, 왜 가시밭길이야?"

해정은 혜지의 대꾸를 듣고 잠시 그녀의 눈을 뚫어져라 쳐다본 다음 말을 이었다.

"설사 그 사람과 네가 정말 정말 정말로 사랑해서 연애를 하고 결혼을 결심했다 치자. 그러면 부모님을 만나서 인사도 시켜야겠지. 근데 너희 부모님께서 얼마나 마음 아프시겠어. 곱게 키운 딸인데. 넌, 부모님 생각 안 해 봤니?"

"아니, 난 결혼을 하겠다는 것도 아니고 연애를 하겠다는 것도 아냐. 그저 그 사람에게 이런 감정이 있는데 그다음은 어떻게 해야 맞는 건지 물어본 것뿐이야."

"이게 말로 해서 안 되겠네."

해정은 혜지 머리를 꽁 한 번 박았다.

"이 기지배야. 네가 한두 살 먹은 어린애니? 네 앞길은 네가 알아서 판단해야 되는 거겠지만, 지금 우리 나이로는 당연히 결혼을 염두에 두고 남자를 만나게 되는 거잖아. 사람 정드는 거 잠시 잠깐이다. 너, 그때 네가 계속 우루사라고 말했던 태웅 씨 말이야. 그 사람, 결혼 말 오고 가는 사람 생겼다더라."

"에에? 말도 안 돼."

"얘가 속고만 살았나? 그것도 상대 여자가 직장 상사라고 하더라."

"그 직장 상사 이름이 혹시…… 웅녀라고 하지는 않더냐?"

"이게 지금 어디서, 농담이 나와? 내가 하고자 하는 말은 같이 일하다 보면 그동안은 몰랐는데 순간 파바박! 스파크가 생길 수 있다는 거지. 사람 정드는 것, 사랑에 빠지는 것, 한순간이라고. 그러면 그때 마음은 걷잡을 수 없게 되는 거고. 그러니까 한쪽이라도 정신을 차리고, 전기가 안 통하게 하라는 거다."

"그 사람, 좋은 사람이야. 착하고 성실하고 순수하고 깨끗해. 투명하고 맑은 사람이라고."

"그래, 그런 것 때문에 네가 끌렸겠지. 그런 것 모르는 바가 아니지만 TV에서 그런 사연 나오면 감동해서 보곤 해. 그렇지만 내 친구나 형제가 그런 장애를 가지고 있는 사람을 사귀면 말리는 게 맞다고 봐. '그래, 너희들의 아름다운 사랑을 축복해 주마.' 라고 말한다면 당사자들에게 관심이 없는 사람들일 거야. 내가 말하는 것은 비단 너뿐만이 아니야. 상대방인 그 남자가 상처 받을 것은 왜 생각 안 하니? 그 사람 선뵈러 집으로 데려 가면 부모님께서 버선발로 환영해 주실 것 같아? 문도 안 열어 주실걸. 그 사람, 아파하는 것 보는 것은 괜찮아?"

"아, 몰라. 몰라."

"듣기 싫어도 다 너를 위한 충고라고 생각하고 새겨들어라. 도대체 어떻게 생긴 사람이야? 내가 한번 만나 볼까? 아, 그래! 내가 내일이라도 슬쩍 너를 찾아온 것처럼 갖은 쇼를 하면서 그 사람을 슬쩍 살펴봐 줄게. 어떠냐? 이 언니 반짝이는 생각이."

"싫어!"

혜지가 좋다고 찬성을 할 줄 알았는데 그녀의 입에서 싫다는 말이 나오자 해정은 의외란 생각이 들었다.

"왜 싫어?"

"그 사람, 많이 여린 사람이야. 네 뜻을 알면 상처 받을 거야. 그리고 착해 빠져서 그걸 보는 내 마음이 더 아플 것 같아. 차라리 그럴 거라면 내가 포기하는 게 낫겠어."

"이게, 이게, 그 사람 생각해 주는 것 봐. 아주 심각하네. 휴우…… 그래. 포기! 포기! 배추 세는 단위 말고, 포기. 아주 쿨한 말이다."

혜지가 많이 우울해하자, 해정은 별로 웃기지도 않은 7, 80년대식 촌스러운 농담을 했다. 그러나 이내 해정은 정색을 하고 혜지에게 결정적인 한마디를 던졌다.

"다시 한번 잘 생각해 봐. 그 사람에 대한 너의 생각이 동정이나 연민은 아닌지."

혜지는 해정의 말을 곱씹어 보았다.

'동정이나 연민? 정말 그런 걸까?'

정말 그런 감정이라면 자신이 길을 잘못 들어섰다는 생각에 그녀의 마음이 불 꺼진 창처럼 어두워졌다.

차갑게 식은 커피를 마저 마시는데 유난히 씁쓸한 기운이 그녀의 입안에 감돌았다.

'쓰다.'

❋

어머니께서 편찮다고 문자를 보내도 잘 와 보지 않은 진호가 웬일로 알아서 찾아왔다. 진우는 가끔 찾아오는 형이지만 나름

손가락 끝에
걸린
사랑

그를 반갑게 맞아 주었다. 작업 중이라 컴퓨터 창이 열렸는데 진호는 그 사진을 흘끗 보며 무심한 척 물어보았다.

"요즘 들어가는 작업이니?"

진우는 자신의 일에 관심을 가져 주는 진호에게 어리둥절했지만 그래도 고맙다는 생각에 씽긋 웃으며 고개를 끄덕여 주었다.

"흠, 이번에는 요리 책을 내나 보네."

진호가 마우스를 클릭하며 그동안 진우가 찍은 사진들을 보고 있었다. 사실 작업이 마무리된 것이 아니라 만지면 안 되는데 진우는 그를 가만히 내버려 두었다. 진호는 불편한 심기를 감추고자 숨을 천천히 내뱉었지만, 공기를 타고 감지되는 무거운 뭔가에 대해 불안한 마음이 든 진우는 걱정스러운 눈빛으로 침을 삼켰다. 그리고 진호를 조심스럽게 바라보았다.

"너, 혹시 요즘 여자 만나냐?"

무슨 뜻으로 진호가 말하는지 모르기에 진우는 멍한 표정이 되었다.

"아니, 아니지."

진호는 자신이 말실수를 했다는 것처럼 고개를 내저었다.

"그러니까 내 말은……."

진호는 진우를 잡아먹을 듯 노려보며 말을 이었다.

"네가 좋아하고 있는 여자가 있냐는 거지."

진호의 말에 잉크가 물에 퍼지듯 천천히 진우 얼굴이 빨갛게 물들었다.

"흥! 있다는 뜻이군."

진호는 숨이 거칠어진 채로 책상 위에 놓인 물건들에게 화풀이를 했다.

"그 여자도 너랑 같은 마음이니? 아니지, 그 여자는 알아? 네가 그 여자 좋아하는 거?"

무슨 말인지 이해 못한 진우는 멀거니 진호를 바라보고 있었다.

"같이 작업하는 그 여자 정혜지 맞지?"

뭔가 험악해지고 있는 기운에 진호와 진우는 밖으로 나왔다. 큰 소리가 나면 수면제에 취해 잠들어 있는 그들의 어머니를 깨우게 될 것 같아서였다.

"혜지 씨가 너 때문에 많이 갈등하는 것 같더라고. 참내, 형제가 이렇게 얽히다니. 하! 어디 삼류 드라마 찍는 것도 아니고."

뒷말은 진우를 등지고 낮게 중얼거렸다. 진우는 그가 왜 그러는지 영문을 알고 싶어 진호의 팔을 잡아끌어 돌려 세웠다. 그리고 그의 얼굴을 빤히 바라보며 수화로 물었다.

[무슨 말이야? 알아듣게 말해.]

"혜지 씨가 나! 그러니까 내가 아니고 너! 너를 택한 것 같다고."

진호는 감정을 실어 천천히 힘주어 말했다. 믿을 수 없는 진호의 말에 진우는 고개를 내저었다.

"말도 안 되는 거지? 너도 믿을 수 없지? 나도 그래. 흥! 그 여자 제정신 아냐. 제정신인 여자가 그런 선택을 할 수가 없겠지."

진호의 비웃음에 진우는 파르르 떨며 주먹을 꽉 쥐었다.

[그 여자에 대해서 함부로 말하지 마.]

"그래. 나도 잠깐 눈이 삐었던 것 같다. 그런 별 볼 일 없는 여자나……."

진호의 말이 끝나기도 전에 진우는 그의 턱을 향해 주먹을 날렸다. 그 주먹에 진호는 바닥으로 나뒹굴어졌다. 누운 채로 있다가 정신을 차리고 위를 올려다보니 진우가 주먹을 쥔 채로 그를 노려보며 씩씩대고 있었다. 진호 역시 약이 올라 땅바닥에서 일어서자마자 고개를 숙이고 진우의 복부를 향해 달려들었다. 그 때문에 진우도 진호처럼 바닥에 세게 나동그라졌다.

"어렸을 때부터 내가 너를 얼마나 부담스러워했는지 알기나 해? 그냥 동생도 아니고 쌍둥이라서 더 힘들었어! 왜 내가, 네 얼굴만 보면 죄책감이 들어야 하냐고. 왜 내가 네가 가진 상처에 대해서 미안해야 되냐고! 꺼져! 꺼져 버려! 내 인생에서 꺼지라고! 왜 내 앞에서 알짱거려! 왜 나를 자꾸 귀찮게 하냐고!"

진우는 격앙된 모습으로 빠르게 내뱉는 진호의 말을 다 알아들을 수는 없었지만, 그가 무엇을 말하려고 하는지는 느낄 수 있었다. 진호는 자신의 억눌린 감정을 토로하며 진우를 향해 주먹질을 했다. 진우는 그런 그의 팔을 잡고 세차게 밀어 버렸다.

그러자 이미 힘을 소진했는지 진호는 금방 나가떨어졌다.

진우 역시 진호에게 섭섭한 감정이 많이 있었다. 열 개 중 아홉 개를 다 가지고도 진우가 갖고 있는 나머지 한 개에 욕심을 내는 진호가 이해가 되지 않았다. 그런 진호의 욕심에 가장 큰 희생자는 언제나 진우였다. 진우가 치여 살았던 것을 진호 역시 모르는 것이 아님에도 진우에 대한 묘한 질투심을 가지고 있었다. 그건 아마도 어머니가 자신이 아닌 진우를 선택했던 것에 대한 원망과도 같을 것이다. 이제 그 어머니 자리가 혜지로 바뀐 것이다.

진호가 뒤도 안 돌아보고 가 버리자 진우는 그 길로 혜지를 만나러 갔다. 휴대폰으로 그녀에게 문자를 보냈다.

[진우예요. 지금 만나요.]

진우 문자를 집에서 확인한 혜지는 깜짝 놀랐다.

[지금, 어디에 있는데요?]

[제가 혜지 씨 집 근처로 갈게요.]

이런 적이 한 번도 없던 진우기에 혜지는 어찌할까 고민하다 그에게 문자를 보냈다.

[제가 차 끌고 나갈게요. 진우 씨는 그냥 그 자리에 서 있어요.]

둘은 혜지 집과 멀지 않은 동네 공원 앞에서 만났다. 불안하게 서성대고 있는 진우를 보자 혜지는 걱정된 마음에 안전벨트

손가락 끝에
걸린
사랑

를 풀 생각도 않고 곧바로 자리에서 일어섰다. 그 바람에 그녀는 머리를 차 천장에 쾅 하고 세게 부딪혔고 소리는 들리지 않았지만 진동을 느꼈는지 진우가 뒤돌아보았다. 천장에 박치기한 머리끝을 손으로 문지르며 혜지가 차에서 내렸다. 진우는 혜지가 걱정이 되는지 그녀의 머리를 내려다보고 있었고 혜지는 아무리 애를 써도 너무 아파 구겨진 인상을 다 펼 수 없었다. 아직도 반은 찡그린 채로 혜지가 그에게 물었다.

"무슨, 일이에요? 진우 씨. 어? 얼굴이 왜 그래요? 누가 때렸어요?"

그는 그녀의 얼굴을 보자 그동안 쌓였던 설움이 한순간에 녹아내림을 느꼈다. 온몸이 떨려서 그녀에게 더 이상 가까이 다가갈 수 없었다. 혜지는 그런 진우 속도 모르고 다가와 진우 얼굴을 살펴보고 있었다. 혹시나 해서 그녀가 그의 얼굴에 손을 가져다 대고 있는데 참을 수 없던 진우가 그녀의 손을 움켜쥐고 있었다.

그리고 그는, 아이만큼 작디작은 그녀의 손을 자신의 입술에 가만히 가져다 대었다. 그는 눈을 감고 자신의 입술로 그녀의 손가락을 더듬었다. 혜지가 뭔가 말을 꺼내려 했지만 그만 말을 멈추고 말았다. 꼭 감은 그의 두 눈에서 눈물이 새어 나오고 있었다. 그러했기에 그녀는 그 자리서 말없이 그를 지켜봐야만 했다

한참을 그렇게 서 있다가 마음을 진정한 진우가 천천히 눈을 뜨고 혜지를 바라보았다. 그의 눈동자가 흔들리더니 그만 혜지

를 와락 안아 버렸다. 혜지를 안은 것은 진우였지만 느낌은 진우가 혜지의 품에 안긴 것 같았다. 혜지는 그런 진우의 행동에 아무 말 없이 등을 토닥여 주었다. 진우는 그렇게 혜지를 안은 채로 소리를 삼키고 울고 있었다.

✳

부모님께서 걱정을 하실 것 같아 혜지는 집에 전화를 걸었다. 집에다가는 적당히 둘러대고 공원을 빠져나와 진우와 함께 작업실로 향했다. 진우가 도저히 진정이 되지 않자 일단 작업실로 데려가려는 거였다. 혜지는 조수석에 진우를 태우고 운전을 했다. 진우는 잠을 자는 사람처럼 조용히 눈을 감고 있었다.

'뭐가 이 남자를 그토록 서럽게 만들었을까?'

진우의 울음은 오랫동안 쌓여 왔던 설움이 흘러넘치는 느낌이었다.

'이 사람, 나에게 무슨 말을 하려던 걸까?'

작업실 건물 앞에 차를 세운 혜지는 진우 쪽을 보았다. 그사이 그는 잠이 들었는지 마치 엄마 뱃속에 있는 아기처럼 몸을 동그랗게 말고 있었다. 안쓰러운 마음에 그녀는 무거운 한숨을 내쉬며 조용히 그를 흔들었다.

작업실로 올라가자 혜지는 진정이 될 수 있는 라벤더 차를 내왔다. 찻잔을 앞에 두고 혜지는 진우의 얼굴을 가만히 바라보

손가락 끝에
걸린
사랑

았다. 그래서는 안 되는데 진호와 진우를 비교해 보게 되었다. 겉으로 여유가 있지만 뭔가 숨겨진 것 같은 진호와 어두운 모습이지만 맑은 진우. 둘은 정말이지 해와 달처럼 너무도 달랐다. 이상형에 가까운 사람은 단연코 진호였지만 마음속으로 끌려가고 있는 쪽은 진우였다. 그게 왜 그러는지 그녀도 자신의 마음을 모르는 중이었다.

진우가 그녀에게 손짓으로 말을 건넸다.

[미안해요.]

같이 일을 하다 보니 그 정도는 혜지도 알아보는 눈치였다. 그녀는 고개를 저었다.

"아니에요. 뭐가 미안해요. 전, 괜찮아요. 뭔가 하실 말씀 있었던 것 같은데…… 지금 얘기하기 곤란하시면 안 하셔도 돼요."

진우는 뭔가 주저하다 휴대폰으로 문자를 찍었다.

[진호 형이 혜지 씨 얘기했어요.]

혜지는 문자를 보자 많이 놀라고 있었다.

"아니, 저…… 그러니까 그걸 미리 말씀 안 드린 것은 일부러 그런 게 아니고……."

진우는 몹시 당황해하는 혜지에게 괜찮다는 뜻을 전하고 싶어서 그녀의 손을 살며시 잡았다. 아까는 몰랐는데 그의 손이 상당히 따뜻하고 보드랍다는 생각이 들었다. 마치 조카 서연이 손을 만지는 것 같기도 하고 아가의 손 같기도 했다. 진우의 얇고 섬세한 손은 따뜻하면서도 보들거렸다.

"미안해요. 어쨌거나 본의 아니게 속인 거가 된 것 같아서요."

진심을 담은 그녀의 사과에 진우는 고개를 저으며 슬며시 미소를 지었다. 그리고 휴대폰으로 문자를 찍었다.

[너무 미안해하지 말아요. 그냥 놀랐기 때문에 그런 거니까.]

"그래요. 진우 씨도 그렇고 진호 씨도 많이 놀랐겠죠."

진우가 휴대폰이 아니라 이번에는 메모지에 뭔가를 적고 있었다. 휘갈겨 쓰지 않고 한 글자 한 글자 정성을 기울여 또박또박 쓰고 있었다. 다 쓰고 나자 진우는 조금은 수줍어하며, 혜지에게 메모지를 보여 주었다.

혜지는 저절로 소리 내어 읽고 말았다.

"제가 혜지 씨에게 한 발자국 다가가도 될까요?"

혜지가 읽는 모습을 지켜보는 진우의 눈은, 합격 발표를 기다리는 수험생의 초조한 눈빛이었다. 그녀는 뭐라고 대답을 해야 할지 생각이 잡히지 않았다. 입술을 오물거리며 고민하고 있었다.

'뭐라고 대답하지?'

진우의 눈을 바라보니 거짓말을 할 수도 거절을 할 수도 없었다. 고민하던 혜지는 결론이 힘들 때면 제일 잘 쓰는 방법대로 했다.

'마음이 가는 대로, 마음이 가는 대로 하자.'

혜지는 진우의 물음에 눈을 깜박이는 걸로 답했다. 그것은 소심한 긍정의 답이었다. 다른 사람이라면 그 뜻을 알지 못했겠지만 혜지의 사소한 것도 알아차리는 진우였기에 그 답을 알아볼

손가락 끝에
거친
사랑

수 있었다. 진우는 마치 감사의 표시처럼 혜지를 살며시 안고 그녀의 어깨에 고개를 묻었다. 그리고 그녀의 이마, 두 눈, 콧등, 입술에 가볍게 입을 가져다 대었다. 그보다 더 진도를 나갈 수도 있었겠지만 진우는 그녀에게 이만큼 하는 것만도 감지덕지였다.

아쉽지만 집에서 홀로 기다리시는 어머니 때문에 진우는 새벽이 지나서 작업실을 나섰다. 몇 시간 후 다시 볼 텐데도 그것마저 안타까운지 작업실을 나서며 그는 가볍게 그녀 손등에 뽀뽀를 했다. 혜지는 그가 문을 나서자 방금 전까지 그와 같이 있었던 일을 떠올리며 의자 등받이에 기대어 축 늘어졌다.

'혹시…… 이런 감정이, 해정이 말대로 연민이나 동정인 걸까?'

혜지는 자기도 판단 못하겠는 감정 때문에, 의자에 몸을 기대어 그동안 진우와 함께했던 순간을 떠올리고 있었다.

❋

진호는 진우에게 맞은 자리보다 마음속 깊은 곳에서 올라오는 아픔이 더 컸다.

'내가 진우에게 그렇게 말하는 게 아니었는데…….'

화가 나서 뱉은 말이었지만 진우에게 그런 말을 했던 것이 후회가 되었다. 자신이 부끄러워졌다. 물론 그 말이 자신의 마음속에 담겨진 말인 것은 사실이다. 그러나 진우에게 그런 투정을 하는 것은 남들이 보나 자기가 봐도 참으로 웃기는 짓이었다. 왜 그렇게 이성을 잃고 못된 말이 튀어나왔는지…….

변명을 하자면 진우가 작업하고 있는 사진을 보니 혜지가 떠올랐고, 혜지가 자신이 아닌 진우를 마음에 두고 있다는 것이 몹시도 자존심이 상했다. 부끄러운 마음에 진호는 오늘은 흠뻑 취하고 싶었다. 술을 진탕 마셔서 머리에 필름이 끊겨야 이런 수치스러움에서 빠져나올 것 같았다.

아버지의 반대에도 진호는 직장을 잡자마자 집으로부터 독립을 했었다. 진호가 하는 건축 설계는 큰 공사 하나만 잘 따면 한 번에 큰 목돈을 손에 쥘 수 있기에 굳이 아버지 손을 안 벌리고 자신의 힘으로 지금의 아파트를 장만할 수 있었다. 진호는 독립 후부터 눌려 왔던 감정을 풀듯 남들이 말하는 날라리 삶을 살았다. 나이트 죽돌이라 불러도 과언이 아닐 만큼 나이트클럽에 문턱이 닳도록 드나들었다. 하룻밤 상대는 물론, 마음만 먹으면 모든 여자들이 쉽게 얻을 수 있는 곳이었지만, 웬일인지 그렇게 많은 여자들을 만났어도 그의 가슴은 채워지지 않았다.

그는 전에 자주 갔던 클럽으로 향했다. 근래에 잘 다니지 않았던 클럽인데 진호는 기분을 바꾸고자 흐느적거리는 몸을 끌고 클럽 안으로 들어섰다.

화장실에 들어가 거울을 통해 자신의 얼굴을 이리저리 살펴보았다. 혹시나 상처가 있나 해서였다. 다행히 턱에 난 상처는

손가락 끝에
걸린
사랑

유심히 보지 않으면 남들이 눈치채지 못할 것 같다. 찬물을 틀어 얼굴을 매만진 다음, 머리를 정리하고 화장실을 빠져나와 자리에 앉았다.

진호가 드나드는 클럽은 소위 있는 집 자녀들이 선호한다는 그곳이었다. 그들끼리 노는 사람들도 있었고 그런 소문을 듣고 오는 어중이떠중이도 있었다. 진호는 잘나가는 집 자녀도 아니고 어중이떠중이도 아닌, 애매한 중간 정도의 존재였지만 어느 여자건 간에 쉽게 대시를 했고, 대시를 받았다.

새벽으로 넘어가자 사람이 줄기는커녕 점점 더 모여들고 있었다. 묵묵히 앉아 술을 들이켜는데 누군가 진호에게 아는 척을 했다.

"어머, 여기서 보네요."

진호가 반쯤 감긴 눈으로 위를 올려다보았다. 어디선가 본 듯한 여자가 그에게 아는 척을 하고 있었다. 누굴까 생각하며 그는 눈을 잠시 감았다. 기억을 떠올리려고 애를 쓰고 있는데 도무지 생각이 나지 않았다.

"누구……시죠?"

"김진우 씨 형이라고 하셨던 것 같은데."

처음엔 무슨 말인지 파악이 안 되다가 뿌연 안개가 걷힌 듯 서서히 기억이 났다.

"아! 저번에 오피스텔 앞에서 뵈었던 분?"

"기억하시네요."

"여기는 어쩐 일이세요?"

"어쩐 일이긴요. 친구들하고 놀러 왔죠. 혼자세요?"

진호는 고개를 끄덕끄덕하며 말없는 대꾸를 했다.

그녀는 바로 서유정이었다. 진호가 한눈에 그녀를 알아보지 못한 이유는 그때 봤던 모습과 많이 달라 보였기 때문이었다. 지금 그녀의 모습은 짙은 화장과 함께 조금 파격적으로 야한 옷을 입고 있어 그녀를 단번에 알아볼 수 있다는 것이 쉬운 일은 아니었다. 더 이상 서로 간에 이야기할 것이 없어지자 그녀는 자신의 친구들 자리로 돌아갔다.

'여기, 하루 술값이 장난 아닌데, 도대체 어떤 여자길래⋯⋯.'

진호가 비록 혜지 때문에 힘든 상황이었다지만 여자에게 뻗어지는 안테나는 꺾을 수는 없었다.

술잔에 남은 술을 마저 비워 내고 진호는 자리에서 일어섰다. 아무리 술을 몸에 들이 붓는다 해도 지금의 우울한 감정이 사라지지 않을 것 같아서였다. 몸이 이기지 못할 만큼 술을 마신 탓인지 진호는 그 자리에서 휘청대다 그만 그 자리에 고꾸라져 쓰러지고 말았다. 곳곳에서 사람들이 놀라 비명을 지르는 소리가 들렸다. 그 자리에서 뻗은 진호는 그렇게 눈을 감고 누웠다.

✳

한밤중에 쓴 편지를 아침에 일어나 읽어 보면, 손발이 오그라지는 증상에 그 편지를 쉽게 찢어 버리게 된다. 그와 같이 혜지도 아침이 밝아 오니 어젯밤의 일들이 떠올라 손발이 구운 오징어처럼 비비 꼬임을 느꼈다.

"아, 어떡하지?"

시계를 보니 곧 진우가 올 시간이 되었다.

"미치겠다. 그 사람 얼굴을 어떻게 똑바로 쳐다봐."

처음 시작하는 연인들 누구에게나 일어나는 그런 어색함 떨림 현상 때문에 혜지는 안절부절못했다. 남자를 사귀어 봤던 경험이 몇 번 있음에도 그녀는 다시 처음 시작되는 일처럼 숨이 막혀 왔다. 진우가 오더라도 도저히 눈을 마주치지 못할 것 같아 혜지는 일부러 일을 하기 시작하며 오늘 끓일 수프들의 재료들을 다듬기 시작했다. 수프에 들어갈 채소들과 버섯, 고기 등등을 준비하는데, 천천히 손을 놀리는데도 너무 금방 끝나게 될 것만 같았다.

삐삐빅 소리가 들렸다. 진우가 현관문 비밀번호 버튼을 누르는 소리였다. 혜지는 어떻게 해야 될지 몰라 싱크대에 고개를 박고선 씻었던 채소들을 또다시 계속 씻고 있었다. 드디어 진우가 문을 열고 안으로 들어왔다. 어제까지만 해도 진우가 들어오면 혜지가 먼저 반갑게 인사를 했는데 오늘은 그가 들어와도 뒤도 돌아보지 않고 일을 하자 진우는 가슴이 철렁했다.

'혹시나 혜지 씨가 어젯밤 일을 기억 못하는 것은 아닐까? 아니면 없었던 일로 하자고 하는 건 아닐까?'

혜지의 행동에 진우는 걱정이 들었다.

한편 혜지는 대여섯 번 씻어서 물러진 토마토와 만질만질해서 반짝반짝 눈이 부신 양파를 보며 침을 꼴깍 삼키고 있었다.

'이제 더 이상 씻는 것은 채소에 대한 예의가 아니야. 이러다 채소들이 죄다 물러 터지고 말거야. 이제는 채소들을 원래의 목적대로 곱디곱게 썰어 줘야 해.'

혜지는 도마 위에 씻어 놓은 채소들을 올려놓고 부들부들 떨리는 손으로 그것들을 썰기 시작했다. 그런데 그때, 그녀 뒤에서 진우가 가만히 다가오는 소리가 들렸다. 이제는 꼼짝없이 뒤를 돌아보고 그에게 아는 척을 해야만 한다.

혜지가 뒤돌아보려는 그 순간 문제가 생겼다. 도마 위에 놓였던 칼이 떨어지기 일보 직전이었다. 그것이 떨어지면 분명 혜지의 발등에 찍히고 그녀의 발등은 크게 다칠 것이었다. 다행히 그 떨어지려는 칼을 기다란 팔을 가진 진우가 한 번에 잡았다.

칼이 떨어지려 하자 놀란 혜지는 뒤로 물러섰고 칼을 잡으려고 앞으로 나온 진우와 조금은 민망한 자세를 연출하게 되었다. 그 옛날 가슴을 두근거리게 만들었던 캔디의 한 장면처럼, 진우가 혜지를 뒤에서 안았기 때문이었다.

'앗, 이것은 어디서 많이 연출된 장면, 떠나려는 캔디를 뒤에서 안는 테리우스의 모습?'

그러나 그녀는 야릇한 감정보다는 포근하다는 느낌이 들었다. 그런 이유 때문에 머릿속에선 떨어져야 한다고 하면서도 몸은 진우 품에 폭 안겨 있게 되었다. 처음에는 진우도 놀라 엉겁결에 안은 거였지만, 칼을 도마 위에 올려놓고도 한참을 그렇게 서 있었다. 진우 역시 그녀를 놓고 싶지 않았다.

그의 숨소리를 들으며 혜지는 속으로 염려가 되었다.

'이 사람, 내가 은근히 밝히는 여자라고 생각하고 있는 건 아닐까?'

'이만 놓아주세요.' 라고 말하려면 뒤돌아서서 진우의 얼굴을 봐야 하는데 혜지 얼굴은 도마 위에 놓인 토마토보다 더 빨개지고 있었다. 그녀가 이런저런 고민에 빠져 있는데 진우는 눈을 감고 혜지의 머리카락에 살짝 얼굴을 묻더니 자신의 턱을 그녀의 어깨에 올렸다. 그러더니 고개를 푹 꺾었다. 진우는 혜지와 조금 다른 생각을 하고 있었다.

이럴 때 그녀에게 사랑한다고 속삭이며 고백을 못하는 자신이 싫어졌다. 진우는 자신의 목소리를 들려주지 못했지만 자신의 섬세한 몸짓으로 그녀에게 조용히 사랑을 고백하고 있었다. 그런 진우의 진실한 마음이 통했는지 혜지는 돌아서서 진우 얼굴을 바라보았다. 맑은 진우의 눈을 바라보며 혜지는 미소를 지었다.

"진우 씨, 저도요."

9.

달콤한 연인

유정은 배우가 꿈이었기에 대학에서도 연극영화를 전공했다. 집에서의 반대가 컸지만 전공만은 절대 양보 못한다고 난리를 쳐서 결국 부모님이 유정에게 져 주셨다. 대신 졸업 후 부모님이 경영하시는 회사에 취직하기로 단단히 약속을 하고서야 그녀는 자신이 원하는 과로 진학하게 되었다.

유정은 딱히 예쁜 외모의 소유자는 아니었지만 연기에 대한 욕심은 대단히 컸기에 닥치는 대로 공연을 찾아다니며 연기를 배우는 데 몰두했다. 보고 싶은 공연이 있으면, 그곳이 해외라도 상관 안 했다. 남들보다 대학을 2년이나 늦게 졸업한 이유에는 바로 그런 탓도 있었지만 부모님 말씀대로 대학 졸업하자마

손가락 끝에
걸린
사랑

자 회사에서 일하는 게 싫었던 것이 더 큰 이유였다. 부모님께는 연수다 뭐다 핑계를 대고 외국에서 짧게, 짧게 머물다 왔는데 공부라기보다는 이리저리 여행 다니고 공연을 보러 다니는 게 전부였다. 이것도 역시 나중에 배우가 되기 위한 수련이라고 생각하면서 말이다.

유정은 방송국에서나 영화사에서나 배우 모집 공고만 나오면 펄떡이는 가슴을 부여안고 찾아다녔는데 모든 오디션에서 떨어지고 나니 허탈함과 상실감이 컸다.

그렇게 모든 것에 떨어지고 아픔을 달래고자 2년 전 어느 날, 그녀는 소극장에서 한 연극 공연을 보게 되었다. 대중적이지 않은 공연이어서인지 관객은 별로 없었지만 잔잔한 감동을 주어서 마음에 남는 공연이었다.

주인공의 자아가 두 개로 나누어지게 되는데 하나는 악마가 지배하고 하나는 천사가 지배하게 된다. 악마는 주인공에게 끝없이 달콤한 말로 유혹했고 천사는 조용한 몸짓으로 주인공을 바른길로 가게 이끌었다. 결국 주인공의 몸은 악마의 꼬임에 넘어가지만, 천사는 그의 마음을 가져가게 된다는 내용의 공연이었다. 주인공과 악마의 연기도 볼만했지만 천사 역할을 한 그 배우가 꽤 인상적이었다. 천사로 나온 그 사람은 온몸에 하얀 칠을 하고 흰옷을 입고 있었다. 그는 모든 것을 섬세한 표정과 가냘픈 손짓으로 대신했고 그의 조용한 마음은 그녀에게 묘한 매력을 주었다. 대사 하나 없이 사람의 마음을 울린다는 것이 신기해서 그 순간 유정은 자신도 마임을 배우고 싶다는 욕구까지 차올랐다. 그 연극 공연을 보고 며칠이 지나도록 마임을 한 그 배우가 잊혀지지 않아 일부러 다시 찾아가 팸플릿을 하나 얻어 배우 명단을 살펴보았다. 거의 맨 끝에 그 사람 이름이 나왔다. '김. 진. 우.'

그때의 감동은 쉽게 잊을 수가 없었다. 아직도 그녀의 뇌리에서 그 모습이 지워지지 않고 있었다.

그와 처음 부딪혔을 때 김진우라는 이름이 낯설지 않았던 의문의 장막이 걷힌 것은 아이러니하게도 그 김진우를 많이 닮은 김진호가 클럽에서 쓰러졌을 때였다. 그가 쓰러지자 사람들이 몰려들었다.

"술이 많이 취했나 보네."

"누구 좀 불러와요."

"같이 오신 분 없어요?"

사람들에게서 제각기 말이 튀어나왔다.

"유정아, 아까 저 사람하고 얘기 나눴잖아."

친구의 말에 유정은 잠시 머뭇거리다 대답했다.

"뭐, 그냥 얼굴만 아는 사인데."

결국 그 자리에서 진호를 안다는 이유만으로 유정이 진호를 책임져야만 했다. 일단, 그의 휴대폰을 찾아야 했다. 주머니를 아무리 뒤져도 그의 휴대폰은 나타나지 않았다. 유정은 진우의 명함을 생각해 내고 자신의 지갑에서 명함을 찾으려 했지만 아무리 찾아도 없었다. 생각해 보니 진우의 오피스텔에 갔을 때 메었던 핸드백 속에 명함을 아무렇게나 집어넣은 기억이 떠올랐다. 어쩔 수 없이 진호를 깨우는 수밖에 도리가 없게 된 유정은 진호의 뺨을 세차게 두드렸다.

"여보세요, 정신 좀 차리세요."

그럼에도 진호는 눈을 조금 움찔거릴 뿐 도저히 눈이 떠지지 않는 모양이었다. 유정이 진호의 뺨에 손을 댄 순간 축축한 뭔가가 만져졌다. 유정은 그 축축한 뭔가가 눈물이라는 것을 알게 되자 더 이상 그를 흔들어 깨울 수가 없었다.

'무슨, 안 좋은 일이 있는 건가?

그때 오피스텔 안으로 들어가면서 어머님 때문에 빨리 들어가 봐야 한다는 말이 떠올랐다. 그 생각이 떠오르자 그녀는 슬며시 걱정이 되었다.

'어머니께서 많이 안 좋아서 그런 건가?

유정은 그를 나 몰라라 할 수가 없었다.

일단은 자신의 차로 데려가 그가 술에서 깰 때까지 기다려주기로 했다. 친구들의 도움을 받아 진호를 뒷자리에 태우고 유정은 운전석에 앉았다. 유정도 술을 마신 상태라 대리 운전을 부르려 했지만 어차피 여기서 밤을 보내고 나면 술기운은 다 떨어질 테니 그냥 차 안에서 그가 깨어나길 기다리기로 마음먹었다.

유정은 룸미러를 통해 진우와 다른 느낌의 진호를 호기심 어린 눈으로 보고 있었다.

'둘 모두 상처가 있는 사람 같아 보이네.'

유정은 MP3의 이어폰을 귀에 꽂은 채 조용히 눈을 감았다.

아침이 밝아 오자, 진호가 서서히 눈을 떴다. 차 안에서 잠든 거라 이곳저곳이 쑤셔 왔다. 눈을 완전히 뜬 진호는 깜짝 놀라 자리에서 벌떡 일어나 앉았다. 처음 보는 차 안이었다.

"어떻게 된 거지?"

진호는 정신을 차리고 앞자리를 보았다. 운전석에 앉아 자고 있는 여자가 누구인가 알아보려 살며시 다가갔다. 얼굴을 보니 누구인지 빨리 떠오르지 않았다. 이름을 불러야 하는데 이름은 더더욱 떠오르지 않았다. 그냥 조용히 갈까 생각했지만 그건 예의가 아니라는 생각에 그녀를 흔들어 깨웠다.

"……저기요. 저기요."

몇 차례 어깨를 흔들며 부르자 그제야 그녀가 눈을 번쩍 떴다. 그녀는 아직 비몽사몽인 눈으로 그를 쳐다보았다. 아직 잠에서 덜 깨었는지 푹 잠긴 목소리로 그녀가 물었다.

"일어나셨어요?"

잠을 깨려는지 그녀는 고양이처럼 팔을 앞으로 길게 뻗어 기지개를 켰다.

"제가, 왜 여기……."

자초지종을 알고자 하는 그의 물음에 손으로 눈을 비비던 유정이 덤덤한 얼굴로 대꾸했다.

"왜 여기 계신지 생각 안 나시나 보다."

"글쎄요. 전⋯⋯."

순간, 진호는 어제 고꾸라지다 크게 다친 이마가 욱신거림을 느꼈다. 이마를 손으로 문지르니 그제야 어제 기억이 떠오르기 시작했다.

'이런!'

진호는 창피하고 부끄러워 유정의 얼굴을 보기 힘들었다. 이 자리를 빨리 피해 버리고 싶었다.

그와는 달리 머리를 매만지며 무심히 시계를 보던 유정이 갑자기 큰 소리를 냈다.

"악! 어떡해. 지각이다!"

유정은 진호가 뒤에 있건 말건, 어젯밤의 진한 화장부터 물휴지로 대강 지웠다.

자신에게 저런 흐트러진 모습을 보여 준 여자는 유정이 처음이었기에 그는 어이없다는 표정으로 그녀를 보고 있었다.

※

혜지의 작업은 이제 마무리 단계로 접어들고 있었다. 한 달여 간 진행되었던 그들의 작업이 끝나게 되는 거다. 사실, 모든 요리 작업은 끝났고 굳이 작업실까지 와서 일할 필요는 없었지만 이미 한 달을 생각하고 잡아 놓은 작업실이라서 혜지와 진우는 각자의 집이 아닌 작업실에서 같이 일을 하고 있었다.

남들이 본다면 열심히 깨 볶고 사는 신혼부부의 모습과도 닮아 보였을 것이다. 둘은 아침에 만나서 커피를 마시고 서로 한참을 바라보다 일을 하고 같이 점심 준비하고 식사하고 차 마시고 또 일하고 틈틈이 공원에 나가 산책을 하는 걸로 하루를 보냈다.

이전대로라면 혜지는 일 때문에 작업실에 계속 있어야 했지만 별다른 일이 없는 진우는 저녁이면 집에 일찍 갔었다. 그러나 그는 요즘 들어 별다른 일이 없어도 붙박이장처럼 작업실에 붙어 있다가 밤늦게야 돌아갔다.

같이 앉아 있어도 두근대는 현상 때문에 일이 빨리 진척되지 않아 혜지는 고민이다가도 이렇게 한 달이고 두 달이고 같이 있었으면 하는 바람도 있었다. 아직 그들의 진도는 뽀뽀까지밖에 아니었지만, 그 정도에서도 그들의 심장은 쪼그라들었다. 그저 서로의 존재만으로 가슴 설레고 떨릴 수 있다는 것이 신기할 따름이었다. 스킨십에 대해 완전 초보가 아닌 혜지는 그다음 진도가 나가지 않아 불안해하면서도 성급하게 행동하지 않는 진우 때문에 안도의 한숨을 내쉬었고, 진우는 그다음을 어떻게 해야 할지 몰라서 고민하고 있었다.

오늘은 작업을 일찍 끝내고 둘이 작업실에서 영화 한 편을 같이 보기로 했다. 소리를 들을 수 없는 진우기에 자막이 나오는 외국영화를 선택하기로 한 혜지는 무슨 영화를 고를까 고민하다 대사가 별로 없고 화면이 아름다운 유럽의 예술 영화를 보기로 결정했다. 그래서 고른 게 '그녀에게'였다.

영화가 예술 작품이라고만 생각했지 은근히 에로틱한 부분이 많다는 것까지는 몰랐던 그들은 영화 보는 내내 얼굴이 뜨거워졌다. 애써 태연한 모습을 보이려고 혜지와 진우는 연신 침을 번갈아 꼴깍 삼켜야 했다.

'얼굴 붉히고 민망해하면 내가 이 영화를 예술영화로 보는 게 아니라고 생각할지도 모를 텐데. 그러면 완전 야한 것 밝히는 여자로 보는 것 아니야? 그러면 진우 씨 야리꾸리한 나에 대해 실망할 테고, 그러면…… 안 되는데.'

그런 생각에 미치자 혜지는 짐짓 대범한 모습을 보이려고 허리를 꼿꼿하게 세웠다. 그렇지만 비비 꼬는 손가락은 가만히 놔두지 못했다. 혜지가 손가락을 계속 꼼지락거리자 진우는 손을 잡아 달라는 뜻으로 해석해서 그녀의 손을 자신에게로 잡아끌었다. 그녀의 손을 자신의 손 위에 올려놓고 다른 한 손의 손가락으로 그녀의 손을 쓰다듬고 있었다. 혜지는 그런 진우의 손길이 좋으면서도 조금은 아쉬웠다.

'이럴 때 연애의 달인이라면 손만 잡지 않고 나를 안고서 격하게 키스를 했을 텐데……. 아니, 뭐야? 정혜지! 네 머릿속에는 그런 것들만 들어 있니? 좀 건전하고 순수하게 살 수 없어?'

혜지는 순진하기만 한 진우가 좋기도 했지만 이럴 때는 좀 답답한 것 같아 자신의 속만 계속 들볶고 있었다.

혜지는 진우에게 붙잡혀 있는 손에 온통 피가 몰려 정신을 차릴 수가 없었다. 온몸이 간질거리고 녹진녹진 녹아내리는 것 같았다. 마치 자신이 바닥에 붙어 버린 초콜릿같이 느껴졌다. 그런 그녀의 응큼한 속도 모르고, 혜지의 손이 점점 뜨거워지자 진우는 그녀의 얼굴에 손을 가져다 대었다.

[열이 있어요. 어디 아파요?]

진우의 물음에 혜지는 아니라고 괜찮다는 표시로 고개를 저었다. 그런 그녀를 믿을 수가 없었는지 진우는 혜지 앞에 무릎 꿇고 앉아서 그녀를 살펴보고 있었다. 그녀 얼굴은 이미 온통 빨개져 있었고 만지는 곳마다 따끈따끈한 게 무슨 몸살 기운이 있는 사람처럼 보였다.

[정말, 괜찮아요?]

"괜찮아요. 영화, 마저 봐요."

그녀의 속삭임에 얕은 숨결이 그의 뺨에 닿았다. 그러자 진우가 눈동자를 흔들리며, 숨이 조금 거칠어진 채로, 그녀에게 얼굴을 가까이 댔다.

혜지는 순간 느꼈다.

'아! 입을 맞추려는 거다!'

보통 때와 다른 느낌, 혜지는 그가 키스를 시도하려 한다는 것을 본능적으로 느꼈다.

진우는 혜지의 입술에 자신의 입술을 살며시 포갠 후 잠시 그렇게 가만히 있었다. 그러다 점점 감정이 올라오자 혜지의 윗

입술을 사정없이 깨물어 빨았다. 영화를 통해 키스하는 것을 어설프게 배운 진우는 키스는 혀를 입속에 밀어 넣는다는 것을 모르는 듯했다. 그저 혜지의 입술을 격하게 빨아 댈 뿐이었다. 물론 혜지는 진우의 그런 것마저 숨 막히게, 정신없이, 좋았지만 윗입술이 조금, 실은…… 아주 많이 아프고 쓰라렸다. 십여 분간의 숨 막히고 아픈(?) 키스를 마치자 혜지는 입을 움직이지 못했다. 진우가 혜지 입술을 심하게 깨물어서 부은 채로 시퍼렇게 멍든 탓이었다.

'아이참! 키스 처음 해 보냐고 물어볼 수도 없고…….'

그런 혜지와 달리 너무나 만족한 얼굴로 진우는 떨리는 숨소리를 내뿜었다. 그러더니 다시 혜지를 숨이 막히게 꽉 안아 버렸다.

'큰일 났다. 이 사람 이대로 놔두면 오늘 밤에 일 치르겠다.'

혜지는 자신을 꽉 안고 놓아주지 않는 진우를 떼어 놓아야만 했다. 하지만 방금 전 오랜만에 나눠 봤던 격렬하지만 나름 달콤했던 키스의 여운 때문에 그를 밀칠 수가 없었다. 그를 밀친다는 것은 불가항력이었다.

'아, 정말이지 눈물 나도록 좋다.'

혜지는 진우 덕분에 첫사랑을 시작한 소녀처럼 두근거리는 게 마냥 좋기만 했다. 배꼽을 통해 전신을 가르는 기분 좋은 간질거림에 더 이상 그녀도 이성적으로 생각할 수 없을 것 같았다. 이미 영화는 끝나서 화면은 정지되었고 아무런 소리 없는 공간 속에서 그들의 거친 숨소리만 가득했다.

✳

작업의 마지막 날, 사장과 편집장이 친히(?) 작업실을 방문했다. 그들이 방문한 목적은 그동안 무사히 일을 마친 것에 대한 치하와 이번 책의 대박을 위한 조촐한 그들만의 파티를 열기 위함이었다. 맛있는 식사를 마치고 차를 마시고 있었다. 한참 이야기를 마치고 난 뒤에는 어색한 침묵이 이어진다. 그 침묵을 깬 것은 역시나 그들의 사장이었다.

며칠 전에 격렬한(?) 키스를 한 후 혜지의 우려대로 윗입술이 퉁퉁 부은 데다 퍼렇게 멍까지 들었는데 그 모습을 우연히 발견한 사장은 깜짝 놀란 표정으로 말했다.

"아니, 혜지 씨. 입술이 어떻게 된 거예요? 너무 무리하셨나 보다. 입술이 호빵처럼 부었네."

혜지는 당황스러운 마음에 입술을 얼른 손으로 가렸다.

"아니, 시퍼렇게 멍까지 들었네. 어디에 부딪친 것 같은데요? 많이 아팠겠다."

그 옆에서 찬찬히 혜지의 입술을 살펴보던 편집장이 거들었다.

혜지는 뭐라 대꾸할 말이 없었지만 뭔가 빨리 둘러대야 할 것 같아서 머리를 잔뜩 굴리고 있었다.

"네, 맞아요. 편집장님 말씀대로 찬장 문을 열다가 그만."

손가락 끝에
걸린
사랑

"쯧쯧쯧, 조심하지 않고. 진짜 많이 아팠겠다. 높은 찬장 문은 키 큰 진우 씨가 좀 열어 주지 그랬어요."

사장이 혀를 차며 진우를 나무라는 듯 말하자 그의 얼굴도 빨개졌다.

아직 혜지와 진우가 사귀는 것을 모르는 사장과 편집장은 자연스럽게 싱글인 두 사람의 이성 관계에 대해 화제를 몰고 갔다.

당분간은 아무에게도 알리고 싶지 않다는 혜지의 뜻에 따라, 둘의 관계에 대해 아닌 척 연기를 해야만 했다.

"혜지 씨, 참 이해가 안 가네."

사장의 뜬금없는 발언에 나머지 세 사람은 어리둥절해서 사장에게 시선이 몰렸다.

"외모 되지, 똑똑하지, 성격 좋고 요리까지 잘하는데…… 왜 아직 시집을 안 갔어요? 내가 잘 아는 방송국 기자 있는데 소개시켜 줄까? 나이가 조금 많기는 하지만……."

사장은 남자 얘기를 꺼내려고 일부러 앞 이야기를 장황하게 깔고 있었다. 혜지는 난감한 표정을 지으며 진우를 살짝 바라보았다.

진우는 사장의 말을 알아들었는지 무릎을 움찔거리고 손을 펴서 뭔가 얘기를 하려고 했다. 그것을 알아챈 혜지는 뒤에서 진우 나머지 한 손을 꽉 잡았다. 그러자 진정이 된 진우는 얌전한 고양이가 된 것처럼 가만히 있었다.

"어머, 혹시 전에 말씀하셨던 그분인가요? 사장님 예전에 신문사 다닐 때 직장 선배였다던 그 사람이요. 그분 나중에 방송국에 입사하셔서서 가끔가다 TV에도 나온다고 하셨잖아요. 그분 혜지 씨보다 상당히 나이가 많은 걸로 알고 있는데. 서른일곱? 에이, 너무 많아요."

편집장이 아는 척을 했다. 사장과 편집장은 같은 여대 같은 과 동기였다. 둘만 있을 때 말을 트는지 모르지만 공식석상에서는 깍듯하게 사장 예우를 해 주었다.

"응, 맞아요. 혜지 씨 나이가 어떻게 되지?"

"스물…… 아홉이요."

"어디 보자……."

사장은 손가락을 꼽으며 둘 사이의 나이 차이를 계산하고 있는 중이었다. 평상시에는 카리스마도 꽤 있어 보였는데 짝 없는 젊은 남녀를 어떻게 하든 엮으려고 애를 쓰는 모습을 보니 사장도 영락없는 아줌마구나라는 생각이 들었다.

"그 사람하고 여덟 살 차이구나. 어머! 생각보다 나이 차이가 많네. 좀 나이가 많죠? 그래도 그렇게 나이 안 들어 보여요. 주로 르포 프로그램을 해서 바쁘게 다니느라 장가를 못 가서 그렇지, 생김새나 성격은 아주 말짱해. 어때, 만나나 볼래요?"

"아니, 저는……."

혜지가 망설이는 눈치이자 편집장이 바람을 넣었다.

"그래, 만나나 봐. 요즘은 나이 가지고 결혼 상대 안 찾더라.

나이 어린 남자를 만나기도 하고 띠 동갑과 만나기도 하고."

"생각난 김에 여기로 오라고 전화 넣을까?"

"아니요!"

사장이 수화기를 들고 전화를 할 태세이자 혜지는 참다못해 큰 소리를 내고 말았다. 혜지의 과격한 반응에 사장과 편집장은 잠깐 벙찐 표정을 짓다가 자기들끼리 결론을 냈다.

"그래, 나이가 많긴 해. 혜지 씨 능력 좋은데 너무 나이 차이 나는 남자 싫을 거야. 그렇지?"

사장은 혜지가 나이 많은 남자를 좋아하지 않을 거라고 혼자서 결론까지 냈다.

사장의 결론에 겨우 진정이 된 혜지는 걱정스러운 얼굴로 진우의 표정을 살며시 살펴보고 있었다. 그런 혜지의 마음을 알아챘는지 진우가 그녀의 새끼손가락을 살며시 쥐었다. 감전된 것처럼 새끼손가락을 타고 올라오는 찌릿찌릿한 기분 때문에 혜지는 다시 얼굴이 발갛게 달아올랐다.

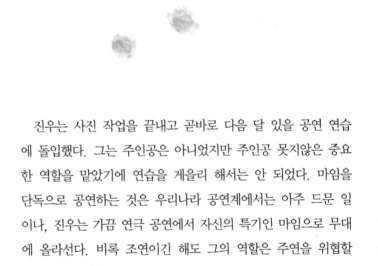

10.

그의 눈물

　진우는 사진 작업을 끝내고 곧바로 다음 달 있을 공연 연습에 돌입했다. 그는 주인공은 아니었지만 주인공 못지않은 중요한 역할을 맡았기에 연습을 게을리 해서는 안 되었다. 마임을 단독으로 공연하는 것은 우리나라 공연계에서는 아주 드문 일이나, 진우는 가끔 연극 공연에서 자신의 특기인 마임으로 무대에 올라선다. 비록 조연이긴 해도 그의 역할은 주연을 위협할 정도로 강력했다.

　우연히 진우의 모습을 무대에서 보고 같이 일해 보자고 제의하는 해외 공연 기획자들이 있었다. 그중 일본에서 온 기획자는 상당히 구체적이고 적극적으로 제의를 해 왔지만 어머니 때문

손가락 끝에
걸린
사랑

에 일본에 장기 체류할 수가 없어 포기한 적이 있었다. 어머니 때문에 포기한 것은 그것 말고도 더 있지만 그는 자신의 어머니를 원망한 적은 없었다. 그저 어머니라도 자신의 곁에 있어 주었다는 것에 감사하고 있었다.

작업을 다 끝내 다시 백수가 되어 한가로워진 혜지는 진우가 공연하는 소극장으로 응원차 가 보기로 했다. 진우의 기를 살려 주려 예쁜 도시락을 준비해 갈까도 고민했지만 그건 너무 오버다 싶어서 그냥 빈손으로 갔다. 그 대신 같이 맛있는 것을 사 먹을 생각이었다.

혜지는 진우 앞에서는 한 번도 치마를 입지 않았었는데 오늘은 큰마음 먹고 하늘하늘한 원피스를 차려 입고 나왔다. 그녀가 자신에게 예쁘게 보이고 싶어 원피스를 입고 나온 것을 안 건지 진우는 너무도 티 나게 좋아하며 입을 다물지 못하고 있었다.

연습을 마치고 나온 진우는 혜지와 함께 생맥주를 한 잔 간단히 걸치기로 했다. 하지만 근처 호프집들은 사람으로 초만원이었다. 도저히 낄 자리가 없어지자 혜지는 진우에게 손짓을 하며 말했다.

"나가요!"

호프집에서 맥주를 마시는 것이 어렵게 되자 그들은 편의점에서 맥주를 사 와 혜지네 집 근처 공원에서 마시기로 했다. 진우가 맥주를 사 가지고 나올 때였다. 술 취한 남자들이 어깨동무를 하고 노래를 부르며 뒤에서 지나가고 있었다. 진우의 귀에는 그들의 노랫소리가 들리지 않았기에 하필이면 그들과 부딪히고 말았다. 진우가 그 사람들의 노랫소리를 들었다면 조금 기다렸다 지나갔을 텐데 그러지 못했기에 부딪히고 만 것이다. 혜지는 놀라서 쓰러진 진우를 일으켰고 술 취한 중년의 남자 중하나는 혀가 꼬부라진 채로 그에게 한마디 했다.

"야! 이 자식, 귀 먹었어? 귀머거리냐고! 우리가 이렇게 큰 소리로 노래 부르며 지나가는데 왜 안 비키고 길을 막고 있냐고오!"

그 술 취한 남자는 기분 나쁘게 진우에게 삿대질하며 시비를 걸고 있었다. 진우는 매우 당황한 듯 연신 고개를 숙이며 사죄를 했다. 그 광경을 보고 머리끝까지 화가 난 혜지는 도저히 참을 수 없었던지 소리를 빽 지르고야 말았다.

"이봐요! 말조심해요. 댁들이 잘못해 놓고서 어따 대고 큰소리예요?"

혜지의 말에 분위기는 더 험악해졌다. 중년 남자 중 덩치가 좀 있는 남자가 혜지에게 다가가더니 잡아먹을 듯 눈알을 부라렸다.

"뭐라고! 이 아가씨 좀 보게. 지나가는 사람에게 물어봐. 우리가 귀청 떨어지게 노래를 부르고 있었다고. 사람 지나가는 걸 알면 앞사람이 알아서 피해 줘야 맞는 거지. 안 비켜 주니까 내가 귀머거리라고 했다. 그래, 그게 뭐 어때서?"

혜지가 눈물 맺힌 눈으로 부르르 떨며 그들을 노려보자 그들은 뭔가를 눈치챈 얼굴이었다.

숨가쁜 끝에
        그날
     사랑

"호오, 이것 봐라. 진짜 귀머거리인가 보네. 와! 되게 재미있는데."

중년의 두 남자는 진우를 마치 동물원 원숭이 보듯 하며 뭔가 흥미롭다는 표정으로 기분 나쁘게 쳐다보기 시작했다.

"이거, 이거, 알고 보니 불쌍한 놈이었구만. 야, 야! 우리가 그냥 봐 주자. 쯧쯧쯧. 저놈 낳고도 지 엄마가 아들 낳았다고 미역국에 고기까지 넣어 먹었을 거 아냐?"

순간 혜지는 이성을 완전 잃어버리고 말았다. 들고 있던 자신의 구닥다리 휴대폰으로 비아냥거리는 그 남자의 정수리를 사정없이 내리찍었다.

혜지의 휴대폰은 5년 전 구입했던 구닥다리 캠코더 폰으로 구형 중에 구형이라 요새 휴대폰의 2배에 육박하는 상당히 크고 무거운 휴대폰이었다. 워낙 튼튼해 지금껏 가지고 다니는 휴대폰 중 가장 오래 버틴 거였는데 오늘 그 남자의 머리를 때리고 나니 꼭지 부분이 완전 돌아가 이제 다시는 쓸 수 없게 되었다.

남자가 큰 비명을 지르고 그 자리에서 쓰러졌고 나머지 한 남자가 혜지에게 달려들었다. 그 남자가 혜지의 뺨을 때리려고 손을 든 순간 진우가 그 남자의 손을 으스러져라 잡으며 막아섰다. 결국 싸움은 네 사람이 2대 2로 편먹고 싸우는 것으로 이어졌다. 구경꾼들이 몰려들자 작은 싸움은 곧 더 큰 싸움이 되었다. 결국은 신고 받고 출동된 경찰이 네 사람 모두를 붙잡아 갔다.

네 사람은 나란히 앉아서 조서를 꾸미고 있었다. 보호자가 와야 하는데 혜지는 도저히 집에 알릴 수가 없어서 출판사 사장을 불렀고 진우는 한참을 망설이다 진호에게 문자를 넣었다. 술에 취한 그 중년의 남자들은 아직도 술에서 깨지 않았는지 고래고래 소리 지르며 주변을 시끄럽게 했다. 그에 참지 못한 경찰관한 명이 눈살을 찌푸리며 그들에게 소리쳤다.

"아저씨들 좀 조용히 하세요. 계속 그렇게 떠드시면 고성방가에 공무집행방해죄까지 추가시킬 겁니다."

그 말에 그들은 조금 잠잠해졌지만 그중 한 명은 계속 자신이 어느 대학 교수인데 이렇게 점잖고 명망 있는 자신이 저런 못되고 버릇없는 남녀 때문에 여기까지 오는 수모를 겪었다고 하면서 무한반복으로 자신들의 무죄를 외쳐 댔다. 경찰관도 두손 두 발 들었다는 듯, 그 남자들은 놔두고 혜지와 진우를 먼저불러서 질문했다.

"먼저 아가씨에게 물어볼게요. 아가씨가 휴대폰으로 저기 파란 넥타이 맨 아저씨 머리 친 거 맞아요?"

"……네."

"아니, 큰일 날 아가씨네. 그러다 잘못되면 어쩌려고 그랬어요."

"죄……송합니다."

경찰은 소리를 낮춰서 혜지에게 말했다.

손가락 끝에
기분
사랑

"저런 술 취한 사람들은 그냥 피하는 게 상책이에요. 괜히 상대했다가 억울하게 죄를 덮어쓸 수도 있다니까."

혜지는 입술을 쏘옥 집어넣고 얼굴이 빨개진 채였다. 그녀가 저렇게 곤욕을 치르고 있는데 아무 말도 못하고 있는, 아니 한마디도 할 수 없는 진우는 무능한 자신이 미워졌다. 한없는 분노가 그의 온몸에서 솟구쳐 올라오고 있었다.

✻

진호는 진우의 문자를 한참 만에 확인했다.

[형, 혜화경찰서야. 좀 와 줘.]

한 번도 경찰서에 가 본 적이 없는 걸로 알고 있는 진우가 경찰서에 가 있다고 하자, 진호는 기가 막히기도 하고 진정 걱정이 되기도 했다.

"이 자식이 무슨 일이래? 한 번도 그랬던 적이 없었는데."

진호의 혼잣말에 앞에 앉아 있던 유정이 물어보았다.

"무슨 일, 있어요?"

진호가 심각한 표정으로 휴대폰을 보자 무슨 일이 있다는 직감이 들었나 보다. 진호는 전에 유정에게 신세를 진 것에 보답하기 위해 그녀와 같이 술을 마시고 있는 중이었다. 원래는 근사하게 식사를 대접하겠다고 했지만 유정은 당돌하게도 술을 사 달라고 했고 그래서 전통 주점에서 막걸리와 파전, 매운탕을 놓고 술을 주거니 받거니 하고 있는 중이었다. 혜지의 물음에 그만 얼버무리려고 했지만 지금 그곳으로 가려면 차라리 솔직하게 털어놓는 게 나을 것 같아 가감 없이 말을 해 주었다.

"진우 녀석이 경찰서로 와 달라고 하네요."

"어머! 경찰서는 웬일로요? 그런 곳과 전혀 무관해 보이던데."

"그러게 말입니다. 이거, 죄송해서 어쩌지요? 지금 일어나야 될 것 같네요. 아직 시작도 못했는데."

유정은 윗도리를 집어 들더니 같이 일어서며 선뜻 자기가 그곳까지 데려다 주겠다고 했다.

"괜찮아요. 어서 가요. 제가 모셔다 드릴게요. 저, 술은 입만 살짝 가져다 댔기 때문에 운전하는 데 지장 없어요."

진호는 약속 장소가 자신의 오피스텔과 가깝기도 했지만 술을 마실 수 있을 거라는 생각에 일부러 차를 놓고 왔기에 차가 없었다. 유정도 근방에 살기는 하지만 가까운 슈퍼도 차를 몰고 갈 정도로 걷는 것을 극도로 싫어하는 그녀였기에 차는 필수로 껌 딱지처럼 붙여 가지고 다닌다. 그나마 자신의 신체 중 가장 자신 있는 곳이 다린데 다리에 조금이라도 알이 배기면 낭패라 여겨서 악착같이 차를 몰고 다니는 것이다. 유정이 구태여 진호를 데려다 주지 않아도 되겠지만, 실은 진우를 직접 만나 보고 싶다는 생각이 더 컸다. 그는 자기를 기억하지 못하겠지만 유정의 마음에서 진우는 존경의 대상이자 아련하게 떠오르는 추억 같은 존재다.

운전을 하면서 옆에 앉아 있는 진호를 흘끔 쳐다본 유정은 진호가 아까와 달리 초조해 보이는 모습이 역력하자 일부러 밝은 목소리로 말을 걸었다.

"진호 씨가 형이라고 했는데 몇 분 차이로 형이에요?"

"글쎄요. 잘 모르겠는데……."

"몰라요? 에이, 말도 안 돼. 엄마한테 그런 거 물어봤을 거 아니에요? 제 친척 중에도 쌍둥이가 있는데 애들이 어릴 때부터 어찌나 잘 싸우는지, 싸우면 꼭 둘 중에 누가 형이냐고 묻고 형과 동생 알려 주면 동생 되는 녀석이 울고불고했어요. 겨우 1분 차이로 자기가 동생이 되었다고 자기 엄마에게 그렇게 원망하던데. 그게 웃기고 귀엽기도 하더라고요. 두 분이서 그런 싸움 안 해 봤어요? 아! 싸우지는 않았겠네요. 두 분 다 점잖으시니까."

유정은 자신이 실수했다는 생각에 서둘러 말을 얼버무렸다.

진호는 유정의 말을 듣더니 어두운 그림자가 드리워진 채로 입을 열었다.

"진우와 저는 같이 안 살았어요."

"네? 그게 무슨 말……."

"부모님께서 이혼하셔서 둘이 따로 살았어요."

진호는 친하지도 않은 유정에게 이런 것까지 얘기하는 자신이 이해가 안 되었지만 그렇게 말을 꺼내고야 말았다. 어쩌면 지금의 자신이 무척이나 힘들기 때문에 아무에게나 기대고 싶어서는 아닐까라는 생각이 스쳐 갔다. 진호의 뜻밖의 말에 유정은 괜히 자신이 말을 꺼낸 것 같아, 일부러 CD플레이어 볼륨을 높였다.

진호는 굳은 표정으로 차창 밖을 내다보고 있었고, 유정은 곁눈질로 그의 옆모습을 바라보았다.

'둘에게서 느껴지는 어두움이 바로 그런 이유 때문에 그런 건가?'

아직 그들을 잘 알지는 못하지만 진호, 진우에게 급격한 호기심이 생기는 유정이었다.

진호 혼자만 경찰서로 들어가겠다는 것을 유정의 우격다짐으로 같이 안으로 들어가게 되었다. 들어가니 이미 상황은 종료된 상태였다. 그들이 너무 늦게 도착한 탓이었다. 현재 상황은 진우가 일하는 출판사 사장이라는 사람이 상대방 측에 뭐라고 훈계를 하는 중이었다.

"아니, 교수님이시라면서요. 그러시면 안 되는 거죠. 그래 놓고 학생들에게 어떻게 체면을 세우시려고요."

진호와 유정이 오기 전, 사장이 먼저 경찰서에 도착했을 때는 교수와 그 친구 패거리가 큰소리 내며 자신의 머릴 휴대폰으로 내리친 혜지와 진우를 고소하겠다고 난리를 치고 있는 중이었다. 그러나 정황을 들어 보니 혜지와 진우가 충분히 화가 날 만한 상황이었다. 결론을 놓고 보자면 그들이 시비를 걸어서 욱했던 거였다.

자기들 말로 전치 2주는 될 거라고 떠들어 댔지만 그들에게서 전혀 외상은 찾아볼 수 없었다. 경찰관이 적절하게 중재를 해 주면 좋으련만 본인들의 업무도 많으니, 그냥 방치 상태였다. 그러나 의외의 인물인 정의의 사도가 나타나서 모든 일들을 한 방에 해결해 주었다. 그 사람이 바로 출판사 사장이었다.

사장은 조곤조곤 그들에게 설득을 하기 시작했다. 기자 출신답게 말이 어찌나 청산유수인지, 나중에는 피해자라고 주장하는 사람들이 연신 고개를 숙이고 죄송하다는 말까지 나왔다. 사장의 말투는 사근사근했지만 내용은 좀 협박에 가까웠다. 자신이 알고 있는 기자 중에 시사고발 프로그램을 담당하는 사람이 있다. 이번 주에는 '대학교수들 이대로 좋은가?' 라는 주제로 취재를 한다고 하더라. 그런데 자기에게 소재 좀 제공하라고 부탁이 이만저만 아니니까 아무래도 지금 당장 오라고 해야 할 것 같다고 그들에게 말한 것이다. 그 말에 교수는 물론이고 경찰들의 태도까지 싹 바뀌었다.

경찰은 교수와 그 친구에게 서로 사과하는 선에서 마무리하라고 으름장을 놓았고 교수와 그 친구도 자신들이 먼저 인격 모독을 한 것을 인정했다. 그리고 서로 간에 없었던 일로 좋게 마무리한 것이다.

"정말 고생 많으셨습니다. 감사합니다."

진호는 달리 할 말이 없어 사장에게 감사의 말을 전했다.

"아니, 뭐 고생은요. 진우 씨 형님이신가 보다. 만나서 반가워요. 둘이 참 많이 닮았네요."

사장은 별일 아니라는 듯 진호를 보며 옆에 서 있는 유정을 슬쩍 보았다.

"아…… 네."

진우와 진호가 쌍둥이라는 것을 아는 사람이 많지 않기에 진호는 굳이 자기들이 쌍둥이라는 것을 강조하지는 않았다. 혜지의 표정은 말할 것도 없고 진우의 표정은 침울한 정도가 아니었다. 손가락으로 톡 치면 터질 것 같은 뭔가 안 좋은 분위기가 그에게서 풍겨 왔다. 그래도 진호가 형인데 형으로서 뭔가 액션을 취해야만 했다.

"미안하다. 누구 좀 만나느라 늦게 왔다. 혜지 씨도 고생하셨어요."

"아니에요. 저 때문에 진우 씨가 곤욕을 치렀어요."

유정은 잘 모르는 혜지에게 아는 척을 할 수가 없어서 진우에게 인사를 건넸다.

"안녕하세요? 저, 기억나세요? 서유정이에요. 전에 차로 부딪쳤던."

진우는 그녀를 기억하지 못해서 가만히 있는 건지, 아니면 굉장히 화가 나서 가만히 있는 건지, 여전히 쌩한 얼굴이었다. 낮

선 여자가 진우를 아는 척하자 그것을 보는 혜지의 마음이 불편했다.

'서유정? 아, 그때 그 여잔가?'

혜지가 예전에 진우 전화를 받았던 기억을 떠올리며 그녀를 다시 쳐다봤다. 그녀는 생각했던 것보다 상당히 야한 모습이었다. 자신과 뭔가 다른 분위기. 그 여자가 진호와 같이 왔다. 그리고 진우에게 아는 척을 했다. 혜지는 뭔가 모를 묘한 감정이 꿈틀대는 것 같았다. 누가 자신의 심장을 꽉 움켜잡는 것 같아서 가슴속이 부대꼈다.

사장이 돌아가고 넷이 길거리 앞에 서성였다. 진우는 아직도 마음이 진정되지 않은 상황이었고 서로 간에 어색한 침묵이 흘렀다. 이럴 때는 세 사람을 다 아는 진호가 나서야 할 차례였다.

"진우야, 우리 술 한잔 하러 가자. 어때요? 같이들 가시죠?"

진호가 유정과 혜지에게 말을 하는데 진우는 뭔가 성이 난 얼굴로 그냥 가 버리고 말았다. 처음 보는 진우의 화난 모습에 혜지는 당황하고 말았다.

"진우 씨!"

진호 역시 얼이 빠진 모습으로 진우가 가는 쪽을 바라보았다. 유정은 이런 상황이 이해가 안 되어 가만히 서 있었다. 모두들 진우에게 시선을 보내고 있었다.

진우는 모든 것이 견디기 어려웠다. 그들의 시선이 몸에 꽂힐

때마다 지독한 거부반응이 일어났다. 자신이 참을 수 없이 못나
보이고 싫었다.

'사랑하는 여자를 지켜 주지도 못하는 등신 같은 놈.'

진우는 혜지에게 이런 모습을 보일 수밖에 없는 자신에게 욕
을 퍼붓고 있었다. 혜지는 그런 그를 따라가려다 그 자리에서
멈추어 서 버리고 말았다. 그의 뒷모습만 보았지만, 그가 울고
있다는 것을 그녀도 알았기 때문이었다. 그의 어깨가 가늘게 떨
리고 있었다. 아니, 그의 몸 전체가 슬픔으로 가득한 채, 아프
게 떨고 있었다.

11.

사랑의 아픔

경찰서에 일이 있고 나서 혜지는 진우와 연락이 닿지 않았다. 아무리 문자를 보내도 그는 묵묵부답이었다. 애타는 심정으로 진우가 연습하고 있는 소극장으로 직접 가 봤지만 그녀는 그를 만나 볼 수가 없었다.

진우와 짧은 기간 사귄 것이었어도 혜지의 마음은 온통 그에게 가 있었기에 충격과 상심이 상당히 컸다. 평상시에 한 끼에 밥 두 공기도 너끈히 비웠던 그녀였지만 이젠, 밥 반 공기도 비우기 어려웠고 어느 때는 아예 굶기가 예사였다. 뭔가를 눈치챈 그녀 엄마가 이불을 머리끝까지 덮고 누워 있는 그녀를 흔들어 깨웠다.

"야! 혜지야. 일어나 봐. 너 무슨 일 있는 거지?"

혜지의 엄마는 요 며칠간 집에만 있지 말고 다른 직장 좀 알아보라고 잔소리한 게 마음에 걸렸다. 그러나 그녀는 모든 게 귀찮다는 듯 아무런 대꾸도 않고 얼굴만 찡그리고 있을 뿐이었다. 아무리 그녀를 닦달해도 굳게 닫힌 자물통처럼 아무 말도 하지 않았다. 결국 혜지의 엄마는 그녀 말 듣는 것을 포기하고 방에서 조용히 나갔다. 엄마가 나가자 혜지는 다시 이불을 머리 끝까지 뒤집어썼다.

방문을 닫는 소리가 들리자마자 혜지의 눈에서는 뜨거운 눈물이 한없이 흘러나왔다. 그녀의 표정은 아무런 감정을 읽을 수 없는 무표정이었지만 그녀의 뺨을 타고 끝없이 흘러내리는 뜨거운 눈물은 목 줄기와 귓불까지 타고 내려왔다.

'이렇게 끝날 거였다면…… 시작하지 말걸.'

끝날 때 끝나더라도 왜 헤어져야 하는지 알고라도 있으면 좋으련만 이렇게 내쳐졌다는 상처는 더 큰 상처를 키워 갔다. 숨을 쉴 수 없을 만큼 커다란 슬픔의 감정이 몰아치자 이대로 누워만 있을 수 없다는 생각이 들었다. 그녀는 머리를 질끈 동여매고 무작정 집 밖으로 나왔다.

7월로 접어들자 더위는 한층 기승을 부렸다. 뜨겁다 못해 따가운 햇살에 몸은 금방 무더위에 반응을 일으켰다. 마음과 달리 몸은 더위를 피하고 싶다는 간사함 때문에 시원한 곳을 찾아야만 했다. 그래서 무작정 냉방이 잘되어 있는 대형 서점으로 들어갔다. 주머니에 돈 한 푼 없으면서 그냥 들어간 것이다. 새

책 코너에 자신이 쓴 책이 전시되어 있었다. 책은 제법 잘 팔리고 있는지 제일 눈에 잘 띄는 곳에 전시되어 있었다. 혜지는 마치 아기 다루듯 조심스레 책을 더듬어 넘겨 보고 있었다. 한 장 한 장 넘기니 진우와의 작업이 떠올랐다. 진우와 같이 왔더라면 우리가 만들어 낸 책을 보며 기뻐했을 텐데라는 생각에 미치자 손등으로 굵은 눈물방울들이 뚝뚝 떨어졌다. 떨어진 눈물은 책에 커다란 흔적을 남겼고 어쩔 수 없이 혜지는 그 책을 사야만 했다. 그러나 그녀는 지금 지갑은커녕 수중에 십 원 하나 없는 무일푼이었다.

그런 그녀가 부른 사람은 해정이었다. 물론 집에 다시 돌아가서 돈을 들고 올 수 있었겠지만, 빨갛게 충혈된 채 퉁퉁 부은 눈을 보면 집에서 걱정하실까 봐 그럴 수가 없었기 때문이었다.

혜지는 서점 의자에 철퍼덕 앉아서 얼이 빠진 표정으로 해정을 기다리고 있었다. 지금의 혜지의 모습은 누가 봐도 큰 실연을 겪은 사람처럼 애처롭게 보였다. 한참을 그렇게 있는데 혜지의 앞으로 그림자 하나가 섰다. 해정이었다.

"혜지야, 너 왜 이러고 있어?"

아주 천천히 해정에게로 고개를 돌리는 혜지의 모습은 한눈에 봐도 많이 핼쑥해 보였다.

둘은 서점에 딸려 있는 카페에 들어가서 차를 마셨다. 해정은 혜지의 눈치를 보다가 안 되겠다 싶었는지 조심스레 입을 열었다.

"도대체 무슨 일이야? 그때 말했던 그 사람 때문이야?"

혜지는 그제야 해정에게 눈길을 주며 아주 천천히 고개를 끄덕였다.

"둘이 헤어진 거야?"

혜지가 아무런 미동도 않자 해정은 단정 짓듯 말했다.

"잘 헤어졌네. 그래, 잘되었어. 괜히 부모님한테까지 선 안 보이고, 끝났으니 말이야. 그냥 다른 남자 만나라. 너 아직 한창 나이야. 남자 때문에 힘들어 할 이유 전혀 없어."

혜지는 그저 묵묵히 해정의 말을 듣고 있을 뿐이었다. 허깨비처럼 말없이 앉아 있는 혜지의 모습이 낯선 해정은 더 이상 말을 이을 수가 없었다. 혜지가 숨 쉬는 것까지 힘들어 하는 눈치이자, 해정의 눈가에 눈물을 맺히며 한마디 했다.

"너…… 정말, 그 사람 많이 좋아했구나."

✽

진호는 오늘 유난히 몸단장에 열심이었다. 거울에 비친 그의 모습엔 뭔가 설렘이 가득했다. 그는 상자 속 비닐 포장지를 뜯었다. 상자 속에 담겨진 새 와이셔츠를 꺼내 입고 넥타이도 신중에 신중을 기해 제일 좋은 걸로 골라서 맸다. 혹시나 해서 얼굴을 이리저리 돌려보며 수염을 제대로 깎았는지도 점검했다. 완벽했다. 오늘따라 진호는 자신이 봐도 유난히 멋져 보였다.

그는 자신의 모습이 마음에 들었는지 심호흡을 크게 하더니 몇 번 안 신어서 거의 새 구두나 다름없는 갈색 빛이 감도는 가죽 구두를 신었다. 날이 더운데도 넥타이까지 맨 것에는 이유가 있었다. 넥타이는 상대방에 대한 예의를 표하는 남자만의 액세서리다. 그만큼 상대방에게 잘 보이고 싶다는 뜻이기도 하다. 지금 그는, 혜지를 만나러 가는 길이었다.

엊그제 진우에게서 문자가 왔다.

[형, 잠깐 집에서 만나.]

별로 진우를 만나고 싶지 않았지만 경찰서 일 이후 진우를 보지 못했기에 이 참 저 참에 만나 보기로 했다. 그 며칠 새 진우는 얼굴이 핼쑥해지고 눈은 퀭해져 있었다. 진호는 직감으로 진우와 혜지가 잘 안 되어 감을 느꼈다. 양심적으로 그래서는 안 된다고 생각을 하면서도 진호는 그것에 일말의 기대감을 가졌다.

[부탁이 있어.]

진우가 손으로 그에게 말을 걸었다.

"부탁? 무슨 부탁?"

[7월 7일, 그녀 생일이야.]

"그녀? 혜지 씨 말하는 거야?"

진우는 고개를 끄덕였다.

"그런데?"

진우는 머뭇거리다 그 다음 말이 궁금한지 다시 수화를 시작했다.

[그녀에게 주고 싶은 선물이 있는데 형이 대신 전해 줬으면 해서.]

"직접 전해 주지 않고?"

진호의 질문에 진우는 잠시 모든 걸 멈추고 허공을 바라보며 멍하니 있었다. 한참을 그러다가 겨우 정신을 차렸는지, 다시 손으로 대화를 계속 이어 나갔다.

[그녀에게 난, 어울리지 않는다는 것을 알았어. 이제는 그녀를 볼 수가 없을 것 같아.]

그 말에 진호는 묘한 짜릿함에 현기증까지 일어났다.

"그러면서 무슨 선물을 준다고 그래?"

[그래도 그녀에게 주려고 오래전부터 준비한 선물이야. 그래서 그녀에게 주고 싶어. 마지막이라도 좋아. 아마, 마지막이겠지. 미안하다고 전해 줘. 지금은 그녀에게 다가가는 게 너무 힘들어.]

진우는 공연 준비로 오래 앉아 있을 수가 없었다. 그렇게 이야기는 매듭지어졌고 진호는 진우가 건넨 선물을 대신 혜지에게 줘야 하는 임무가 맡겨졌다.

'진우가 전해 달라는 선물은 뭘까?'

진호는 자신의 차 뒷자리에 자리 잡고 있는 상자에 눈길을 주었다. 대단히 궁금했지만 차마 열어 볼 수는 없었다.

'어차피 혜지 씨 만나면 볼 수 있을 텐데 뭐.'

진호는 진우의 말을 듣고 자신도 그녀 생일 선물을 따로 준비했다. 부담을 갖지 않을만한, 그렇지만 가치가 있는, 게다가 자신의 마음까지 담긴 그런 선물, 그가 준비한 혜지의 생일 선물은 목걸이였다.

"그녀의 생일이라……."

진호는 엄지와 검지로 자신의 턱을 쓰다듬으며 뭔가를 생각하고 있었다.

＊

혜지는 최대한 화사하게 보이려고 화장에 신경을 썼다. 그동안 밥도 제대로 먹지 않고, 잠도 제대로 자지 못해 얼굴은 푸석푸석하고 윤기 하나 없었다. 진호를 통해 진우를 만나 볼 수 있지 않을까 해서 그녀는 진호에게 연락하려는 것을 고민 중이었다. 그런데 다행히도 그에게서 먼저 전화가 온 것이었다. 진우가 전해 달라는 물건이 있다고 하면서 진호가 잠깐 만나자고 했다. 혜지는 실낱같은 희망을 안고 진호를 기다렸다. 전에 진호와 만났던 커피 전문점이었는데 전처럼 그가 늦게 나타날까 봐 조바심이 났지만 다행히도 진호는 약속 시간을 정확히 맞춰서 등장했다.

오늘따라 유난히 멋지게 차려 입고 나온 진호지만 혜지의 눈에는 그저 진우 형으로밖에 안 보였다. 자기를 보고도 아무런 감흥이 없는 혜지를 보니 진호는 방금 전의 설레는 감정이 사라지고 맥이 빠졌다. 날이 너무 더웠다. 투명한 컵에 얼음이 가득 채워진 차가운 아이스키피 두 잔을 앞에 두고 둘은 이야기를 나누기 시작했다.

"진우 씨, 잘…… 있나요?"

처음부터 그녀가 묻고 싶은 말이었다. 혜지의 물음에 진호는 고민을 했다. 정직하게 말하느냐, 아니면 거짓으로 말하느냐. 한참 고민하던 진호는 마침내 그 중간을 선택하기로 했다.

"요즘 공연 준비로 많이 바쁜가 봐요. 얼굴이 핼쑥해져 있던데요."

"아, 그렇구나."

"혜지 씨도 좀 그런 것 같은데, 괜찮아요?"

진호의 말에 혜지는 민망한지 손으로 뺨을 만졌다.

"여름을 타나 봐요."

혜지는 여름을 탄다고 했지만 진호가 그녀 마음을 모르는 바가 아니었다.

'진우를…… 많이 좋아했구나.'

진호는 혜지에 대한 안쓰러움에 울컥하다가도 진우에 대한 질투심에 온몸이 뜨겁게 떨려 옴을 느꼈다.

"오늘 혜지 씨 생일이라면서요?"

"네에?"

무슨 까닭인지 혜지는 전혀 뜻밖이라는 듯 놀란 얼굴로 진호를 바라보았다.

"7월 7일. 혜지 씨 생일이라고 하던데."

혜지는 한참을 생각하더니 어이없는지 웃음을 피식 흘렸다.

"하, 7월 7일이 맞기는 한데 우리 집은 생일을 음력으로 치거든요. 견우와 직녀가 만나는 칠월칠석이요."

"아! 그렇구나. 그럼, 진우가 착각을 했나 보네요. 그런데 어쩌지요? 생일 선물을 가지고 왔는데."

진호는 자신이 준비한 선물은 쏙 뺀 채 진우가 전해 준 상자만을 내밀었다.

'내 선물은 진짜 생일에 줘야겠군.'

그가 내민 것은 한 번에 봐도 뭔가 묵직한 느낌이었다. 상자를 받아 든 혜지는 개봉할 생각도 않고 그것을 그저 바라보고만 있었다.

"안 풀어 봐요?"

"그냥…… 집에 가서 풀어 볼래요."

그녀의 어깨는 축 늘어져 있었다. 상자를 싼 포장지조차 뜯을 힘조차 없는 것 같아 보였다. 그런 그녀 앞에서 다음을 어떻게 이어 가나 진호는 난감했다.

"아, 그러세요. 전 또 오늘 혜지 씨 생일이라고 해서 기분 전환시켜 주려고 잔뜩 벼르고 왔는데, 어떡하나……. 혹시 어디 가고 싶은 곳 없으세요?"

혜지는 맥없이 고개를 내저었다. 더 이상 할 말이 없으면 일어서야 하는 상황인데. 갑자기 혜지가 진호를 다급하게 불렀다.

"저…… 저기요. 저, 가……고 싶은 데 있어요."

물기를 머금은 붉은 눈으로 진호를 바라보는 혜지는 뭔가 결연하고 절박한 눈빛이었다.

"어디를 가고 싶은데요?"

"진우 씨 공연이요. 인터넷에 보니까 오늘 첫 공연이라고 하던데, 꼭 가 보고 싶어요. 진호 씨도 가 보셔야 되잖아요."

생각을 못했는데, 혜지의 말이 맞다. 진호는 흔쾌히 고개를 끄덕였다.

"그래요. 그럼, 지금 같이 가요."

진호가 그렇게 선선히 말을 한 까닭은 혜지의 표정을 보고 나서였다. 그녀의 눈빛은 뭔가 오늘 결판을 내려는 그런 눈빛이었다.

'그렇다면, 나에게도…….'

다시 혜지를 되찾아 올 수 있을 거라는 희망이 생기자, 진호는 서둘러 진우가 공연하는 곳으로 달려가고만 싶어졌다.

❋

소극장이라서 그런지 극장은 아담한 크기만큼 아기자기 했다. 자리가 꽉 차지는 않았지만 제법 관객이 든 걸 봐서는 공연은 그럭저럭 잘되고 있는 것 같아 보였다. 혜지와 진호는 공연

손가락 끝에
걸린
사랑

시각 5분 전에 가까스로 티켓을 사서 공연장 안으로 들어갔다. 아무리 소극장이라 하지만 맨 뒷줄에 앉아 있어서 진우가 그들을 알아보기는 매우 힘들 것이다.

다른 배우들이 나올 때 가만히 있던 혜지가 진우가 나오자, 눈빛을 계속 반짝거렸다. 그녀의 눈빛을 보니, 진호는 다시금 자신이 없어졌다. '괜히 왔나?' 라는 후회까지 생겼다. 착잡한 마음에 무거운 숨을 내쉬고 생각해 보니 오늘 첫 공연인데 꽃다발 하나 준비 못한 것이 마음에 걸렸다. 진호는 혜지에게 잠깐 화장실 다녀온다는 말을 하고 공연장을 빠져나왔다. 가까운 곳에 꽃집이 있어서 서둘러 꽃다발 두 개를 준비했다. 하나는 진호가 건네줄 꽃다발이었고 나머지 하나는 혜지의 손에 들려 줄 꽃다발이었다. 아무래도 격식은 차리는 게 나을 듯싶었다. 얌체같이 자기 것만 들고 갈 수는 없었기에 일부러 두 개를 준비했다. 꽃집 아주머니가 거의 마무리를 하고 있는데 뒤에서 누가 그에게 아는 척을 했다.

"어머, 여기서 또 보네요."

진호가 고개를 돌려 보니 유정이었다.

'아니, 이 여자는 여기에 또 웬일이지?'

그의 속마음을 읽은 듯이 유정이 먼저 말을 꺼냈다.

"김진우 씨 공연이 있다고 해서 일부러 회사에서 일을 일찍 끝내고 달려왔어요. 생판 모르는 사람도 아닌데 빈손으로 갈 수가 없어서요."

그녀도 꽃다발을 준비해 가려는 거였다.

"지금 공연 한창 하고 있는데……."

"알아요. 오늘은 인사차 왔기 때문에 늦게라도 보면 되고, 어차피 나중에 몇 번 더 올 거예요. 원래 이런 공연은 한 번만 보는 게 아니라 여러 차례 보는 거거든요. 그러면 볼 때마다 느낌도 새롭고 뭔가 하나씩 배워 가는 거지요."

진호는 유정을 바라보며 이 여자의 정체가 궁금해지기 시작했다. 진우에게 관심이 있는 것은 사실인 것 같은데, 정말인지 알고 싶었다. 마임니스트 배우 김진우에게 관심 있는 것인지 아니면 남자 김진우에게 관심이 있는 것인지…….

예전과 달리 여자들이 자신보다 진우에게 관심을 갖고 있는 것이 진호는 씁쓸하게 느껴졌다. 그는 혜지가 많이 기다릴 것 같아 뛰다시피 바쁜 걸음을 하고 공연장 안으로 들어갔다. 혜지는 진호가 옆에 앉아도 모르는 눈치였다. 그가 꽃다발을 들고 있는 것을 보고 아차! 하는 표정이었다.

"꽃다발 사러 가신 거예요?"

혜지가 진호 귀에 작게 속삭였다. 일부러 그런 것은 아니지만 혜지가 내는 숨소리와 함께 전해지는 귓속말에 진호는 움찔거렸다. 잠깐 몽롱해지는 느낌이 마치 약에 취한 느낌이었다. 그래서 대답 대신 겨우 고개만 끄덕였다.

'달콤한 체취가 나네.'

그는 떨리는 마음을 숨기고자 자신의 두 손을 꽉 맞잡았다.

그러지 않으면 그녀 손을 잡을지도 몰랐다.

드디어 모든 공연이 끝나고 배우들에게 꽃다발을 전해 주러 진호와 혜지는 무대 뒤에서 기다리고 있었다. 주연 배우들 모습이 보이고 진우 모습이 보일 찰나였다. 느닷없이 유정이 나타나 진우에게 꽃다발을 건네주었다. 진우는 그녀가 준 꽃다발을 받고 환한 웃음으로 그것에 대한 고마움을 표현했다. 그 모습을 보게 된 혜지는 다가가려던 발걸음을 멈추었다. 그와 동시에 그녀 손에 쥐어진 꽃다발도 힘없이 떨어졌다. 그렇게 망연자실하게 그를 먼발치에서 바라보던 혜지는 갑자기 뒷걸음질을 치더니 왔던 길로 발길을 되돌렸다. 두 손으로 얼굴을 가리고 그녀는 그곳에서 급하게 나갔다. 밖으로 뛰쳐나가고 있는 혜지를 본 진호는, 진우와 혜지 둘을 번갈아 보며 고민하다가 결국 혜지의 뒤를 쫓아갔다.

"혜지 씨!"

진호의 큰 외침에도 진우는 그 소리를 듣지 못하고 유정과 함께 밝고 환하게 웃으며 서 있었다.

❋

눈물범벅인 채로 집으로 들어온 혜지를 보자 엄마는 뭔가 결심한 표정이었다. 그동안은 혜지를 내버려 두려 했으나 안 되겠다 싶은 듯했다. 그녀의 엄마는 오늘 해정과 통화한 후 그동안의 상황을 들어 왔던 터였다.

자꾸만 누워 있으려는 혜지를 기어코 일으켜 앉혀서 담판을 지으려 했다.

"일어나 봐, 이것아! 엄마하고 얘기 좀 하자."

"아이, 뭔 얘기? 저 좀 내버려 두세요."

혜지는 엄마의 등쌀에 자신의 남은 한 자락 힘을 박박 긁어서 겨우 한마디 힘겹게 내 뱉었다. 그런 혜지의 심정을 모르는 바가 아니지만 그녀의 엄마는 분을 삭이지 못하고 씩씩대고 혜지를 노려보며 말했다.

"해정이하고 아까 통화했다."

"……!"

"너 사귀는 남자 있었다며? 게다가 해정이 말에 의하면 그 사람 장애가 있다던데."

"…….."

"그것 때문에 힘들어 하는 거야?"

"아니야, 그거 아니란 말이야."

"속이려 해도 소용없어. 엄마는 다 알아. 그 남자 때문에 그렇게 힘들면 여기서 끝내라. 엄마도 그 사람 별로다. 아버지한테 말씀드리면 난리 나실 거다. 성한 사람도 아니고. 그냥 여기서 끝내. 괜히 속 썩이지 말고. 그리고 너. 이렇게 굶고 지내서 기운 빼지 말고 먹고 기운 차려. 그러고 나서 온전한 정신으로 다시 생각해 봐. 이렇게 있다간 네 몸만 축나는 거야. 너만 손해라고. 응?"

엄마는 말 중간에 고개를 돌려 혜지 몰래 손등으로 눈물을 훔쳐 냈다.

혜지가 몇 차례 연애를 했고 쓰디쓴 이별도 맛보았지만 하루나 이틀이면 털고 일어나는 씩씩한 성격이었기에 그녀의 엄마는 아직도 아파하고 있는 딸의 얼굴을 차마 보지 못했다. 자신도 같이 울어 버리면 혜지가 더 마음 아파할까 봐 엄마는 조용히 그녀의 방을 나갔다.

혜지는 다시 눈을 감았다. 억지로 잠을 청하고 있었다. 그러더니 이내 잠에 빠져 들었다. 꿈속에서라도 진우를 볼 수 있을까라는 생각과 함께 지금 이것이 꿈이고, 눈을 뜨면 원래대로 돌아오지는 않을까라는 헛된 희망을 가졌다. 절대로 그러지 못할 거라는 생각이 들자 혜지는 무거운 눈을 뜰 수가 없었다.

혜지는 벽을 짚고서 컴컴한 계단을 내려가고 있었다. 적막하기 그지없는 카페 안은 한치 앞도 보이지 않을 만큼 어두웠다. 카페 안에는 아무도 없었다. 빛의 존재라곤 희미한 등 하나뿐이었다.

'내가 먼저 도착했구나.'

혜지는 초조한 마음을 달래며 진우를 기다리고 있었다. 겨우 연락이 닿아 지금 그를 만나러 온 것이다. 그를 기다리면서 숨은 점점 가빠지고 있었다. 숨을 들이쉬었지만 혹시라도 작은 숨 하나를 내쉬면 그가 오지 않을까 해서 가느다란 숨조차 내

쉴 수 없었다. 그건 말도 안 되는 일이지만 그런 말 같지도 않은 룰이 있을 것만 같아서 혜지는 숨을 꾹꾹 참았다. 어지러울 정도로 숨이 막혔지만 그녀는 자신의 숨을 손으로 막고 있었다. 한참을 기다리니 그토록 혜지가 보고 싶어 했던 진우가 드디어 그녀를 향해 걸어오고 있었다. 그 사람 이름을 불러야 했는데 무슨 까닭인지 그 사람 이름을 부를 수가 없었다. 그를 만나면 한바탕 원망을 퍼부어야 하는데 아무런 소리가 나오지 않았다. 답답했다. 답답해서 미칠 것 같았다. 단음절의 소리도 안 나와 그녀는 자신의 가슴을 주먹으로 치고 있었다. 그런데 이상한 일이 일어났다. 그가, 진호도 아닌 진우가 그녀의 이름을 또렷하게 불렀다.

"혜지 씨."

그러더니 혜지를 안고 얼굴에 번진 눈물을 그의 입술로 닦아 주고 있었다. 혜지는 이게 어찌 된 일이냐고 물어야 했다. 말이 안 나와 미치겠는 심정이었는데 그것에 아랑곳하지 않고 진우는 혜지에게 사랑한다는 달콤한 속삭임으로 그녀를 위로해 주고 있었다.

"사랑해요. 혜지 씨, 예전부터 하고 싶었던 말이에요."

그녀가 한마디도 못하도록 하려는지 그는 자신의 입술로 그녀의 입술을 덮고 사랑의 고백을 했다.

"사랑해, 사랑해."

혜지는 그의 고백을 받아들이는 듯 조용히 눈을 감고 그의

손가락 끝에
걸린
사랑

입술을 받아 주었다. 한데 갑자기 그가 붙잡고 있던 그녀를 살며시 놓더니 뒤돌아서 그냥 가 버리려 하고 있었다. 혜지는 그를 붙잡기 위해 뭔가 말을 해야 했다. 그러나 계속 목구멍이 뜨거운 것으로 막힌 듯 아무 소리도 나오지 않았다. 뺨이 델 정도로 뜨거운 눈물이 흘러나오고 혜지의 입속에서는 괴상한 울부짖음 같은 소리만 나왔다. 괴로워하고 있는 혜지의 앞에 보인 것은 진우 옆에 서 있는 어떤 여자였다. 혜지는 그녀가 누구인지 기억해야만 했다.

'누구지? 누굴까?'

어디서 낯이 익은 그녀, 혜지는 생각이 났다. 그녀는 서유정이었다. 그가 그녀와 떠나려고 하고 있다. 엄청난 배신감에 혜지는 그제서 터져 나오는 비명을 지르고 자리에서 벌떡 일어나 앉았다.

가쁜 숨을 몰아쉬며 혜지는 주위를 둘러보았다. 혜지가 있는 곳은 바로 자신의 방이었다.

"꿈……이었구나."

온몸이 땀으로 흥건히 젖은 혜지는 이 모든 것이 꿈이라는 것을 알고 안도의 한숨을 내쉬었다. 그렇지만 한편으로는 혹시 이것이 나중에 현실로 되지 않을까라는 불안한 생각에 꿈속에서보다 더 많은 눈물이 흘러나왔다.

공연장에서 울면서 뛰어가는 혜지를 겨우 붙잡았지만 그녀를 붙잡는 것이 그녀에게 더 못할 짓인 것 같아 진호는 그만 놔주었다. 자신의 차로 혜지를 바래다주어야 했으나 혜지는 택시를 얼른 잡아타서 가 버리고 말았다. 그녀가 그렇게 가 버리자 진호는 허탈한 마음에, 들고 있던 꽃다발이 퍽이나 무겁게 느껴졌다. 그 꽃다발을 다시 공연장으로 돌아가서 진우에게 전해 줘야 하는지 고민하고 있다가 전해 주는 것을 관두기로 했다. 눈물범벅인 혜지가 생각나서 도저히 꽃다발을 전해 줄 기분이 나지 않았다. 허탈해진 진호는 차에 올라탔다. 차에 올라타면서도 이런저런 복잡한 생각에 핸들에 손만 올려놓고 그렇게 가만히 있었다. 왠지 모를 아픈 한숨을 길게 내뱉고 나서야 진호는 안전벨트를 맸다. 차를 빼기 위해 뒤를 보면서 운전을 하는데 진우가 혜지에게 주라고 했던 상자가 눈에 들어왔다. 혜지가 자신이 직접 들고 타겠다고 했지만 무겁다고 진호가 일부러 뒷좌석에 올려놓았었다.

"이거, 곤란하게 되었네. 저걸 어떻게 하지? 아, 모르겠다. 나중에 생각하자."

어찌 보면 진호에게 잘된 일이라 할 수 있는 상황인데도 그는 하나도 즐겁지 않았다. 그건 아마도 혜지의 아픈 눈물을 보았기 때문일 거다. 한 달 남짓인데, 그리 오래 사귀지 않고도 그런 감정을 갖고 있다니, 도대체 진우의 어떤 면이 그녀의 마음을 빼앗은 건지 아무리 생각해도 진호는 알 수가 없었다.

진호는 자신의 오피스텔로 가려던 계획을 바꿔서 진우와 어머니가 있는 오피스텔로 차를 몰았다. 어머니는 괜찮아지셨다가도 급작스레 편찮으시기도 해서 아직 조심히 지켜봐야 할 환자였다. 사실, 어머니는 얼마 전에 알코올성 치매라는 진단을 받았다. 그의 어머니가 이혼 이후 드셨던 술이 문제였다. 처음에는 가끔가다 마시는 정도였는데 나중에는 그 양이 상당히 늘어나 알코올 의존도가 높아졌었다. 그것이 결국, 정신 질환은 물론 치매까지 이어졌다. 아직 환갑도 지나지 않은 어머니인데…….

최근에야 진우가 그 모든 것을 감당하기에는 많이 힘들 거라는 반성이 들어 진호는 그 이후 가끔가다 어머니를 따로 찾아뵙기도 하고, 간병인에게 들어가는 돈을 어느 정도 부담하기도 했다. 진우는 처음에 자신이 그걸 다 짊어지고 가겠다고 했지만 치매 환자를 간병하는 데는 비용이 만만치 않기에 자신의 고집대로만 할 수는 없어 결국 진호의 도움을 받아야만 했다.

요즘은 진우의 공연 관계로 밤늦게까지 돌봐주시는 아주머니가 왔다 가신다. 밤 10시에는 집으로 돌아가시는 걸로 알고 있는데 그 시간 이후는 어머니께서 주무시기에 크게 신경 쓸 일이 없었다. 진호가 진우 오피스텔에 도착했을 때는 10시가 넘어서고 있었다. 당연히 오피스텔엔 어머니 혼자 주무시고 계셨다.

진호는 주무시는 어머니 얼굴을 바라보고 있다가 이왕 온 김에 진우와 이야기나 하고 가야겠다고 마음먹었다.

진우를 기다리다 깜빡 잠이 들었나 보다. 진우가 비밀번호를 누르는 소리에 진호는 눈을 번쩍 떴다. 진우는 진호가 소파에 누워 있자 깜짝 놀란 눈치였다.

진우는 자다 깬 부스스한 얼굴로 진우를 보며 잠이 덜 깬 목소리로 물었다.

"공연은, 잘된 거야?"

여태껏 진우 공연에 한 번도 관심을 갖지 않았던 진호였다. 어리둥절해하는 진우의 반응에 머쓱해진 진호는 괜한 말을 이어 붙였다.

"아까, 너 공연하는 거 봤어. 혜지 씨랑."

혜지라는 말에 진우가 손에 들고 있던 꽃다발들을 떨어뜨렸다. 많이 놀란 모양이었다.

[혜지 씨가 어떻게?]

진우는 손짓에 힘을 주어 빠른 손짓으로 진호에게 물었다.

"너 공연하는 거 알고 있다고 하면서 나보고 공연장으로 데려가 달라고 했어. 그래서 그곳에 같이 갔었지."

진우가 표정으로 물었다. 그러면 왜 아까 인사 안 했냐는 뜻 같았다. 답을 갈구하는 진우가 진호를 뚫어지게 바라보았다.

"혜지 씨가 꽃다발까지 들고 너에게 전해 주려고 다가가는데, 그 전에 서유정 씨하고 너하고 같이 웃고 있는 모습을 봤나 봐. 충격 받아서 그 자리에서 뛰쳐나가더라고."

진호의 말에 진우는 휘청거렸다. 서 있을 수가 없어서인지 그
만 소파에 털썩 주저앉았다.

진우의 얼굴은 '이제 모든 것이 끝이로구나.' 라고 말하는 것
같았다. 모든 피가 빠져나간 창백한 얼굴로 어찌할 바를 모르는
진우를 보자 진호는 조금 마음이 아팠지만 그래도 궁금한 것은
짚고 넘어가야 할 것 같아서 유정에 대해 물어보았다.

"유정 씬 어떻게 거기에 온 거야?"

진우는 진호의 물음에 아무런 미동도 않고 가만히 있다가 서
서히 정신을 차렸는지 손으로 이야기를 했다.

[팬으로서 축하해 주러 온 것뿐이야.]

정말 그렇다면 혜지는 단단히 오해를 한 거다. 진우가 한마디
더 덧붙였다.

[유정 씨 아버지가 이번 공연 후원자래.]

진우의 말에 의하면 후원해 주는 스폰서가 없어서 공연이 취
소될 뻔했던 공연이었는데 유정이 직접 전화를 걸어 스폰서를
연결해 주겠다고 했다는 것이다. 그게 바로 유정의 아버지 회사
인 도도패션이었다.

'서유정이? 그 여자가 도도패션 사장 딸이라고? 그렇게 대단
한 여자였어?'

진호는 갑자기 마음이 어수선해졌다.

'서유정이 그럼, 자신의 배경을 무기로 진우에게 접근하려는

건가?'

진호는 아직도 정신이 멍해 있는 진우를 바라보면서 끝도 없
는 시샘을 하는 자신을 느꼈다.

✳

혜지는 아침 일찍 일어나 미용실부터 들렀다. 그녀는 어깨선
까지 닿을락 말락 하는 제법 긴 머리를 짧게 자르려는 생각이었
다. 머릿속이 복잡하고 마음에 상처를 입었을 때 머리를 과감하
게 자르고 나면 그동안 골치 아팠던 것들이 다 없어지는 기분이
기에 혜지는 가끔가다 이렇게 기분을 전환시킨다.

"머리 좀 잘라 주세요."

혜지의 말에 미용실 주인이 거울을 통해 그녀 얼굴을 슬쩍
쳐다보며 물었다.

"다듬어 드릴까요?"

혜지는 고개를 세차게 가로저었다.

"아뇨. 다 잘라 주세요. 쇼트커트로요."

주인은 손으로 머리를 가늠하며 다시 되물었다.

"여기까지 다 자른다구요?"

"네. 다요. 남김없이."

컴퓨터상에서 파일을 삭제할 때 되물으면서 확인하듯 주인도
혜지의 표정을 살펴보며 재차 확인했다. 여자에게 머리란 쉽게

손가락 끝에
걸린
사랑

자를 수 있는 게 아니기 때문이다.

원래 혜지는 머리를 조금 더 기를 생각이었다. 30대가 되어서 긴 머리를 찰랑거리며 다니기가 쉽지는 않을 것 같기에 20대까지는 찰랑거리는 긴 머리를 실컷 즐길 생각이었다. 1년을 넘게 고이 길러 온 머리카락들이 바닥에 툭툭 떨어지고 있었다. 그 모습은 혜지의 눈에서 눈물이 툭툭 떨어지는 모습처럼 보였다. 그런 혜지의 마음을 읽었는지 주인은 계속 설득을 했다.

"손님, 쇼트커트 해 본 적 있어요?"

"아니요. 한 번도 없는데 이번 기회에 해 보고 싶어요."

"한 번도 없으면, 일단 다시 생각하고 와서 나중에 자르는 게 낫지 싶은데…… . 오늘은 그냥 단발로 잘라 드릴게요. 그러고 나서, 그래도 어울릴 것 같으면 그때 다시 와요. 그때는 미용비 안 받고 공짜로 커트해 드릴 테니."

주인의 설득에도 불구하고 혜지의 고집은 쉽게 꺾이지 않았다. 고개를 여전히 세차게 젓고 말했다.

"아니에요. 그냥 다 잘라 주세요."

완고한 그녀 모습에 주인은 한숨을 크게 내쉬며 가위로 뭉텅뭉텅 머리카락을 잘라 가기 시작했다. 바닥에 뭉텅이로 떨어지는 머리카락이 마치 자신과 같이 내동댕이쳐지고 있다는 생각이 들었다. 급기야 혜지는 눈물을 후드득 떨어뜨리기 시작했다.

"죄송해요. 아주머니. 그냥…… 단발로 잘라 주세요."

혜지의 말을 듣더니 주인은 마음 좋은 미소를 짓고 말했다.

"걱정 말아요. 아주 예쁘게 잘라 줄게요. 최신 유행으로다."

상냥한 주인아주머니 말에 혜지는 마음이 많이 누그러졌다.

잘라진 머리가 아까웠지만 단발머리가 제법 잘 어울렸다. 아주머니 말씀에 의하면 요즘 대박으로 히트친 드라마 남자 주인공의 약혼녀 머리라고 한다. 혜지는 그 아주머니가 말하는 드라마를 띄엄띄엄 봐서 남자 주인공은 알지만 약혼녀까지는 도저히 떠오르지 않아 예의상 고개를 끄덕여 주었다.

아주머니가 하신 말씀은 입에 발린 소리가 아니었다. 머리를 그렇게 자르고 나니 인물이 확 달라졌다. 내친김에 네일샵에 가서 손톱 손질도 하고 백화점에 들러 요즘 유행하는 여름옷도 한 벌 장만했다. 거기다가 잘 바르지 않은 색조 화장품까지 사고 나니 한결 기분이 좋아졌다.

아직도 능숙하지 못해서 차를 잘 안 끌고 나가는 혜지였지만 오늘만큼은 그녀의 차를 혹독하게 부려먹었다. 내친김에 강바람도 쐬려고 한강 주변까지 드라이브했다.

바람을 쐬고 나니 기분이 많이 나아졌다. 이제 아무 일도 없다는 듯이 제자리로 돌아오기만 하면 되는 거다. 그런 생각에 미치자 한결 기분이 좋아졌다. 주차장으로 가는 길에 혜지는 예전의 그녀처럼 사뿐사뿐 걸어 다녔다. 시동을 걸고 출발하려는데 휴대폰이 울렸다. 발신자를 보니 출판사 사장이었다. 아마도 책 때문에 전화를 한 것 같았다.

"네, 사장님."

"혜지 씨, 오늘 안 바빠요?"

"저, 백수인 거 뻔히 알면서 그러세요? 하나도 안 바빠요. 요즘 너무 심심해서 이곳저곳 놀러 다니고 있어요."

"에구, 팔자가 너~무 좋다. 부럽네, 혜지 씨."

"그런데 무슨 일이세요?"

"무슨 일이긴 책 때문에 전화했죠. 이번에 출간된 것이 너무 잘 팔리고 있어요. 그래서 잡지사에서 혜지 씨 인터뷰 하겠다네, 진우 씨하고 같이."

진우라는 말에 다시금 명치끝이 아파 왔지만 이내 밝은 목소리로 대답했다.

"어머, 그래요? 그럼 제가 오늘 출판사로 가면 되겠네요?"

"그래요, 와요. 오랜만에 얼굴도 보고."

출판사에 문을 열기 전, 혜지는 손잡이를 잡았다 놓았다를 몇 번씩이나 반복했다. 지금은 씩씩한 정혜지로 돌아왔지만, 진우의 얼굴을 보면 자신이 어떻게 무너질지 두려웠기 때문이었다. 하지만 어차피 한 번은 부딪쳐야 할일이라는 걸 알기에 혜지는 입술을 굳게 다물며 문을 열었다.

기자는 미리 와서 기다리고 있었다. 사장과 편집장은 기자들과 무슨 수다를 떠는지 하하 호호 무척이나 정겨운 분위기였다. 혜지는 고개를 꾸뻑하고 눈빛으로는 진우를 찾고 있었다. 그는…… 아직 오지 않았다. 아직은 그를 보기가 두려워 안도의 한숨을 내쉬었지만, 얼굴이라도 볼 수 없는 것에 대한 아쉬움이 동시에 생겼다.

"응, 혜지 씨 어서 와요. 쿡 앤 조이 잡지사에서 나오신 분들 이에요."

사장이 나서서 혜지와 기자들을 인사시켰다. 혜지는 아무렇지도 않은 척하며 사장에게 물었다.

"진우…… 씨는요?"

"아, 진우 씨. 요즘 공연하잖아. 그래서 공연 끝나고나 올 수 있다고 해서 늦게라도 오라고는 했어요. 그런데 에이, 설마 안 오겠지. 어머나! 근데 혜지 씨 머리 잘랐네?"

조리 있는 말솜씨를 자랑하는 사장은 의외로 둔탱이 같은 감각이 있어 혜지의 모습이 확 달라진 것을 그제야 알아차렸는지 한참 만에 아는 척을 하고 있었다.

"왜, 머리 잘랐어?"

사장이 둔녀 1이라면 둔녀 2는 편집장이다. 편집장도 사장이 말하니까 비로소 알아차리고 혜지에게 그 까닭을 물었다.

혜지는 애꿎은 머리카락만 손으로 넘기며 얼버무리며 말했다.

"그냥요."

사실, 혜지는 진우가 이 자리에 오지 않는 것에 더 신경이 써졌다. 둘이 부딪히게 되어도 힘들겠지만 그를 잠시라도 볼 수 없다는 것이 더욱 그녀를 힘들게 만들었다. 아무리 혜지를 띄워 주는 분위기라도 그녀는 이미 의욕 상실 상태였다. 그저 빨리 끝나고 집에 가기만을 바라고 있었다.

한 시간 넘게 진행되던 인터뷰가 거의 끝나 갈 무렵이었다. 덜커덕! 문 여는 소리를 내며 누군가 서둘러 들어왔다. 혜지는 놀란 눈으로 문을 열고 들어오는 사람을 보았다. 아직 분장을 지우지 않고 옷도 그대로 입은 채인 진우였다.

진우는 온통 땀범벅에 숨까지 헐떡이고 있었다. 혹시라도 혜지가 이미 가 버렸을까 하는 조급한 마음에 급하게 뛰어왔다. 자신의 부족함으로 혜지를 멀리했지만 그녀를 보고 싶어 하는 마음은 혜지가 진우를 그리워하는 마음 못지않았다. 아니, 더하며 더했지 덜하지는 않았다. 진우의 등장에 혜지는 자리에서 벌떡 일어나 그에게로 다가갔다.

혜지는 떨리는 목소리로 진우에게 인사했다.

"오래……간만이에요."

진우도 오로지 혜지만을 바라보며 그렇게 서 있었다. 그 두 사람은 몹시도 떨고 있었다. 비로소 사장과 편집장은 그 둘이 심상치 않은 사이라는 것을 눈치챘는지, 서로의 얼굴을 마주 보며 소리 내지 않게 '어머머!'를 연발했다.

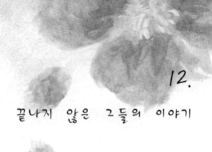

12.

끝나지 않은 그들의 이야기

혜지에게 오는 문자를 보고도 진우는 답문자를 보내지 않았지만 그래도 그는 습관적으로 휴대폰을 뒤적여 보았다. 그리고 한동안 그녀에게서 숱하게 오던 문자는 완전하게 끊겼다.

'이제…… 그녀도 나를 포기했구나.'

진우가 바란 것이었지만 막상 그런 생각이 들자 하늘이 무너지기라도 한 듯 무기력해지기 시작했다. 그가 아무리 이를 악물어도 무대 위에서 제대로 공연을 할 수가 없었다. 신열과 함께 식은땀이 등줄기를 타고 내렸다. 속이 메슥거려 왔다. '죽을힘을 다해서.'라는 말을 수십, 아니 수백 번 떠올리며 겨우 무사히 공연을 마쳤다.

손가락 끝에
걸린
사랑

힘들게 공연을 끝내고 그의 휴대폰으로 들어온 문자 한 통. 출판사 사장이 보낸 거였다.

[잡지사에서 인터뷰 한대요. 혜지 씨랑 같이요. 늦더라도 꼭 좀 와 주세요. 10시까지는 있을 거예요.]

진우는 휴대폰 플립을 열었다 닫았다를 반복하며 출판사 사장이 보낸 문자를 뚫어져라 보고 있었다. 망설이고 있는 사이 시계는 벌써 9시15분을 가리키고 있었다. 지금 택시를 타고 간다 해도 10시까지는 빠듯한 시간. 진우는 이러지도 저러지도 못하는 자신이 너무 미웠다. 자기 스스로를 죽이고 싶을 만큼.

출판사로 가는 것을 포기하고 정류장으로 걸어갔다. 마음이 복잡해서 분장도 지우지 못하고 옷도 그대로 입은 채였다. 마침 그의 앞에 집에 가는 버스가 섰다. 주먹을 꽉 쥔 채로 입에 가져다 대며 버스에 올라탔다. 사람들이 흘끔흘끔 보는 시선도 의식이 되지 않았다. 그는 자리에 앉자마자 눈을 감았다.

눈을 감으니 그녀 모습이 떠올랐다. 눈을 감으니 그녀가 더 또렷하게 보였다. 진우는 자리에서 벌떡 일어나 버스에 올라타는 사람을 밀치고 정신없이 뛰어내렸다. 그리고 아무 택시나 잡아타곤 휴대폰 문자로 출판사가 있는 곳을 운전기사에게 보여 줬다. 오늘따라 길이 너무 막혔다. 도저히 10시까지 도착할 수 없는 상황이었다.

진우는 걸어서 20분 정도 걸리는 거리를 남겨 놓고 택시에서 내렸다. 그러곤 심장이 터질듯이 달렸다. 숨이 턱까지 차올랐지만 그깟 숨이 문제가 아니었다. 모두들 가 버렸을 것 같은 조바심에 땀은 비가 내리듯 후드득 떨어졌다. 그가 뛰면서 내는 열과 함께, 그리고 그가 흘리는 눈물과 함께. 뭐가 눈물이고 뭐가 땀인지 모르게 그는 그렇게 달렸다. 병이 있는 사람처럼…… 나중에는 이마에서 떨어지는 땀이 눈까지 들어가 앞이 보이지 않았지만 그는 그것도 모르고 그저 달렸다. 땀을 닦을 시간조차 없었다. 마음이 급해서 발까지 헛디뎌 넘어졌는데도 상처를 살펴볼 겨를도 없이 뛰었다. 정말 미친놈처럼 뛰었다. 뛰면서도 오직 그녀 하나만 생각했다.

'그래. 하느님이 나에게 어떤 벌을 내린다 해도, 이게 혜지 씨에게 할 짓이 아니라는 것에 나중에 후회할지라도. 난, 지금 이 순간 내 감정에 충실할 거다. 나 하나만 생각할 거다. 나 하나만을……. 안 그러면 난 끝없는 괴로움에 이 자리에서 미쳐 버리거나 심장이 터져 죽어 버릴 것 같으니까.'

오로지 그의 머릿속에는 혜지만이 가득했다.

땀범벅에 눈물까지 합쳐져 연극 분장을 했던 진우의 얼굴은 완전 그로테스크라는 말이 떠올릴 정도로 기괴했다. 그런 진우의 모습에 그를 기다리고 있던 모든 사람들은 놀랐다. 그러나 혜지는 그런 그의 우스꽝스러우리만큼 기괴한 모습에도 전혀 개의치 않았다. 그저 혜지의 눈동자에는 진우의 모습만 들어 있었다. 그녀에게는 그가 그저 반가우면서도 한편으로는 미울 뿐이었다.

혜지는 가늘게 어깨를 떨며 진우에게 다가갔다. 그러면서 눈물로 얼룩진 그를 잡아먹을 듯 노려보며 그의 손을 억세게 잡아 당겼다. 그 모습에, 사장과 편집장은 서로의 팔을 소리 나지 않게 때리며 연이어 입모양으로 '어머머'를 연발했다.

어디서 그런 힘이 났는지 혜지는 진우를 회의실로 질질 끌고 갔다. 진우 손은 물론 자기 손이 아플 정도로 힘을 꽉 쥔 채로. 1밀리미터의 틈도 없게 그렇게 손에 힘을 쥐고 있었다.

혜지는 회의실로 진우를 밀어 넣고 씩씩대고 있었다.

"나쁜 놈! 그렇게 연락해도 답장도 없고 나쁜 자식, 그동안 내가 얼마나 죽고 싶었는지 알아?"

혜지는 분을 내며 자신의 주먹으로 진우를 퍽퍽 때렸다. 그러면서 그녀는 숨도 제대로 쉬지 못하며 꺽꺽거리고 울고 있었다. 그러나 진우는 미동도 않고 혜지의 아픈 주먹을 달게 받고 있었다. 진우는 그녀가 그동안 겪었을 모든 아픔을 그녀의 주먹을 통해서 모두 전해 받고 있었다. 그녀가 흘리는 눈물에 진우의 마음은 점점 먹먹해지며 결국 참지 못하고 혜지를 와락 안았다. 진우에게 안기면서도 혜지는 경련을 일으키듯 부들부들 떨고 있었다.

"왜, 왜 연락 안 줬어요. 왜 안 줬냐구요. 흐어엉…… 흑흑…… 내가 그렇게 쉬운 여자로 보였어요? 끝낼 거면 진우 씨 입으로 끝내자고 말을 했어야죠. 내가 싫증이 났으면 싫증났다고 말을 했어야죠. 말을 못하겠으면 내 얼굴 보며 손짓 몸짓이라도 했어야 될 거 아니에요. 그동안 내가 얼마나 비참하고 화가 났는지, 또 죽고 싶었는지 알아요?"

진우의 귀에는 혜지가 하는 말이 전혀 들리지 않았다. 그렇지만 그녀가 어떤 말을 하는지는 충분히 전달되었다. 모든 표현이 말로서만 전달되는 것은 아니다. 눈빛으로도 몸짓으로 손짓으로도 그리고 그녀의 떨림으로도 알 수 있다. 진우는 그녀의 아픔에 같이 아프고 미안해하면서도 한편으로는 그녀가 자신을 이렇게 사랑하고 있었다는 것에 대해 가슴이 뻐근해지도록 기뻤다.

혜지는 너무 울었는지 땀과 눈물, 콧물이 범벅이 되어 뺨에 머리카락까지 붙어 버렸다. 진우는 그런 그녀의 머리카락을 자신의 부드럽고 가느다란 손으로 한 올 한 올 넘겨 주고 있었다. 그리고 그녀에게 물었다.

[머리는 왜 잘랐어요?]

그의 물음에 혜지는 그를 흘겨보며 그의 팔을 주먹으로 한 대 쳤다.

"진우 씨 때문에 자른 거잖아요!"

[그래도 예뻐요.]

진우는 혜지의 뺨에 뽀뽀를 하며 엷은 미소를 지었다. 그는 그녀에게 사과를 한 다음, 휴대폰에 문자를 찍었다.

[미안해요. 정말, 미안해요. 이제는 비겁하게 숨지 않을게요. 그동안 정말로 두려웠어요.]

"뭐가 그렇게 두려웠어요?"

[혜지 씨에게 버림받을까 봐서요.]

진우가 찍은 그 문자를 보고 혜지는 또 펑펑 울고 말았다.

"버리긴 누가 버려요? 버린 건 당신이잖아요?"

혜지의 눈물을 바라보는 진우의 두 눈에서도 눈물이 새어 나왔다.

[나에게 당신은 너무 과분해요. 나하고 어울리지 않는다는 생각을 했어요. 그래서 차라리 형과…….]

"무슨 소리예요? 무슨 삼류 드라마 찍어요?"

[아니, 잠깐이지만…… 그런 생각 했어요. 나만의 이기심 때문에, 부족한 나를 만나 달라고 하기 미안하기도 하고 초라한 내 자신이 싫었어요. 하지만…….]

문자를 찍다가 멈추고 진우는 혜지를 깊게 바라보았다.

[이제 나도 이기적이 될래요. 오로지 나하고 혜지 씨만 생각할래요. 하고 싶은 거 다 하고 살 거예요. 마음이 가는 대로]

혜지는 입을 꾹 다물고 두 팔을 있는 힘껏 벌려 길 잃은 강아지를 안듯 살며시 그를 안아 주었다. 그를 안으며 혜지의 눈은 저절로 감겨졌다.

'따뜻하다.'

혜지가 진우를 진심으로 사랑한다고 느낀 것은 바로 그의 품이 너무도 따뜻하다는 생각이 들면서부터였다. 어느 누구에게서도 느낄 수 없었던 따뜻함. 그때는 몰랐다. 왜 그렇게 이 남자 품이 따뜻한지……. 하지만 이제는 알 것 같다. 그의 착하고 따뜻한 마음 때문에 그랬던 것이다. 하지만 그런 생각은 혜지만이 느낀 것은 아니었다. 진우 역시 혜지의 따뜻한 품이 가장 좋았다. 그녀를 안으면 모든 근심이 사라지는 것 같았으며 어릴 때 안아 주던 엄마 품 같은 느낌이 들었다. 그들의 눈은 계속 감은 채로였다. 혜지와 진우는 몽롱한 표정을 짓고 서로의 체취를 확인하고 있었다. 얼마나 울었던지 짭조름한 눈물 냄새와 땀 냄새가 범벅되었지만 그들에게는 그것이 페로몬과 같은 냄새였다.

혜지는 진우를 안은 채로 그의 입술에 부드럽게 입을 맞추었다. 입맞춤은 늘 그가 먼저 시작했지만 오늘은 혜지가 먼저 하고 싶어졌다. 그의 입을 따라 그의 귀, 눈, 코, 뺨을 그녀의 입술로 어루만져 주었다. 그리고 다시 그의 입술에게로 자기 입술을 가져가더니 키스를 하기 시작했다.

진우에게 프렌치키스는 처음이었다. 지금껏 진우가 키스라고 생각한 것은 키스를 흉내 내는 어설픈 행위였을 뿐이었다. 혜지는 마음을 다해서 진우에게 다가갔고 진우는 처음 맛본 그녀의 달콤하고 보드랍고 촉촉한 그녀의 혀에 놀라면서도 가슴이 터질 만큼 두근거리는 떨림을 느꼈다.

✽

혜지와 진우가 회의실 안에서 싸우고 잠잠하다, 또 싸우고 잠잠해지는 괴이한 상황을 만들고 있을 때 호기심 천국인 사장과 편집장은 기자들을 다 쫓아(?)냈다. 그러더니 회의실 문에 바짝 귀를 대고 그들이 하는 행태를 염탐하고 있었다.

손가락 끝에
그린
사랑

"푸…… 크…… 쿵…… 흥흥."

사장과 편집장은 어이없었는지 코와 목을 긁는 요상한 웃음
소리가 삐져나왔다.

"초등학생도 아니고, 아이고…… 세상에나 만상에나 유치해
죽겠네."

"그래도 보기는 좋네요. 부럽다, 부러워. 이거 우리 여기 있
으면 안 되겠다. 빨리 자리 피해 줍시다."

"아, 그럽시다."

사장은 급하게 메모를 남겨 테이블 위에 붙여 놓고 편집장과
함께 조용히 사무실을 서둘러 빠져나갔다.

혜지와 진우가 한참을 그렇게 정신없이 다크초콜릿처럼 진한
키스에 몰두하고 있을 때, 불현듯 밖에 있는 사람들이 생각났
다. 아차 싶었는지 둘은 서둘러 매무새를 고치고 조심스레 문을
열었다. 그러나 밖엔 아무도 없고 테이블 위엔 노란색 접착 메
모지만 덩그러니 붙어 있었다. 혜지와 진우는 같이 그 메모지를
읽어 보았다.

[인터뷰도 다 끝나고 해서 기자 분들은 먼저 돌려보냈어요.
둘이 하도 안 나오기에 문으로 쬐끔 아주 쬐끔 엿들었어요. 미
안! 일부러 들으려고 한 것은 아니니 넓은 마음으로 이해 바랍
니다. 우리 먼저 갑니다. 아무쪼록 둘만의 좋은 시간 되시고,
이 밤의 끝을 잡아도 되니까 나갈 땐 꼭 불 끄고 문 닫고 나가
세요. 자동문이니까 꽉 닫아야 해요. 그럼 두 분이서 좋은 밤

되길……]

혜지와 진우는 사장이 쓴 메모지를 읽고 동시에 웃음이 터져 나왔다. 웃음으로 번진 그들은 서로의 얼굴을 마주 보았다.

혜지는 회의실에서 붙잡았던 진우 손을 밖으로 나와서까지 놓지 않고 있었다. 그가 도망갈세라 아직도 그의 손을 꼭 잡고 있는 중이었다.

"이 손, 안 놓을 거예요. 놓기만 해 봐."

혜지의 말에 이번엔 진우가 그녀를 안고 키스를 퍼부었다. 혜지가 가르쳐 준 대로, 아니 그보다 더 달콤하게 진우는 그녀 입속으로 들어갔다. 그녀의 손에 꼭 잡힌 그의 손은 동시에 그녀 뺨을 쓰다듬고 있었다. 그는 손가락으로 그녀의 얼굴을 보드랍게 어루만지며 엄마의 젖을 빠는 아기처럼 그녀의 혀를 빨아들였다.

✻

늦은 밤, 혜지는 진우를 데려다 주기 위해 자신의 옆에 진우를 태웠다. 신호가 잠깐 멈추는 순간에도 혜지는 진우의 손을 잡았다. 잠시라도 놓으면 진우가 도망갈 것 같은 마음에 혜지는 서로의 손에 땀이 차는데도 그의 손을 놓을 수 없었다. 오피스텔 앞에 진우를 세워 주고 혜지는 다시금 그를 안았다. 그리고 자신의 입술을 그의 얼굴에 바짝 대며 속삭였다.

"내일, 공연에 찾아갈게요. 꽃다발 들고."

손가락 끝에
지친
사랑

진우는 간지러운 그녀의 속삭임 때문에 잠깐 눈을 지그시 감았다가 고개를 끄덕였다.

"그리고……."

혜지는 뭔가를 머뭇거리는지 얼굴이 순식간에 빨개졌다.

"사랑해요."

진우가 멍하니 그녀를 바라보자, 혜지는 샐쭉한 표정으로 말을 이었다.

"남자한테 처음 하는 말이란 말이에요. 영광인 줄 알아!"

혜지는 이런 민망함을 개그맨 흉내로 얼버무렸다. 진우는 혜지의 말에 손으로 고백했다.

[나도, 혜지 씨 사랑해요. 나보다도 더.]

수화를 배우지 않았더라도 충분히 알 수 있는 손짓이었다. 비록 손짓뿐이었지만 진실한 그의 마음은 느낄 수 있었다. 진우는 혜지와 헤어지기 싫은지 계속 혜지와 눈을 맞추고 있었다. 그래도 내일을 위해 지금 헤어져야 한다는 것을 알기에 그녀의 손을 자신의 입술에 가져다 대며 뜨겁게 키스를 했다.

연인들은 헤어지기 싫어 결혼을 한다던데 혜지는 지금 이 순간, 그 말이 절절하게 가슴에 와 닿았다.

아쉽지만 둘은 작별의 키스를 나누고 진우는 혜지의 차에서 내렸다. 그녀의 차 뒤꽁무니가 멀어져서 점이 될 때까지 그는 한참을 바라보고 자신의 오피스텔을 향해 걸어갔다.

혜지는 집으로 들어가기 전 룸미러로 자신의 얼굴을 보았다.

자신도 눈물, 콧물, 땀범벅이라 엉망이었던 데다 진우의 분장까지 묻어서 완전 거지꼴이 다 된 상태였다. 게다가 그들의 침이 뒤섞였으니, 꼴이 말이 아니었다.

아무리 물휴지를 찾아봐도 찾을 수가 없어서 그냥 손에 잡힌 휴지로 대충 닦았다.

"얼룩은 그렇다 쳐도 호빵처럼 부은 눈은 어쩌지?"

부모님께서 주무시고 계시면 다행이지만 그렇지 않다면 잔소리가 한 다발일 텐데…… 라는 걱정을 하며 자신의 집으로 차를 몰았다. 걱정은 하면서도 혜지는 픽픽 웃음을 흘렸다. 지금 그녀는 모든 게 두렵지 않았다. 이제 부모님의 높은 산만 넘으면 되는데 진우의 벅찬 사랑으로 인해 어떤 역경이 몰아닥쳐도 이길 힘이 생겼다.

혜지는 집으로 돌아와 진우와 나누었던 키스에 대한 여운을 떠올렸다. 여운을 더 느끼려 손가락으로 자신의 입술을 따라갔다. 아직도 진우의 온기가 아직도 남아 있는 듯했다. 그의 온기가 느껴지자 그녀는 저절로 눈이 감겼다. 다시 정신을 차리고 혜지는 메이크업을 지우면서도 중간중간 멍한 상태가 되었다. 그러다가 갑자기 배시시 웃고 또다시 멍하다가 배시시 웃고를 여러 번 반복했다. 누군가 옆에서 지켜보고 있다면 광년인 줄 알 정도로 혜지의 상태는 심각해 보였다.

"아아, 빨리 내일이 왔으면."

내일이 와야 진우를 볼 수 있기 때문에 혜지는 1초가 1분 같고 1분이 1시간 같았다.

"내일은 무슨 옷을 입고 가지? 아이, 괜히 쓸데없이 머리를 잘랐네. 머리를 자르니까 어울리는 옷이 진짜 없구나. 남들이 하는 짓 어설프게 따라 하는 게 아닌데……. 내일 일찍 일어나서 마사지 좀 하고 옷도 고르고, 그리고 꽃다발도 사고…… 꽃다발? 아차! 선물! 진호 씨 차에 선물이 있을 텐데."

꽃다발을 떠올리다가 혜지는 자신에게 전해 달라고 했다던 진우의 선물이 생각났다.

"진우 씨가 실망할지도 모르겠다. 자기가 준 선물 보지도 않았다고 하면……."

급한 마음에 진호에게 지금 당장 전화해 보고 싶었지만 그러기에는 너무 야심한 시각이라 차마 전화를 걸 수는 없었다.

"뭐, 천천히 받는다고 해도 상관없겠지."

혜지는 퉁퉁 부은 눈을 위해 냉동실에 밥숟가락 두 개를 넣어 두었다. 아침에 일어나자마자 눈두덩이 마사지를 할 요량이었다. 대강의 일을 마친 혜지는 침대 위에 누웠다. 그녀는 참으로 오랜만에 맘 편히 잘 수 있었다.

13.

그의 전부

　양심상 그래서는 안 되는 거였지만 진호는 혹시나 하는 마음에 혜지에게 전하려던 진우의 선물 상자를 열어 보았다. 혹시나 케이크 같은 거라면 오래 놔둘 수가 없다는, 말도 안 되는 스스로 궁색한 변명을 붙여서 조심스럽게 포장지를 뜯어보았다.

　상자를 열어 보더니 진호는 상당히 놀랐다. 처음에 나온 것은 혜지가 찍힌 사진들이 들어 있는 앨범이었다. 작업을 하면서 혜지 몰래 틈틈이 찍었던 사진 같아 보였다. 자연스러운 그녀 모습은 어떤 연예인 못지않게 예뻤다.

　"원래 이렇게 예뻤었나?"

손가락 끝에
걸린
사랑

진호는 혜지의 사진을 손가락으로 만져 보았다. 이제는 그리운 그녀가 될 것 같은 예감에서였다. 앨범 밑에는 뭔가가 또 있었다. 그것은 진우의 일기장이었다. 그녀를 만나고부터 채워진 일기장은 한 달이라는 시간에 비해 상당히 빽빽하게 써 내려가고 있었다.

"차! 무슨 할 말이 그렇게 많았던 거야. 웃기는 녀석."

일기장에는 온통 그녀 얘기뿐이었다. 사랑의 열병을 앓는 심정이 절절히 드러나 진호는 그런 진우가 부러웠다. 자신도 이렇게 순수했던 적이 있기는 했나란 생각을 하며, 가슴이 점점 먹먹해져 왔다. 그것만으로도 진우가 혜지를 얼마나 사랑하는지 가늠할 수 있었다.

'그녀는 나에게 일부일 뿐이었는데…… 진우에게는 전부였구나.'

진호는 일말의 죄책감과 함께 자신이 부끄러워졌다. 자신의 일부분으로 여긴 그 여자를 차지하고 싶어 동생을 미워했던 일, 그녀 또한 진우만을 생각하는 것을 알면서도 흑심을 품었던 마음이 너무도 창피했다.

'이렇게 깨끗하게 정리가 되다니…….'

사실, 진호는 혜지의 마음속엔 자신이 단 1%도 들어 있지 않다는 것에 대해 많이 고민하고 있었다. 그러나 그 고민이 쓸모조차 없는 것이 되었다는 것을 지금 깨닫고 있었다. 혜지를 향한 진우의 감정은 자기와 비할 바조차 없었다는 걸 일기장을 읽을 때마다 느끼게 되었다.

'그래, 이제 내가 진우에게 형이 되어야겠구나.'

진호는 일기장들을 다시 상자 속에 조심스럽게 담아 두었
다.

다음 날 아침, 혜지가 진호에게 전화를 하기도 전에 그에게서
먼저 전화가 왔다.

"혜지 씨, 오늘 시간 있어요?"

"오늘 저녁엔 시간이 안 될 것 같고, 점심은 괜찮아요."

진호에게 받을 것이 있기에 혜지는 거절을 하지 않았다. 오히
려 옳다구나 하고 반가워했다.

"잘되었네요. 저도 저녁엔 시간이 안 돼요. 전해 줄 물건이
있어서요."

"그러잖아도 제가 그것 때문에 전화 드리려고 했어요."

"하하, 그랬구나. 왜 놓고 가셨어요? 정말 소중한 선물인 것
같던데."

"그래요? 그게 뭔데요?"

"그걸 여기서 말하면 안 되죠. 이따 만나서 보시면 압니다.
참! 그리고 제가 물건 전달하는 거니까 점심은 혜지 씨가 사셔
야 합니다."

"네, 그럴게요."

오늘따라 유달리 밝은 목소리로 상냥하게 받는 그녀, 그 목소
리를 듣고 진호는 다행이란 생각을 하면서도 조금 이상한지 고

개를 갸웃거렸다.

"이상하네? 그새 진우와 잘되었나?"

어제였다면 질투에 눈이 멀어 선물이고 뭐고 전해 주지 않았을 텐데, 이제는 그런 마음 없이 편안하기만 했다.

"흠, 이런 결말도 다 있군."

점심시간이 되어 혜지와 진호는 약속 장소에서 만났다. '남의 떡이 더 커 보인다.' 라는 속담이 진호에게 오늘처럼 와 닿은 적이 없었다. 이제는 자신의 차지가 되지 못할 혜지가 그의 앞에 앉아서 환하게 웃고 있었다. 진호의 예상대로 그녀가 진우와 다시 만난다고 하자 축하하는 한편 '왜 내가 아니고 진우였을까?' 라는 잊고 있었던 질투심이 스멀스멀 기어 올라오고 있었다.

"머리 왜 자르셨어요?"

진호의 왠지 뼈가 있는 질문에 혜지는 빨갛게 달아오른 귀볼 뒤로 머리를 넘기며 소리 없이 웃었다. 그는 그런 그녀가 무안해하지 않게 얼른 다음 말을 살짝 덧붙였다.

"전에도 예뻤지만, 지금도 무척 예뻐요."

예전에 이런 말을 진호가 한다면 십중팔구 작업 멘트였겠지만 지금 그가 하는 말은 백 퍼센트 진심이었다.

이제는 내 여자가 될 수 없다는 아쉬움이 보태져서일까? 혜지가 이전보다 더 예쁘게 보였다. 왜 처음부터 혜지에게 진지하게 다가가지 못했는지……. 나름 최선을 다했다고 생각했지만 진우에 비하면 진호의 마음은 새 발의 피였다. 자신이 원하는 것은 빼앗아서라도 무조건 가져야 직성이 풀렸고, 막상 가지고 나면 그 사람에 대해 급격하게 애정이 식는 그런 진호였다. 어쩌면 지금 그가 혜지를 자기 걸로 만들었다면 그녀는 진호에게 상처를 받게 되었을지도 모른다.

그에 비해 진우는 지금 막 사랑을 알게 되어 온통 그녀 생각으로 가득 차 있었다. 오로지 그녀가 진우의 전부였기에 진호는 진우의 상대가 되지 않는다. 언제나 진우에 비해 자신이 우월하다는 자만심을 갖고 있는 진호였는데…….

진호는 혜지에게 물었다.

"한 가지 궁금한 게 있는데요."

"네?"

"진우, 어떤 점이 그렇게 좋아요?"

"글쎄…… 요. 실은, 그냥 다 좋아요."

"그냥 다요? 왜요?"

"그게 이유가 있어야 하나요?"

혜지의 말에 진호는 헛헛한 웃음이 나왔다.

"하하하, 죄송해요. 왜 이렇게 웃음이 나오지? 비웃는 거 아니에요. 하아, 그냥…… 다라."

잊고 있었는데…… 혜지의 말이 맞다. 사랑에는 이유가 없다. 어느 하나가 좋기 때문에, 그 이유 때문에 사랑하는 것은 아니다. 그냥…… 그냥 다 좋다. 말로 표현 못하는 그런 뭔가가 있다. 사랑하는 순간 그의 모든 것이 좋아지기 시작한다. 이유도 없이, 남들에게 단점이라고 보이는 것조차 다 장점처럼 보인다.

'정말, 사랑하고 있구나.'

진호는 다시금 진우가 한없이 부러워졌다. 그리고 지금까지 사랑을 실컷 해 봤다고 자부했던 것이 다 착각이라는 쓰디쓴 사실도 깨달았다.

담백하고 쿨하게, 진호는 혜지에게 진우가 준비한 선물을 전해 줬다.

"조금 양해 말씀드릴게요. 혹시나 상할 만한 물건이 있나 살짝 뜯어 봤어요. 그래도 조금 훑어본 거지, 자세히 보지는 않았습니다."

진호가 말한 훑어보았다는 말이 무엇을 뜻하는 것인지 혜지는 몰랐기에 상당히 궁금해지기 시작했다.

"아니에요. 괜찮아요. 그런데, 들어 있는 게 뭐죠?"

진호는 정말 아무 사심 없이 그녀를 빤히 바라보며 미소 짓다가 대답했다.

"진우…… 마음이요."

진호는 마지막으로 그녀에게 멋진 모습으로 남고 싶어 그 말을 마친 후 자리에서 일어섰다. 그가 일어서자 혜지는 놀라 눈을 동그랗게 뜨고 그를 바라보았다.

"점심은요?"

"죄송합니다. 갑자기 급한 일이 있어서요. 점심은 먹은 셈 칠게요. 혜지 씨도 지금 이거 얼른 풀어 보고 싶으실 거잖아요. 아마도 제가 자리를 피해 드리는 게 더 편하실 거예요."

그녀의 속을 꿰뚫어 보는 멘트에 혜지는 다시금 얼굴이 화끈거렸다.

"그럼, 안녕히 가세요. 선물 전해 주셔서 감사해요."

"뭘요. 그럼, 전 이만."

진호 말대로 혜지는 선물 상자 안에 뭐가 들어 있을까 궁금해 돌아가실 지경이었다.

"뭐지? 진우 씨 마음이면, 반지? 아닌데, 반지가 이렇게 무거울 리 없고…… 책인가?"

혜지는 서둘러서 포장지를 벗기고 싶었지만 진우에게서 처음받은 선물을 함부로 다루기 싫어서 손가락 두 개씩만 사용해 조심스레 포장지를 벗겼다. 포장지조차 찢기지 않게 조심한 탓에 너무나 늦게 포장지가 벗겨졌다. 포장지를 다 걷어 내고 상자 뚜껑을 열어 보니 사진이 담긴 앨범 하나와 다이어리 한 권이 나왔다.

"어머, 이것들이 다 뭐야?"

혜지는 먼저 사진 앨범부터 넘겨 봤다. 사진은 온통 혜지의 모습만 담겨져 있었다. 그녀의 얼굴은 물론 그녀의 뒷모습, 어깨, 손, 심지어는 그녀가 마시던 컵 하나까지. 그 모든 게 혜지

손가락 끝에
걸린
사랑

와 관련된 것이라면 진우에게는 소중했고 의미가 있었다. 그가
자신을 담았다는 것은 알고 있었지만 이런 사진은 처음 보게 되
었다.

앨범만 넘겨도 울컥거렸다. 혜지는 울먹거리며 괜히 마음에
없는 소리를 했다.

"치! 변태도 아니고."

자기의 사소한 것 하나까지 소중히 여겨 주는 진우에게 감동
이 일어났다. 이런 남자를 다시 만날 수 있을까라는 생각이 들
만큼, 혜지는 앨범을 통해서 그에게 전해지는 진한 사랑을 느꼈
다. 앨범만 봐도 울컥거렸기에 혜지는 안 되겠다 싶었는지 자신
의 차로 그 물건들을 들고 갔다. 차 안에서 일기를 읽을 작정이
었다. 지금도 눈물이 나려고 하는데, 일기를 보면 분명 눈물이
펑펑 쏟아질 것이었다. 들고 가는 내내 혜지는 온몸이 기분 좋
은 떨림으로 가득했다. 혜지는 그녀가 세상 누구보다 사랑하는
그의 일기장 첫 장을 열었다.

❋

5월 ○○일

그녀에게서는 달콤한 향기가 난다.
처음 그것이 향수 냄새라 생각했다.

그런데 그녀는 요리할 때는 향수를 절대로 안 뿌린다고 했다.

향수 자체를 좋아하지 않아서 아예 향수는 따로 사 두지 않는다고 했다.

그 말에 난, 잠시 혼란이 왔다.

그럼 처음 그녀를 봤을 때 풍겨 오던 그 기분 좋은 향기는 뭐지?

출판사 사무실에서 우연히 마주쳤던 그녀.

처음 보는 사람이라 아는 척을 할 수가 없어서 그냥 내 볼일을 보고 있었는데 내 뒤로, 달콤한 향내가 풍겨 오기 시작했다.

난, 청력을 잃어버린 대신 다른 감각은 다 민감하다.

그중 후각과 촉각은 무서우리만큼……

그녀에게선 가물가물한 기억을 끄집어내는 그런 향기가 났다.

아기에게서 나는 것 같기도 하고 엄마 품에서 나는 것 같기도 한 그런 아련한 향기.

잠시 몽롱한 기분에 온몸에 힘이 빠져 그 자리에 서 있을 수가 없었다.

아쉽지만 난 서둘러 그 자리를 빠져나왔다.

그리고 두 번째로 그녀를 봤을 땐, 아는 척을 안 했다고 나에게 무섭게 화를 냈었다.

난, 어리둥절했지만 그녀에게 뭐라고 말을 할 수가 없었다.

왜 화를 내는지 도저히 알 수도 없었다.

그 다음 날 사장님께서 그녀와 같이 작업하게 될 거라고 인사를 시켜

손가락 끝에
걸린
사랑

주었다.

같이 일한다는 말에 나는 그 자리에서 기절할 뻔했다. 그녀와 같이 일을 하다니.

마치 꿈을 꾼 것처럼 기뻤다.

작업실로 가자 그녀가 나에게 음악을 들려주었다.

귀로 들을 수 없다는 것을 알고 그녀는 나의 손을 잡더니 스피커에 가져가 대어 주었다.

그러곤 손으로 음악을 듣게 해 주었다.

그녀의 보드라운 손, 그 손이 나의 손을 잡았다.

정신을 잃게 할 만큼 아기같이 따뜻하고 보드라운 그녀의 손……

그 촉감을 느끼자 내가 먼저 그녀의 손을 와락 잡고 싶어졌다.

6월 OO일

처음으로 그녀와 입맞춤을 했다!

아니, 정확하게는 그녀 입술에 내 입술을 댔다.

그건 순식간에 벌어진 일이었다.

난 자석처럼 이끌려 내 입술을 그녀의 입술에 가져가고 말았다.

그녀는 놀라 뛰어나갔고, 난 미안하다는 사과도 못하고 그녀가 뛰어가는 모습을 창밖으로 하염없이 바라보고만 있었다.

그녀가 나를 이상하게 볼까 두려웠다.

그녀가 날 밀치지만 않고 그냥 그 자리에 서 있게만 해줘도 좋을 텐데……

아…… 미치겠다. 요즘은 아침에 눈 뜨자마자 그녀 생각을 하고 세수를 할 때에도 양치질을 할 때에도 밥을 먹을 때에도 온통 그녀 생각뿐이다.

이대로 돌아 버리는 것이 아닐까 걱정될 정도로.

이젠 그녀는 나에게 호흡 같은 존재가 되어 간다.

그녀가 잠시라도 나의 곁에 없으면, 난 숨 쉴 수조차 없다.

어떻게든 그녀를 내 곁에 두고 싶다.

그녀를 하루 종일, 실컷 보고 돌아오면 그나마 나의 마음속에 그녀가 담겨진다.

그리고 난 그녀를 꿈꾸기 위해 잠자리에 든다.

6월 00일

주말이 너무 견디기 힘들다. 주말 동안 그녀를 볼 수가 없다니……

그녀 생각을 잠시라도 멈추려고 책을 봐도 책 속에 모든 이야기는 그녀의 이야기 같다.

공원을 산책해도 그녀와 같이 봤던 파란 하늘을 보면 그녀 얼굴이 떠오른다.

손가락 끝에
걸린
사랑

문득 그런 생각이 들었다. 모든 작업이 끝나고 그녀를 더 이상 볼 수 없게 된다면?

생각하고 싶지도 않다. 정말이지 끔찍하다.

난, 또 눈을 감고 그녀를 생각했다. 현실에서 못 다한 사랑을 꿈속에서나마 이루고 싶어서, 그녀와 사랑하고 싶어서 주말 내내 잠에 취해 있었다.

꿈속에서라도 그녀와 같이 있을 수 있다면, 영원히 꿈에서 깨지 않아도 좋다.

꿈속에서 난 그에게 멋진 남자였다.

그녀가 좋아하는 노래도 들려주고 그녀에게 사랑도 고백하고, 그녀와 난 꿈속에서 사랑을 나누었다. 인어 공주와 반대로 내 다리와 내 목소리를 맞바꿀 수 있다면, 이라는 바보 같은 상상까지 해 보곤 한다. 그녀를 미치도록 사랑하지만 부족한 나보다는 더 나은 남자를 만나야 한다는 생각을 하면 그녀에게 다가가지 않는 게 맞다.

그렇지만, 그렇지만…… 그러지 못하는 내가 너무 싫다.

6월 00일

세상에! 그녀가 내 마음을 받아 주었다.

하느님, 정말 감사합니다.

지금 저는 맹세하겠습니다.

오직 그녀만을 사랑하고 그녀를 위해서 살겠다고.

나중에 어떤 일이 일어날지는 생각 않기로 했다.

그런 걱정보다 지금 내가 그녀만 사랑한다는 게 더 중요하다.

6월 00일

그녀를 안으면, 내 마음은 악마와 싸우게 된다.

그녀의 모든 것을 다 갖고 싶은 악마와 난 오늘도 싸웠다.

사람 욕심이란 게 무섭다.

처음엔 그녀 손만 잡아 봤으면 하는 욕심은, 안고 싶어지고 키스하고 싶어진다.

그리고 지금은 그녀를 갖고 싶다. 미치도록…… 미쳐 돌아 버릴 정도로……

내가 형 정도만 되었어도 어쩌면 난 그녀를 벌써 가졌을지도 모른다.

그런 나의 시커먼 속도 모르고 오늘도 그녀는 천사 같은 미소를 내게 보냈다.

그녀의 전부를 가질 수 없지만 오늘 난, 그녀의 입술만이라도 가지고 싶다는 욕심에 나도 모르게 그녀의 입술을 사정없이 깨물고 빨았다.

그녀가 애써 표정을 감추고 있었지만, 내 서투른 키스가 들통 난 것 같다.

그래도, 좋은 걸 어찌해야 되는지……

6월 00일

모든 작업이 끝나는 날이다.

아무것도 약속이 되지 않은 채 작업이 끝났다면 난 또 다른 방황을 했겠지만, 다행히도 나와 혜지 씨는 사귀기로 했기에 작업이 끝난 것은 아무렇지도 않았다.

그녀는 봐도 봐도 질리지 않는다.

커피와도 같은, 마약과도 같은 중독성 때문에 그녀를 내 옆에 붙여서 늘 데리고 다니고 싶다.

이렇게 유치한 생각을 하는 내가 한심스럽고 바보 같지만, 진심으로 그런 생각이 들었다.

사랑은 사람을 유치하게도 만들고 바보로 만들기도 한다.

그러면서 나에게 벅찬 기쁨도 주지만, 한편으로는 아픔을 주기도 한다.

그녀를 사랑하면 할수록 아파진다. 계속 사랑할 수 없을까 두렵고 그녀가 언젠가 내 곁을 떠날까도 두렵고 집안에서 나를 탐탁지 않게 여길까도 두렵다.

너무 아프다.

그 생각만으로도 내 가슴은 아프다.

그녀를 사랑하면 사랑할수록 내 마음은 더욱더 아픔의 고통으로 빠져

든다.

6월 OO일

오늘 알았다.

난, 그녀에게 어울리지 않는 놈이다.

시비를 걸었던 그 남자들 말대로 난, 소리를 못 듣는 귀머거리고 말 못하는 벙어리다.

왜 그걸 잊고 있었을까?

아니다. 그냥 잊고 싶었을 뿐이다.

그들은 나를 향해 입모양으로 '병신'이라고 했다.

혜지 씨가 그걸 들었다면 더 괴로웠을 거다.

다행이다. 나만 봤으니.

자신이 없어졌다. 그녀만 있으면 그 모든 아픔을 견딜 수 있을 거라 생각했는데.

앞으로 이보다 더한 아픔이 있을 텐데 그런 아픔을 그녀와 같이 나누자고 할 자신이 없다.

아니, 그녀가 나 때문에 아픈 것이 더 싫다. 죽도록 싫다.

내가 그녀를 보호해 주어야 했는데 나란 놈은 그 사람들 말처럼 병신같이 가만히 있었다.

오히려 그녀가 나를 지키려고 그 수모를 당했다. 그게 다 나 때문이다.

난, 그들과 맞서 싸울 혀가 없었다.

머릿속으로는 그들과 싸울 말이 가득했지만 한마디도 나오지 못하는 내가, 오늘만큼은 지독히 싫었다.

처음으로, 오늘 처음으로 난, 어머니를 원망했다.

지독히도 원망했다. 왜 나를 낳았냐고 따지고 싶었다.

그리고 난, 오늘 깨달았다.

그녀와 난 어울리지 않는다고…….

사랑?

우습다. 내가 사랑할 자격이나 있을까?

사랑만으로 그녀를 지켜 줄 수 없다.

그녀를 행복하게 해 줄 수 없다.

그걸 오늘에서야 알았다.

어차피 그녀의 부모도 분명 나를 반대할 것이고 그것 때문에 그녀가 더 아파질 수 있다.

그녀가 아파하고 힘들어하는 모습을 보는 것은 더더욱 싫다.

죽기보다 싫다.

깨끗하게 끝내자.

직접 보고 얘기해야겠지만, 그녀를 보면 분명 내 마음이 흔들릴 거다.

그래, 끝내자. 깨끗하게.

6월 00일

그녀에게 오는 문자를 보고도 끄떡없는 나의 모습이 낯설게 느껴졌다.

그녀에게 당장 답문자를 보내고 싶은 손가락을 최다 부러뜨리고 싶었다.

그녀에게 달려가고 싶어 하는 두 다리를 잘라 내고 싶었다.

하루하루 그녀를 볼 수 없다는 고통이 이렇게 크다니.

숨을 쉴 수가 없다. 숨이 쉬어지지가 않았다.

공연이 코앞인데 잠을 못 자서 연습이 제대로 되지 않고 있다.

난, 어머니가 그랬던 것처럼 오늘도 술을 마시고 잠든다.

어제도, 그제도.

도대체 이런 생활이 언제까지 갈지…….

❋

혜지는 진우가 써 내려간 일기를 읽고 예상한 대로 눈물범벅이 되었다.

"바보."

혜지는 여태껏 진우보다 자기가 그를 더 많이 사랑하고 있다고 생각했었다. 그러나 생각했던 것보다 진우는 더 많이 자신을 사랑하고 있었다는 것을 알게 되었다. 맨 마지막 장에 그의 편지가 다이어리 겉표지에 끼워져 있었다.

손가락 끝에
걸린
사랑

혜지 씨.

당신에게 전 너무도 부족한 사람입니다.

당신을 사랑하는 마음 지금도 변치 않고 앞으로도 변치 않겠지만, 이제는 그만하고 싶네요.

혜지 씨는 행복해져야 하니까요.

나같이 못난 놈에게 미련 갖지 마시고 부디 좋은 남자 만나서 행복하실 빌게요.

당장은 마음이 아플 수도 있겠지만, 눈에서 멀어지면 마음에서 멀어진다는 말처럼 제가 당신 눈앞에 나타나지 않는다면 혜지 씨도 쉽게 저를 잊고 살 수 있을 거예요.

미안해요.

당신을 끝까지 지켜 주지 못해서.

당신을 지켜 주는 좋은 남자 만나기를 진심으로 빌겠습니다.

행복하세요.

— 진우.

편지는 군데군데 글씨가 번져 있었다. 아마도 진우 눈물 때문에 그럴 것이다. 진우 눈물에 그녀의 눈물이 보태져 얼룩겨진 편지를 다 읽고 나서 혜지는 운전대에 고개를 파묻었다. 진우가 자신을 떠나려 한다는 것에 원망만 했는데, 그가 왜 그런 결심을 했는지 아프도록 이해가 되어서 오히려 견디기 힘들었다. 그리고 앞으로 그녀에게 남은 가장 큰 한고비 때문에 걱정이 밀려왔다.

"내가, 잘 버틸 수 있을까?"

숨가쁜 끝에
진정
사랑

14.

마지막 고비

"절대로 그 남자는 안 된다. 아버지 아시기 전에 관둬."

혜지는 어머니의 완강한 태도에 기운이 빠지고 있었다. 이미 예상은 했지만 그래도 딸이 사랑한다면 엄마가 만나는 줄 거라고 생각한 거다. 엄마가 예상보다 더 강경하게 나오는 이유는 진우가 장애만 있는 게 아니라 알코올성 치매 판정을 받은 홀어머니 있다는 것, 그것도 이혼한 편모라는 사실 때문이었다. 더이상 볼 필요도 없다고 그녀의 엄마는 단정 지은 것이다.

아버지 빼고 언니, 동생까지 진우에 대해서 알게 되었는데, 모두 펄펄 뛰며 반대를 했다. 평상시에 혜지에게 관심도 없던 인간들이었는데 이런 일에 있어서 도움을 주기는커녕 오히려 커다란 암초가 되고 있었다. 결국 누구 하나 그녀 편이 없었다.

"도대체 그 남자 뭐가 볼 게 있다고 그런 남자 만나는 거야?"

그녀의 엄마가 감정이 다시 욱해졌는지 냅다 소리를 질렀다.

"게다가 전에 헤어졌다고 했잖아? 실컷 울려 놓기나 하고, 자고로 남자가 여자 울리는 거 안 되는 거야. 울릴 짓을 왜 하냐고!"

"그건, 엄마. 서로 오해 때문에 그런 거예요. 한번 만나 보고 생각해 주세요. 네에?"

"듣기 싫어! 정 그 남자와 사귀려거든 아예 여기서 나가! 나가서 다신 집에 얼씬할 생각도 하지 마."

드라마에서나 나오는 구질구질한 장면이 바로 자신 앞에 펼쳐 치고 있는 걸 보니 혜지는 속상하고 기가 막혔다. 이 상황에서도 혜지는 드라마가 괜히 만들어지는 게 아니라는 생각까지 들 정도였다.

혜지는 엄마가 저렇게까지 반대할 줄을 몰랐다. 엄마는 유독 그녀에게만은 곰살맞은 애정을 보여 주지 않았었다. 게다가 그녀는 다른 형제들과 달리 자유방임형으로 키워졌었다. 그렇게 혜지를 키운 엄마인데 딸이 사랑하는 남자 앞에선 그 누구보다 커다란 장애물이자 벽이었다. 그러나 이 벽을 뚫고 나가지 않으면 다른 장애들은 뛰어넘을 수 없다. 혜지는 곰곰이 생각에 잠겼다. 그러다가 이 벽을 뚫을 수 있는 작은 희망을 주는 의외의 인물이 떠올랐다.

손가락 끝에
걸린
사랑

'그래, 천 리 길도 한 걸음부터라고. 작전을 세워 보자.'

서광이 비치자 혜지는 의뭉스러운 표정을 짓고는 씩 웃었다.

혜지는 진우와 만나는 자리에 조카 서연을 데리고 나왔다. 조카는 진우의 열렬한 팬이다. 그러나 조카는 오랜만에 진우를 보아서인지 손가락을 입에 물고 그저 멍한 표정으로 바라보기만 했다.

"서연아, 이 아저씨 누구인지 알지?"

혜지는 서연이가 진우를 못 알아보는 눈치이자 초조해졌다.

'이 녀석이 지금 유일한 희망인데……'

한참을 그렇게 말끄러미 쳐다보던 서연이 드디어 진우를 알아보는 눈치였다. 서연은 혜지의 눈치를 살살 보다가 조심스레 입을 열었다.

"임모……뿌?"

혹시라도 이렇게 말하면 혜지 이모에게 혼날 것 같아서 눈치를 보는 것이었다. 하지만 화를 낼 줄 알았던 혜지는 씨익 웃음 지으며 서연의 머리를 쓰다듬고 말했다.

"그래, 이모부야!"

그제야 서연은 진우에게 달려가 안기고 뽀뽀 세례를 퍼부었다.

"임모뿌, 임모뿌, 보고 치펐떠요."

그 말에 진우가 미소 지으며 서연의 머리를 반갑게 쓰다듬어 주었다. 혜지가 무슨 생각으로 서연을 데리고 왔는지는 그녀만이 안다.

셋은 놀이 공원으로 놀러 갔고 똑같이 어린아이처럼 재미있게 놀고 있었다.

혜지는 시부모님 생신 준비에 바쁜 언니에게 선뜻 서연이와 놀아 주겠다고 제의했다. 놀이 공원까지 데리고 간다고 하니 그녀의 언니는 이게 웬 횡재냐 싶어 앞뒤 생각 않고 혜지의 제안을 받아들였다.

혜지는 놀이 공원에서 노는 내내 거의 세뇌 교육 수준으로다 서연을 연습시켰다.

"이따 집에 가면 어떻게 한다구?"

"오늘 임모뿌랑 째미있게 노라떠요."

"그러고 나서?"

"난, 이 제장에서 임모뿌가 쩨일쩨일 쪼아요."

"그다음은."

"이모뿌가 쩨일 예쁘고 착해요."

"좋았어. 그리고?"

"나뚜 임모뿌랑 찰고 치퍼요."

"얘 좀 봐, 그건 아니지! 네가 왜 우리 진우 씨랑 같이 살고 싶냐? 얘가, 얘가, 큰일 날 소리 하네. 진우 씨는 내 거란 말이야, 알았어?"

혜지와 서연이 한참 실랑이를 벌일 동안 진우는 아이스크림 세 개를 사 들고 왔다. 진우 앞에서는 티 내지 않으려고 혜지는 헛기침을 하며 서연에게 다짐을 했다.

"하여간, 서연이 오늘 시킨 대로 자알 해라. 그러면, 이모가 아이스크림 몇 개 사 준다고?"

"만날, 만날, 빽 깨!"

"그래, 백 개."

지키지 못할 약속이었지만, 혜지는 아주 작은 희망인 조카 서연이부터 시작해서, 희망의 씨를 퍼뜨려 점점 위로 올려 보낼 속셈이었다.

'조것이 이렇게 쓸모 있을 때도 있었네.'

혜지는 혀로 맛있게 아이스크림을 핥아먹는 서연을 오늘따라 더욱더 애정 가득한 눈으로 바라보고 있었다.

✳

유정은 자신의 고집불통 아버지와 실랑이를 벌이고 있었다.

"그러니까, 저 회사 관둘래요."

"아니, 이 녀석이! 너 전에 했던 말과 다르잖아!"

"적성에 안 맞는다니까요. 전공이 연극영화과인데, 처음엔 무대의상과 연관되는 부분이 있으면 도움이 되겠다 싶어 기웃거렸지만 그런 건 코빼기도 보이지 않잖아요. 일은 하나도 재미없고……."

"그러니까 차근차근 배우라는 거잖냐."

"직원들이 다들 나 싫어해요. 내 뒤에서 얼마나 수군거리는 데요. 낙하산, 낙하산 하면서……. 특히 팀. 장. 님!"

"그거야 네가 일을 제대로 안 해서 그런 거고."

"맞아요. 그래서 제가 그만둔다는 거잖아요. 혹시라도 저에게 회사 물려주실 생각이라면 노 땡큐입니다. 왜 자신이 만든 회사는 꼭 자식에게 되물림해 줘야 돼요? 난, 회사 다니는 게 미치도록 싫은데, 왜 회사에 앉아 있는 인형이 되어야 하냐구요."

"이 녀석이! 이 아빠가 피땀 흘려 일으킨 회사야. 이 회사 덕분에 네가 하고 싶었던 거 다하고 산 거고, 그런데 어떻게 그걸 왜 남의 손에 맡겨?"

"하여간, 그러니까 재벌들이 단체로 욕 얻어먹는 거예요. 뭘 그렇게 먹을 게 있다고 두고두고 먹으려고 그러는지 원. 제가 이 회사에 쓸모없는 사원이긴 하지만, 그래도 이 회사를 위한 좋은 아이디어 하나는 있어요. 다음에 회사를 맡을 경영자는 회사 내에서 가장 열심히 일하는 능력 있는 사람에게 물려주겠다고 해 보세요. 난리 날걸요? 눈앞에 당장 비전이 생기니 모두들 열심히 일할 거고. 그런 게 사기진작이라는 거죠."

"정말, 이 회사에 욕심 없는 거냐?"

"네에!"

"휴우, 그래. 너에게 회사 맡기는 것은 포기한다고 치자. 그래도 사위한테라도……."

"아이, 아빠 무슨 6, 70년대 드라마 찍어요? 무슨 사위한테 물려줘요? 차라리 저에게 투자를 하세요. 그러면 제가 그 돈을 수배, 아니 수백 배로 불려 드릴 테니. 이제 배우는 벌써 물 건너간 것 같으니 공연 기획자 내지는 제작자가 될래요."

"말 나온 김에 하나 묻자. 저번에 공연 후원해 달라고 한 그놈, 마임니스트인가 뭔가 하는 그놈 말이야. 혹시 너 그 배우가 맘에 들어서 후원해 달라고 그런 거였냐? 공연하는 건 한 번 봤는데, 어디 애비가 그 사람 한 번 만나 보는 것 어떠냐?"

유정은 아버지의 말에 당황되어 얼른 말을 받았다.

"왜 그러세요? 그 사람 바쁜데. 그리고 그냥 팬인 거지, 그 사람하고 별 사이 아니에요."

"별 사이 아닌데 그렇게 애비 돈을 가져다 써? 여하튼, 그놈 한번 데리고 와 봐. 그놈 만나게 해 주면 네 말대로 할지 안 할지를 결정할 테니"

유정은 눈을 데굴데굴 굴리며 생각하고 있었다. 아버지의 승낙을 받아 내려면 그녀는 뭔가 확실한 것을 보여 줘야만 한다.

'어떻게 하지? 아빠 마음만 돌리기만 하면 탄탄대로인데……. 일생일대의 가장 중요한 기회를 잡느냐, 마느냐. 그것이 문제로다.'

유정은 고민하고 또 고민했다.

"아! 그렇지."

좋은 생각이 떠올랐는지 그녀는 누구에겐가 문자를 보냈다.

[부탁드릴 게 있는데 잠깐 뵈면 안 될까요? -유정]

진호는 유정의 문자를 받고 그녀를 만나려 약속 장소로 향했다. 혜지에게 차이고 당분간 여자에겐 눈을 돌리지 않을 결심이었지만 볼수록 호기심인 유정의 문자엔 흥미가 생겼다. 진우에게 관심을 갖고 있다고 생각했는데 그녀와 전혀 관계없는 자신을 만나자고 하다니, 진호는 다시금 자신감이 살아났다.

"허참! 어쩔 수 없다니까, 이놈의 인기는······."

그러나 유정과 만난 순간 그녀는 진짜로, 순수하게, 부탁만을 하려 했다는 것을 나중에 알게 되었다.

"죄송해요. 바쁘실 텐데."

유정의 말에 진호는 가볍게 고개를 내저었다.

"아닙니다. 별말씀을······. 저한테 부탁하실 일이 뭘까 생각하며 왔습니다."

"단도직입적으로 말씀드릴게요. 우리 아빠 좀 만나 주세요."

"네에? 아니, 그게 무슨······."

"죄송해요. 그래서 계속 죄송하다고 사과드리는 거예요. 제가 아빠께 저한테 투자하라고 했더니, 그때 본 그 남자를 데리고 오지 않으면 국물도 없다고 하시네요."

"그때 본 그 남자? 혹시 그게 진우 아닙니까?"

"네, 맞아요."

진호는 얼굴빛이 달라졌다.

'이 여자 뭐야?'

그는 유정의 부탁에 씁쓸한 마음을 감출 수가 없었다.

"그렇다면, 진우에게 직접 부탁하시죠."

"아빤 사윗감을 생각하고 부르시는 거예요. 진우 씨 사랑하는 여자 따로 있잖아요."

"아니, 그럼 전 괜찮다는 말씀인가요?"

자신을 대타로 생각하는 그녀에게 은근 빈정상한 진호는 뚱하게 대꾸했다. 그런 진호에게 유정은 변명하듯 말했다.

"뭐, 일종의 연기죠. 한 번만 연기하면 되는 거예요. 나중에 진호 씨도 제가 필요하면 도와드릴게요."

진호는 기가 막혔지만 너무도 뻔뻔하고 당돌한 유정을 빤히 바라볼 수밖에 없었다. 어딘지 자신의 모습과 많이 닮은 그녀를 보며 그는 고민하고 있었다.

"뭐 하나 물어봐도 돼요?"

"네?"

"진우에게 호감이 있어서, 유정 씨가 다가갔던 거 아니었나요?"

"그걸 말이라고 하세요? 당연히 호감 있었죠. 호감 없는데 뭔 영광 얻겠다고 공연 쫓아다녔겠어요?"

"……!"

뜻밖의 그녀 대답에 진호는 철렁하며 혹시 이 여자 때문에 진우가 곤란해지지 않을까라는 생각이 들었다. 그런 진호의 마음을 읽었는지 그녀가 얼른 이어 붙여 말했다.

"물론, 남들이 생각하는 것과 다르지만…… 또, 모르죠. 진우 씨에게 애인이 없다면?"

묘한 여운을 주는 그녀의 말에 진호는 서둘러 답해 주었다.

"그래요. 부탁 들어드릴게요. 유정 씨 아버님 한 번 뵙죠. 궁금하네요. 유정 씨 보니까 아버님이 어떤 분인지……."

진호의 대답에 유정이 활짝 웃었다.

"어머, 고마워요. 나중에 제가 근사한 곳에서 한 턱 쏠게요."

"아닙니다. 저도 예전에 신세 진 것도 있고 해서."

진호는 예의상 말을 했지만 이래저래 마음이 복잡했다. 그리고 조금 언짢았다.

'은근히 얼굴이 두껍군, 나보다 한 수 위야.'

진호는 처음으로 자신과 대적할 만한 호적수를 만난 것 같아, 왠지 전투심이 불타올랐다. 그리고 그녀의 모든 행동을 커피를 마시는 척하며 묘한 눈빛으로 주시하고 있었다.

✻

혜지는 언니 집 앞에 차를 세워 서연을 내려 주었고, 언니는 서연을 마중 나왔다가 자연스럽게 진우와 인사를 하게 되었다.

혜미는 진우를 보더니 몹시 불편한 표정을 지었다. 그렇지만 서연이 때문에 애써 참고 있는 듯했다.

"지금 오니?"

"응, 언니 나와 있었네? 서연이 많이 졸릴 거야. 차 안에서 눈이 반쯤 감겨 있더라구. 인사……해. 진우 씨야."

진우는 조용하지만 정중하게 그녀의 언니에게 인사를 했다. 혜미는 그런 그를 보자 경계하는 눈빛을 풀고 인사를 받아 주었다.

"안녕하세요?"

그리고 혜미는 혜지에게 속삭였다.

"엄마가 말하던, 그 남자?"

혜지는 진우 눈치를 보며 조용히 끄덕였다. 혜미는 진우를 탐색하듯 요리조리 뜯어보고 있었다. 진우의 선량하고 반듯한 모습에 처음의 경계의 눈빛이 조금씩 사라지고 있었다.

"그래 둘이 서연이 봐 주느라 수고했다."

혜지는 그 자리에서 숨을 조심스레 나눠 쉬며 언니가 할 그 다음 말을 기다렸다. 다른 때 같으면 '차나 한 잔 마시고 갈래?' 라고 물어봤을 텐데 오늘은 아무 말이 없다. 조금 실망한 혜지가 돌아서려 하자 혜미가 그녀를 불러 세웠다.

"잠깐 차 마시고 가라."

혜지는 숨을 흠뻑 들이마시며 회심의 미소를 지었다.

'됐다!'

서연을 침대에 뉘고 나와서 혜미는 차를 준비했다. 식탁에 세 명이 둘러앉았다.

어색함을 깨려고 혜지가 입을 열었다.

"형부는?"

"알잖아? 네 형부, 참내! 형부 없으면 그 코딱지만 한 회사가 안 돌아간단다. 나도 그 사람 얼굴 까먹고 있어. 늦어, 허구한 날 늦어. 난, 아이들 두 명 데리고 낑낑대고 사는데 밖에 나가서 뭐하고 다니는 건지⋯⋯."

혜미는 너무 편안하게 말이 튀어나왔다 싶어 진우 얼굴을 슬쩍 들여다보았다. 진우는 둘의 대화에 끼지를 못하고 신병의 각진 자세로 의자에 앉아서 차만 홀짝홀짝 마시고 있었다.

"진우 씨, 그냥 편히 앉아요."

웬일로 혜미는 진우에게 부드럽게 말을 건넸다. 그제야 진우는 조금 편안한 자세로 앉을 수 있었다.

"집에서 진우 씨 반대하는 거 알죠? 아마도 힘드실 거예요."

진우는 고민하는 표정이더니 자신이 들고 다니는 수첩을 꺼내 뭔가 적기 시작했다.

[이미 각오하고 시작했습니다. 그것 때문에 혜지 씨 많이 힘들게도 했고.]

"그래요, 엄마한테 들었어요. 마음이 아프겠지만 앞으로 더 힘들어질 거예요. 솔직히 나도 반대예요."

혜미의 말에 혜지는 답답한 마음이 들어 끼어들었다.

"언니, 나⋯⋯ 이 사람 포기 못해. 진우 씨 아닌 다른 남자 생각 못하겠어. 왜들 그래? 나 좀 믿어 주면 안 돼?"

혜미는 혜지의 말에 그녀를 어린애 바라보듯 보다가 주의를 주며 말을 이어 갔다.

"좀 가만히 있어! 진우 씨와 얘기하잖아."

[제가 많이 부족하지만, 부족한 만큼 노력할 거예요. 저에겐 혜지 씨가 전부예요. 다른 것은 생각할 수도 없어요.]

"그럼, 어머니도 포기할 수 있나요? 둘 중에 하나를 선택을 한다면……."

혜미의 말에 혜지가 기어이 소리를 질렀다.

"언니!"

혜미는 눈살을 찌푸리며 혜지를 흘겨보고 조용하라는 듯 '쯧' 소리를 냈다.

진우는 어떤 대답도 하지 않았다. 아니, 어떤 대답을 하더라도 그 대답은 상대방 마음에 들지 않을 것이었다.

이 물음에는 함정이 있었다. 어떤 답도 혜미를 만족시켜 줄 수 없다는 그런 함정.

혜미는 진우에게 '더 이상 할 말 없을걸?' 이라는 조소를 슬며시 흘렸다. 그러자 진우가 수첩에 뭔가를 빠른 속도로 적어 나가기 시작했다. 그것을 보고 있던 혜지는 언니와 차를 마시는 것에 후회가 밀려왔다.

[어머니와 혜지 씨는 물건이 아닙니다. 선택을 하다니요. 가족이 된다는 것은 힘들어도 같이 보듬고 살아야 하는 거죠. 따로 살든지 같이 살든지 언제나 문제가 있을 겁니다. 그 모든 것을 안고 사는 게 가족이라고 생각합니다. 걱정하는 게 무엇인지

알기 때문에 혜지 씨한테 잘할 거고, 혜지 씨 입에서 행복하다
는 소리가 나오게 해 줄 겁니다. 이건, 제 목숨을 걸고 지키겠
습니다.]

혜미는 진우의 얼굴을 찬찬히 바라보았다. 능력도 있고 허우
대도 멀쩡하고, 맑은 품성을 갖고 있는 듯한 이 남자. 그러나
결정적으로 장애가 있는 남자.

혜지와 나란히 앉아 있는 진우를 보니 둘은 퍽이나 잘 어울
려 보였다.

혜미는 문득 자신이 지금의 남편을 선택했을 때를 떠올려 보
았다. 그때 그들은 조건으로 따지면 최적 커플이었다. 서로에게
만족한 조건이었기에 잘살 거라 생각했다. 사랑은 천천히 키워
가면 된다고 생각했다. 그러나 좋은 조건과 사랑은 정비례하지
않았다. 중요한 것은 변치 않는 마음인데, 처음과 달리 남편에
대한 실망이 커지고 있던 혜미였다. 그런데 그녀가 지금 바라보
고 있는 이 남자는 절대로 변하지 않을 것 같다는 생각이 들었
다.

혜미는 한참을 생각하더니 천천히 입을 뗐다.

"내가 누구부터 설득하면 되지?"

✳

진호는 조금 긴장을 하고 있었다. 여자를 수없이 만나 봤어도

여자 쪽 부모님을 만나는 것은 오늘이 처음이었기 때문이었다. 그럴 수밖에 없는 것이 그에게 여자는 잠깐 즐기는 상대였다. 그래서 사귀는 여자의 부모를 만나는 것 자체를 피해 왔었다. 떨고 있는 진호와 달리 옆에 앉아 있는 유정은 태연하고 느긋한 표정으로 꼬치꼬치 잔소리를 해 댔다.

"아이, 그렇게 찌그러져 있으면 어떻게 해요? 허리에 힘 딱! 주고, 자신만만함이 가득한 눈빛을 마구마구 쏘아야죠. 여자 친구 부모님 처음 뵈어요?"

"네."

진호가 매우 덤덤하게 대답을 하자 유정은 조금 당황을 했다.

선수는 선수를 알아본다고 유정은 진호가 선수라는 것을 한눈에 알아보았기에 당연히 여자 친구 부모님들을 많이 뵈었을 거라고 예상하고 있었다.

"진호 씨 같은 사람이 여자 친구 부모님을 처음 뵙는다는 게 말이 돼요? 에이, 설마. 나이가 몇 갠데…… 괜히 나한테 잘 보이려고 그러는구나?"

자기보다 한술 더 뜨는 유정에게 진호는 기가 막힐 따름이었다.

"유정 씨 이제 보니, 자뻑이 엄청 심하시네요."

"아니죠. 솔직히 그 나이에 뭐하셨는지, 이해가 안 돼서 그러는 거죠. 그 나이 되도록 뭐했어요? 도대체!"

진호는 유정의 말해 욱한 채로 항변했다.

"제 나이 아직 서른도 안 되었어요. 남자 나이 스물아홉이면 한창때라 결혼은 아직 생각 안 하고 있었던 거구요. 아직 영계라구요. 영계!"

"영계는 무슨, 요즘은요. 연상연하가 대세라 남자가 스물아홉이라고 해서 영계 취급 안하거든요? 그리고 스물아홉이면 내년이면 꺾어진 환갑이잖아요? 안됐지만 언제나 푸르른 청춘이 아니랍니다앙."

진호는 자신을 가지고 노는 유정이 얄미우면서도 따지지 못하고 당하는 자신에게 어리둥절해하고 있었다.

"그러는 유정 씨는 도대체 몇 살이에요? 나보고 나이 많다고 구박할 처지는 아닐 것 같은데……"

진호의 말에 유정은 눈을 여우 눈처럼 치뜨고 바라보았다.

"차! 기가 막혀서, 제가 그렇게 나이가 들어 보인다는 거예요? 저 이래 봬도 스물여섯이에요. 스물여섯! 아직 생일이 지나지 않았으니까 만으론 스물넷이라고요! 스물넷!"

"아하, 그러세요? 전, 저보다 훨씬 누나인 줄 알았습니다."

진호가 입을 씰룩거리며 살짝 비아냥거렸다. 그러면서도 과히 기분 나빠하지는 않았다.

'이 여자는 여태 만난 여자 중 이성이 아니라 왠지 동성같이 편안하게 느껴지게 하네. 처음인데. 이런 여자는……'

서로 툭탁거리고 싸우고 있었지만 진호는 조금씩 그녀에게 흥미가 생겼고 그녀의 행동과 말이 상당히 재미있다는 생각이 들었다. 마치 자신을 거울로 보는 것처럼.

싸워도 서로 기분이 상하기는커녕 놀이처럼 정다운 분위기가 이어지고 있는 사이 유정의 아버지가 그들이 앉은자리로 걸어오고 있었다. 유정은 진호 옆 허벅지를 쿡 찌르며 속삭였다.

"오늘, 잘해요. 내가 가르쳐 준 대로. 알았죠?"

"네, 마님!"

진호는 유정의 말에 장난스럽게 대답했지만 가슴속에 뭔가 몽글거리는 것을 느꼈다. 유정이 오래전부터 알고 지내던 친구, 아니 마치 30년을 같이 산, 부인같이 가깝게 느껴졌다.

'이런 요상한 감정은 또 뭘까?'

얄미운 유정이었지만, 이상하게 진호는 그녀가 밉지 않았다. 그녀의 옆모습을 살짝 바라보았다. 웃는 입가에 살짝 보조개가 패었다.

'제법 귀엽네.'

진호는 아까와 달리 편안한 미소를 흘렸다.

*

언니 혜미의 주선으로 진우는 혜지의 집으로 초대되었다. 한 번 만나나 보라고 아버지 어머니께 강하게 설득한 사람 역시 혜지 언니 혜미였다. 혜지가 그렇게 열 번이고 스무 번이고 만나 달라고 노래를 불렀을 때 꿈쩍도 안 하던 부모님께서 혜미의 설득에 마음이 움직인 것에는 이유가 있었다.

일단, 혜미는 부모님이 가장 자랑스러워하는 맏딸이었다. 형제 중 가장 똑똑하고 공부 잘하고 얼굴도 예쁘고, 무엇보다 부잣집에 시집을 갔다. 게다가 신랑도 우리나라 최고의 명문대를 나와 최고 기업의 과장이었다. 물론 여기까지는 과거형이다. 지금은 대기업에 다니지도 않으며, 이제는 시댁이 부잣집이라고 할 수도 없는 상황이었지만, 그래도 부모님 마음속에 혜미는 큰딸이라는 기대 심리와 더불어 의지를 하게 되는 뭔가가 있는 믿음직한 존재인 거다. 그런 혜미가 엄마 아빠에게 한 말은 부모님 가슴에 절절히 와 닿게 했다.

"엄마, 아빠, 저 믿으시죠? 지금부터 제가 드리는 말, 잘 들어 주세요. 저도 동생인 혜지를 생각하는 마음, 부모님 못지않아요. 어머니, 아버지 안 계실 때 두 동생의 부모는 저라고 말씀하셨기에 저도 늘 그렇게 생각하고 있어요. 그런데요. 김진우라는 사람을 만났는데 이런저런 생각이 들더라구요. 난, 주변에서 너무도 부러워할 만큼 부잣집에 똑똑하고 전도유망한 남편을 만나 주변에서 축하인사 지겹게 받았는데, 지금은 어떻지? 한…… 1, 2년은 저도 좋았어요. 하지만 7년째 살아오니…… 조건, 그게 다 부질없는 짓이라는 걸 알았어요. 돈이 있는 만큼, 까다로운 시댁의 잔소리, 절대 내 편 들어 주지 않는, 아직도 자기가 최고로 잘난 줄 아는 잘난 남편. 그렇다고 내 맘대로 돈을 쓸 수가 있나, 직장 가져서 내 월급 내 맘대로 쓰고 싶어도 시부모님 번갈아 편찮으셔서 직장 다니는 것 꿈도 못 꾸고…….
제가 말씀드리고 싶은 건요. 아무리 조건 맞춰 시집 잘 갔다고
해도 처음과 똑같이 잘되기 어려워요. 처음 시작이 좋다고 그
시작이 끝까지 가란 법 없구요. 마찬가지로 시작이 나쁘다고 끝
이 나쁘란 법도 없어요. 물론 시작도 좋고 끝도 좋으면 더할 나
위 없이 좋겠죠. 하지만 그런 경우는 로또 복권 당첨되는 것만
큼 힘든 일이에요. 그 김진우라는 사람, 보니까 다른 건 몰라도
진실 되고 변하지 않는 순수함이 보였어요. 우리 서연이도 사람
볼 줄 아는 건지 집에 오면 진우 씨 얘기하더라구요. 이모부가
재미있게 놀아 줬다고, 한 번은 자기 아빠보다 더 좋다고까지
말하더라니까요. 아이하고도 잘 놀아 주는 걸 보면, 분명 혜지
속 썩이지 않고 잘해 줄 거예요. 우리 신랑보다 더요. 다른 조
건 포기하는 대신, 사람 하나만 보세요."

　진우가 온다고 하자 혜지는 그를 맞이하기 위해 아침부터 부
엌에서 분주하게 보냈다.
　"뭐, 예쁜 손님 온다고 아침부터 수선 피우고 그러냐?"
　그녀의 엄마는 한풀 꺾인 목소리로 혜지에게 핀잔을 주었다.
　"에이, 왜 그러세요? 만나 보기로 하셨으면서, 이왕 보는 것
안 좋은 점부터 보지 마시고 주로 좋은 점을 보세요."
　"좋은 점이 뭐가 있간디?"
　말은 그래도 엄마가 혜지를 이길 수 없다는 것은 알고 있었

다. 혜지는 엄마의 허리를 감싸 안으며 애교를 부렸다.

"엄마의 영원한 애물단지가 사랑하는 남자예요. 다른 흠이 있다면 저도 그 사람 거들떠보지도 않았을 거예요. 귀 안 들리는 것, 그건 조금 불편한 것뿐이에요. 그 사람이 저에게 얼마나 잘해 주는데요."

"그런 놈이 너를 그렇게 울렸더냐?"

"아이, 엄마. 그 사람, 다른 사람들이 손가락질하는 장애를 자기가 갖고 있다고 생각했기 때문에 나를 위해 놔주려고 했던 거예요. 온전히 나를 위한답시고 그런 거였다니까요. 나, 그렇게 착한 사람 처음 봐요. 자기를 위한 욕심은 전혀 부리지 않는 맑은 사람이라구요."

"휴우, 그래. 네가 그렇게 좋다고 하니, 엄마도 색안경 끼고 보지는 않으마. 하지만 아빠는 아직도 탐탁지 않게 여기시는 것 알지?"

혜지는 엄마 품에 고개를 묻으며 간절하게 부탁했다.

"그러니까, 엄마가 아빠께 말씀 잘해 주셔야죠. 나, 엄마만 믿을 거야. 알았죠?"

자식 이기는 부모 없다는 말은 어디서건 통용되는 말 같다. 혜지의 말에 엄마는 딸 편이 되기로 마음먹었다.

진우가 온다고 하자 갓난쟁이 때문에 운신을 하지 못하는 혜미와 언제나 바쁜 형부를 빼고는 가족 모두가 모였다. 그래 봤자 부모님과 까칠한 남동생, 그리고 진우의 영원히 든든한 팬

서연이가 다였다.

진우가 집 안에 들어서자 굳어 있던 아빠의 표정이 조금은 누그러졌다. 연세가 있어서인지 사람 보는 눈이 있던 혜지의 아빠는, 한눈에도 진우가 괜찮은 놈이란 걸 알았다. 무엇보다 예의 바른 행동이 요즘 젊은 놈답지 않게 보였다.

"그래, 앉아요."

아빠가 별말씀 없이 진우에게 자리를 권하자 혜지는 속으로 쾌재를 불렀다. 그 정도만 되어도 절반은 성공한 셈이다. 워낙 다혈질인 그녀의 아빠는 마음에 안 들면 자리에 앉히기는커녕 나가라고 소리도 지르는 괴팍한 노인네였다.

"혜지야, 식사 좀 내와라."

그녀의 아빠는 이미 진우에 대해서 혜지와 혜미에게 충분히 들었던지라 그에게 별다른 질문은 하지 않고 식사를 먼저 했다. 그는 식사를 하면서도 진우의 모습을 눈여겨보고 있었는데 식사 예절도 잘 길들여져 있는 것이 보였다.

'홀어머니 밑에서 자랐다고 들었는데 어른 먼저 수저 들 때까지 기다리는 걸 보니, 예의는 있는 놈이군.'

아무리 무섭게 혼내도, 어른 무서운 줄 모르고 자신의 밥숟가락 먼저 드는 그의 아들을 보며 진우와 비교하고 있었다.

아주 짧은 시간이었지만 혜지 아버지는 진우에게 비교적 후한 점수를 주었다.

식사를 마치자 서연은 진우 손을 잡아끌었다.

"임모뿌, 나양 노야요."

낯선 사람에게 잘 가지 않는 서연이, 심지어 할아버지에게도 잘 가지 않는 서연이가 진우에게는 스스럼없이 굴자 부모님은 조금 놀란 눈치였다.

진우는 서연이 그렇게 귀찮게 하는데도 눈썹 하나 찡그리지 않고 서연의 행동을 다 받아 주고 있었다.

혜미 남편과 달리 육아에 대해서 나 몰라라 하지 않고 혜지를 많이 도와줄 듯싶었다. 혜미 남편이 잘난 점은 많았지만 그 잘난 점 때문에 남들에 대한 배려가 없었다. 심지어는 자기 자식인 서연에게 엄하기만 했지 한 번도 제대로 놀아 준 적이 없었다. 귀찮게 하면 소리나 지를 줄 알았지, 혜미가 두 아이 때문에 낑낑대고 있음에도 서연을 제대로 안아 주지도 않았다. 그런 모습을 생각하면 진우와 많이 비교되었다.

혜미 말마따나 단지 주위 시선 때문에, 남들이 뭐라고 할까 봐 그동안 진우를 반대했던 것은 아닌지 다시금 생각해 보았다.

서연과 재미나게 놀고 있는 진우의 모습을 보더니 부모님은 조용히 안방에 들어가셨다.

"우리가 반대한다고 헤어질 애들도 아닌데 일단 사귀는 것은 허락해 줍시다."

엄마의 말에 혜지의 아버지가 소리를 빽 지를 줄 알았는데 웬일로 그 말을 잠자코 듣고 있었다. 그러다 뭔가 아쉬운 한숨을 길게 내쉬었다.

"참······. 그놈, 다 괜찮은데 그것 하나 때문에 이렇게 사람을 갈등하게 만들다니."

이미 그의 아버지는 진우를 마음속으로 허락하고 있었다. 그들을 움직인 것은 결국 진우였다.

"아빠, 엄마, 진우 씨 간대요."

진우가 가고 나면 부모님은 최종 결정을 내리실 것이다. 혜지는 심사를 기다리는 심정으로 그의 부모님 얼굴을 조심스럽게 바라보았다. 그의 아버지는 집을 나서는 진우 팔을 잡더니 무거운 입을 열고 천천히 말했다.

"다음에 또 놀러 오게나."

그 말이 무엇을 뜻하는지 알고 있기에 진우와 혜지는 서로의 얼굴을 보며 기쁨을 감추지 못했다. 이제 혜지는 진우와 행복할 일만 남은 것 같다. 혜지는 마음속 깊은 곳에서 행복을 만끽했다.

✳

진우 어머니를 만나기로 한 날, 혜지는 화장에 온 신경을 썼다. 설레며 떨리는 마음이라 눈썹 하나 그리는데도 손이 계속 떨려서 눈썹이 제대로 그려지지가 않았다. 진우 어머니에게 잘 보이고 싶었다.

'어떤 분이실까?'

궁금한 혜지의 가슴속에 개구리가 몇 마리 뛰어다니는 것처럼 심장이 폴짝폴짝 뛰었다.

진우 어머니는 많이 쇠약해지셔서 거의 누워 계셨다. 이제는 집이 아닌 요양소에 입원할 정도로 기력이 없으셨는데 오래된 알코올 중독으로 간과 췌장이 많이 손상되어 올해까지 버티실 수 있을지 모르겠다는 진단이 나왔다. 그래서 그런지 진우는 결혼을 빨리 하고 싶어 했다. 물론 혜지와 같이 있고 싶다는 이유도 보태어진 것이지만······.

아무 표정 없는 어머니를 뵙고 혜지는 처음으로 진우의 오피스텔로 놀러 갔다. 진우와 단둘이 오피스텔에 있을 생각을 하니 혜지는 무지막지하게 두근거리고 좋은 한편, 혹시나 오늘 무슨 일이 벌어질까 하는 조금은 음흉한 상상을 했다.

"진우 씨, 제 진짜 생일 선물로 갖고 싶은 게 있어요."

그러고 보니 혜지의 생일인 음력 7월 7일, 칠월 칠석이 며칠 남지 않았다.

'뭔데요?' 라는 눈빛으로 진우는 혜지에게 물었다. 저번 양력 생일이 잘못이라는 걸 알았을 때 진우는 너무 당황한 기억이 있어 이번에는 혜지에게 꼭 맞추어 선물을 해 줄 요량이었다.

혜지는 장난기가 다분한 얼굴을 하고 진우에게 다가가더니 손가락으로 머리를 짚었다.

"여기서부터······."

그리고 그녀는 조금은 에로틱 영화의 한 장면처럼 손가락을 아주 천천히, 그러면서도 대단히 부드럽게 진우 발끝까지 가져 갔다.

"여기까지."

혜지의 말의 뜻을 알아들은 진우는 예전과 달리 얼굴이 빨개 지지 않고 그녀를 꽉 안았다. 그러더니 손짓으로 말했다.

[이미 난 혜지 씨 것이에요.]

그 말에 혜지는 손발이 오그라들게 좋았다. 혜지는 진우를 아 련한 눈빛으로 바라보다가 이렇게 멋진 남자가 자기 것이라는 생각에 흐뭇하기도 하고 더욱더 사랑스러워져 그에게 키스를 퍼부었다.

그녀가 너무나 과격하게 진우에게 들이댄 나머지 그들은 바 닥에 누워 버리게 되었다. 혜지는 덕분에 진우 밑에 깔렸고, 진 우는 바닥을 손으로 짚은 채 그녀에게 달콤하고 부드러운 자신 의 혀를 건넸다. 그녀는 문득 그의 표정이 궁금해져 실눈을 떠 그의 얼굴을 보았다. 뭔가 취해 있는 그의 몽롱한 눈을 보자 혜 지는 저절로 흥분되어 두 팔을 그의 목에 부드럽게 휘감고 그의 혀를 자신의 혀로 집요하게 잡아당겼다.

전에는 수줍게 했던 키스가 하나를 가르쳐 주면 열을 배우는 모범생처럼 이번에는 진우가 적극적으로 그녀에게 키스를 했다. 한 시간이 넘는 기나긴 키스를 마치고 둘은 나른한 표정으로 나 란히 누웠다. 딱딱한 바닥도 함께 누워 있으니 물침대가 부럽지 않았다. 혜지가 불편해할까 봐 진우는 팔을 뻗어 그녀의 머리를 뉘고 살짝 감싸 안았다. 혜지는 마치 아기가 된 양 진우의 품을 파고들었다.

'아, 이 사람에게서 나는 냄새 너무 좋다. 미치도록 좋다. 이 사람이 내 것인 것도 좋고, 부드러운 입술도……'

혜지는 진우에게 흠뻑 취해 있으면서도 조금 아쉬운 마음이 생겼다.

'이 사람에게서 사랑한다는 말을 들으면 얼마나 좋을까?'

그런 생각을 하는 자신이 미워졌다. 미안한 마음에 혜지는 진우의 뺨을 조심히 어루만져 주었다. 진우는 씽긋 웃으며 자기 팔에 감겨져 누워 있는 혜지를 내려다보았다. 그러더니 그녀를 일으키고 팔을 잡아당겼다. 뭔가 보여 줄 게 있다는 표정이었다. 그러고 보니 둘은 오피스텔에 오자마자 키스만 한 시간 넘게 하고 있었다. 혜지도 흐트러진 매무새를 고치고 진우가 꺼내 온 앨범을 보았다.

아주 어릴 때 사진부터 해서 지금의 모습까지, 그러다 혜지는 깜짝 놀랄 만한 사진을 보았다.

"어머! 이게……"

혜지는 눈알이 또르르 굴러 떨어질 것같이, 눈이 커진 채로 진우를 보았다. 그는 그녀의 반응에 조금 쑥스러운지 손으로 뒷 목을 긁었다. 그 앨범엔 뜻밖에도 진우의 누드 사진이 있었다. 완전 누드는 아니지만, 거의 다 몸이 드러난……. 혜지는 어디 서 침을 삼켜야 할지 난감했다. 진우에게 안기거나 그를 안으면

손가락 끝에
기분
사랑

그의 몸이 부드럽다고만 생각했지, 그렇게 바라 마지않았던 가수 비 같은 완벽한 몸매를 갖고 있을 거라고는 상상도 못했던 것이다.

'심. 봤. 다!'

혜지는 마음 같아서는 창밖에다 대고 자랑스럽게 큰 소리로 외치고 싶었지만 그 소리는 꿀꺽 삼키고 나머지 사진들을 보았다. 물론 사진 전문가가 찍어 주었으니 실물보다 더 근사하게 나왔겠지만 너무 예쁜 몸매에 혜지는 사진에 손길이 절로 갔다. 그러다 문득 그런 의문이 들었다.

"사진 누가 찍어 줬어요?"

[같이 일하는 동료요.]

'동료?'

그녀는 심장 속에 낙지가 들어간 마냥 뭔가 꿈틀거리는 느낌이 들었다. 그 낙지는 이내 불덩이로 바뀌고 있었다. 이래저래 속상해진 혜지는 거친 숨을 억지로 고르고 다시 물었다.

"도…… 동료면, 남자?"

그러자 진우가 고개를 내저었다. 혜지는 여자가 진우를 찍어 주었다는 것에 결국은 질투가 용암처럼 끓어올랐다. 그 절절 끓는 뜨거운 용암은 폭발 일보 직전이었다.

혜지의 표정을 보니 그녀의 마음이 과히 좋지 않다는 것을 눈치챈 진우가 열심히 설명해 주었다.

[사진을 배우려면 어쩔 수가 없어요. 저도 여자 누드 사진 찍

었거든요.]

"아, 네……."

혜지는 아무리 아무렇지도 않은 척 표정을 지으려 노력했지만 눈동자가 뜨겁게 이글이글 타오르고 있었다. 온몸에 미세한 경련이 일어나는지 바들바들 떨기까지 했다. 그런 그녀를 진우는 놓치지 않았다. 얼른 그녀를 안으며 진우가 달래 주었다.

[일이에요. 일! 걱정 말아요. 나에겐 혜지 씨만 여자로 보이니까.]

혜지는 자신이 삐치는 게 너무도 유치한 초딩처럼 보일 것 같았지만, 그래도 몸속에서 뿜어져 나오는 질투는 어떻게 할 도리가 없었다. 아무리 '진우 씨는 내 거다.'라고 머릿속에 수백, 수천 번을 주입해도 그의 벗은 몸을 자기가 아닌 다른 여자가 보았다는 것이 무척이나 언짢았다.

'아이, 속상해.'

진우는 혜지가 삐쳐서 당황은 했지만 사소한 것에도 질투하는 혜지가 귀엽고 예뻐 보였다. 그리고 자신을 그만큼 사랑하고 있다는 느낌을 받아서인지 고맙기까지 했다. 진우는 삐친 혜지를 달래려 그녀를 안고 숨도 못 쉬게, 뼈가 으스러지도록 꽉 안았다.

그의 품에 안기며 혜지는 조금 누그러진 표정이었다. 그러면서 생각했다.

'그래, 이제 진우 씨는 내 거니까. 완전 내 거!'

✳

　유정의 아버지를 만나고 난 후부터 진호는 유정과의 만남이 더 잦게 되었다. 그녀의 아버지가 진호를 상당히 마음에 들어 하셨고, 아예 사위라고 정해 놓은 상태였다. 그들의 처음 의도와 달리 점점 커플이 되어 가고 있었다. 시작은 억지로 맞춰진 짝이었지만 서로의 닮은 점 때문에 심심치 않게 자주 만나고 있었다. 그러다 정이 들었는지 시간만 맞으면 으레 약속을 정하기도 했다.

　회사를 완전 그만두고 다시 연극 무대를 전전하고 있는 유정을 만나기 위해 진호는 오늘 그녀가 있는 극장으로 향했다. 아무리 그래도 밑바닥부터 시작하겠다는 유정에게 그는 신선한 충격을 느끼기도 했다. 부잣집 딸이 뭐가 아쉬워서 그러는지 처음엔 이해가 안 갔지만 그녀가 하고 싶은 일이었고, 그 일에 성공을 하려면 밑바닥부터 일해야 하는 것은 당연하다고 생각하는 그녀의 반듯한 생각이 마음에 들었다.

　남자를 껌같이 하찮게 여기는 점만 빼면, 유정은 참 괜찮은 여자였다.

　"유정 씨!"

　무대 바닥을 닦고 있는 유정을 향해 진호가 손으로 인사를 했다.

"어, 왔어요?"

별로 반가운 얼굴도 아닌, 그렇다고 시큰둥한 얼굴도 아닌 딱 중간쯤의 얼굴로 유정은 진호를 맞이했다.

"'어, 왔어요?' 가 뭐야. 좀 반갑게 맞이해 주면 덧나나?"

"왜 이러실까? 은근슬쩍 말을 놓으시고, 남들이 보면 우리 사귀는 줄 알겠네."

"뭐, 남들이 보면 진짜 사귀면 되고……."

능글거리는 진호를 요리할 줄 아는 유정이기에 눈 하나 깜짝 않고 그를 상대했다.

"치! 솔직히 나하고 사귀고 싶다고 말을 해요. 말을, 괜히 빙 빙 돌리며, 아닌 것처럼 호박씨 까지 말고."

"그럼, 내가 사귀자고 하면 사귀어 줄 건가요, 유정 씨?"

유정은 걸레질하던 대걸레를 턱에 받치고 팔짱을 낀 채로 샐쭉하게 말했다.

"꿈이 참, 야무지시네요. 흠, 좋아요. 까짓것, 하는 거 봐서 생각 좀 더해 볼게요."

서로 장난처럼 시작했지만 진호는 이내 정색을 하고 그녀에게 말했다.

"에이, 그렇게 내숭 떨지 말고 서유정 씨 우리 사깁시다."

그의 말에 유정은 이기죽거리더니 진호에게 대걸레를 던져 주며 말했다.

"됐고! 말만 번드르르하게 하지 말고 이왕 온 거 청소나 도와

쥐요."

그녀다운 대응에 진호는 웃음을 참으려 해도 웃음이 새어 나왔다.

"알았습니다. 그럼 일단 청소하고 마저 얘기하기로 하죠."

진호가 팔을 걷고 청소를 도와주자, 유정은 그가 볼세라 돌아서서 씩 웃음을 지었다.

'볼수록 괜찮단 말이야.'

청소 하나에도 진지하게 몰두하는 진호에게 유정은 자꾸만 시선을 뗄 수가 없었다.

15.

프러포즈

출판사 사장이 만나자고 연락을 해 와 혜지와 진우는 다정하게 손잡고 출판사 사무실로 향했다. 이번에 낸 책이 굉장히 잘 팔려서 다시 인쇄에 들어간다고 했다. 잡지에 그들의 이야기도 실려서 책 판매에 상당히 도움을 주게 되었다고 사장이 아주 흥분한 상태였다.

"진우 씨, 혜지 씨, 어서 와요. 어머나! 세상에, 세상에, 아우, 예뻐라! 둘이 너엄, 넘, 너무 잘 어울린다!"

둘이 커플 티를 입고 사무실에 들어서자 가뜩이나 오버하는 사장이 감탄사를 연발했다. 사장의 칭찬에 혜지와 진우는 손을 꽉 쥔 채로 서로를 바라보며 싱긋 웃었다.

손가락 끝에
걸린
사랑

"진우 씨, 공연은 잘 끝났어요?"

사장이 수화와 함께 진우에게 말을 걸었다. 사장의 질문에 진우는 고개를 끄덕거렸다.

"저번에 사장님과 함께 공연 봤는데, 다른 스케줄 때문에 인사도 못 나누고 그냥 나왔어요. 공연 너무 너무 좋았어요. 난, 장 루이 바로가 환생한 줄 알았다니까."

"장 루이 바로? 그분이 누구죠?"

편집장의 말에 혜지는 궁금해서 물었다. 사장이 편집장이 말하기 전에 얼른 말을 가로채서 대답했다.

"응, 아주 유명한 마임니스트지. 마임니스트들에게는 꿈과 같은, 우리나라에는 인생유전으로 소개된 1945년에 만들어진 Les Enfants du Paradis('천국의 아이들'이라는 제목으로 천국은 바로 천장을 뜻한다. 즉, 너무 가난해 천장과 가까운 값싼 관람석에서 보는 사람들을 지칭하는 것임.)라는 영화의 주연을 맡았던 사람인데, 내가 그 영화를 보고 그 바로에게 푹 빠졌었잖아. 너무 너무 너무 예술이야. 거기서 그 배우가 마임니스트 역할을 했는데, 어찌나 절절하게 손짓과 표정만으로 사랑을 표현하는지……! 지금도 그 영화 생각하면 가슴이 따뜻하게 데워지는 느낌이라니까. 그 영화가 실제 팬터마임을 무대 예술로 발달시킨 창시자 드뷔로를 모델로 한 영화니까. 혜지 씨, 나중에 꼭 진우 씨하고 같이 봐요."

혜지는 해박한 사장도 사장이었지만, 문득 '너무'라는 말을 남발하는 사장이 하루에 몇 번이나 '너무'를 외쳐 댈까 궁금해지기 시작했다.

"아, 네. 꼭 봐야겠네요."

사장이 자기가 하려던 말을 톡 채가자 편집장은 완전 삐쳤다. 편집장은 입을 오리주둥이만큼 내민 채로 샐쭉한 표정을 짓더니 자기 자리로 가서 앉았다. 그에 상관 않고 사장은 혜지와 진우 어깨를 툭툭 두드려 주며 치하하느라 바빴다.

"덕분에 우리 회사가 얼마나 바쁘고 좋은지. 감사의 말씀 전하려고 여기로 불렀어요. 내가 직접 가야 하는데, 알죠? 주문 대느라 정신없는 거, 이해해 줘요."

"하하, 지금 진우 씨나 저나 백수인데요. 뭐, 대신 점심은 사장님께서 쏘시는 거죠?"

사장은 혜지의 말에 여부가 있겠냐는 표정으로 박수를 여러 번 치며 말했다.

"아이고, 아이고, 그러다 뿐이겠어요? 말만 해. 내가 오늘 다 쏜다! 뭐 먹고 싶어? 응, 응?"

사장의 말에 이때다 싶은 편집장이 재까닥 말을 했다.

"사장님, 예전에 제가 흘려들었는데요. 혜지 씨는 어여쁜 거를 그렇게 좋아한다네요. 그것도 어여쁜 한우 꽃. 등. 심! 제가 한우 꽃등심 잘하는 곳 아는데 그쪽으로 모실까요?"

편집장의 복수에 사장은 꿀꺽하고 소리 나게 침을 삼켰다. 약간은 떨고 있었지만 표정 관리하느라 상당히 애쓰는 모습이

손가락 끝에
걸린
사랑

었다.

"하하하, 혜지 씨가 좋다면 그곳으로 가야지. 그런데 혜지 씨는 그런 거 별로 안 좋아하지 않나? 삼겹살이나 돼지 갈비 같은 거 좋아하는 걸로 알…… 고 있는데……."

바들바들 떠는 모습으로 사장이 혜지의 눈치를 보자 혜지는 고개를 가로저으며 말했다.

"저, 어여쁜 한우 꽃등심 너무, 너무, 너무 좋아하는데……요?"

혜지의 말에 방금 전 활짝 핀 해바라기 같던 사장의 표정이 순식간에 할미꽃으로 바뀌었다. 그리고 겨우 힘을 내어 말했다.

"그래요. 뭐, 갑시다. 아우…… 그런데 왜 이렇게 어지러울까나?"

사장의 말에 모두들 그녀를 등지고 킥킥 웃어 댔다.

✻

황금 같은 주말인 토요일에 진호는 대학로에 나와 있었다. 요즘 며칠 사이 하늘에 구멍이 뚫린 듯 엄청 내렸다가 겨우 해가 반짝거렸다. 간만에 놀러 가기 딱 좋은 날씨다. 그저 흘려보내기에 대단히 아까운 날임에도 불구하고 그는 놀러 가기는커녕 지금 중노동을 하고 있다.

8월 중순이 넘어가자 비가 한 번씩 내릴 때마다 날은 조금씩 선선해지고 있었다. 처서를 하루 앞둔 터라 이젠 무더위에서 제법 물러나 야외로 놀러 가기도 좋았다. 그런데 지금 진호는 전단지를 잔뜩 들고 햇볕이 쨍쨍 내리쬐는 거리에서 사람들에게 전단지를 나누어 주고 있으니 불쑥 억울한 심정이 들었다.

'이건 진짜 아닌데…….'

진호는 자신이 유정이라는 여우에게 홀렸음이 틀림없다고 단정 지었다.

토요일이라 조금 기대를 하고 있었는데 웬일로 유정이 진호에게 먼저 전화를 걸었다.

"혹시, 토요일에 약속 잡힌 거 있어요?"

"토요일? 왜? 무슨 일 때문에?"

진호는 유정의 물음에 작정을 하고 반말을 했다. 다른 때 같으면 유정이 그 반말에 대해서 어쩌고저쩌고 한마디 했을 텐데, 어쩐 일인지 그냥 넘어갔다.

"만나려고 그러는 거죠, 다 알면서 괜히!"

"아하, 그렇구나. 난, 또 뭐라고. 스케줄을 확인해 봐야 될 것 같은데……."

"쳇! 됐어요. 뭐, 내가 진호 씨 아니면 전화 걸 때가 없는 줄 아세요? 완전 치사 뽕이야."

유정이 전화를 끊으려 하자 진호는 그제야 허둥지둥 말했다.

"아니, 이 싸람이! 아직 말하고 있는데 끝까지 안 듣고 끊어 버리면 그건 매너가 아니지."

손가락 끝에
걸린
사랑

"치! 진즉에 그러시지. 그래요. 좋아요. 그럼 내일 대학로에서 10시에 만나기로 해요."

"10시? 너무 늦은 거 아닌가?"

"전 토요일 아침은 늦잠을 자서 아침 10시도 빠른 거예요. 설마, 밤 10시를 생각한 건 아니시겠죠?"

"아침에 사람을 만난 적이 내 기억엔 없었던 것 같아서. 그렇게 일찍 만나서 뭐하려고? 혹시 나와 같이 잠깐 주말여행 가자는 건가?"

"여행 같은 소리 하고 계시네요. 내일 와 보면 알아요. 대신 제가 내일 드는 데이트 비용은 전액 다 댈게요."

그 말을 듣고 진호는 유정이 근사한 곳에 데리고 갈 것이라고 생각은 하지 않았지만, 설마 전단지를 나눠 주는 일을 시키리라고는 생각하지 못했다. 부푼 가슴으로 온 진호였기에 기가막히기도 했지만 한편 그것이 재미있기도 했다.

"맙소사! 내가 서유정 때문에 평생 안 해 봤던 짓도 해 본다. 이거 한때 잘나갔던 김진호 맞아?"

매우 자연스럽게 자신을 부려 먹는 유정이 얄미울 법도 하련만 얄밉다기보다는 진호는 그녀에게 잘 길들여지고 있었다. 마치 말 잘 듣는 강아지처럼.

"수고했어요. 전단지 남은 것은 식사하고 나서, 마저 돌리기로 하죠."

유정은 전에 봤던 모습들과 달리 화장기 없는 얼굴에 야구 모자를 쓰고 티셔츠에 청바지 차림이었다. 그러고 보니 화장기 없는 유정의 얼굴은 그녀가 주장한 대로 한결 어려 보였다. 그런 유정의 모습을 보니 자신의 품에 안고 싶은 욕망이 들었다.

진호가 그동안 여자를 숱하게 만나고 사귀었을 때에는 한 달 정도면 거의 잠자리를 같이했었다. 그게 아니라면 적어도 키스나 진한 애무까지는 했었다. 그런데 유정을 만나서부터는 키스는커녕 손목 한번 제대로 잡아 보지 못했다. 유정이 그럴 틈도 보여 주지 않았을 뿐더러 이상하게 이 여자만큼은 느리게 다가가고 싶다는 생각이 들었다. 그렇지만 가끔, 이렇게 퍽이나 예뻐 보일 때면 미친 척하고 확 끌어안아 침대에 누이고도 싶었다. 그런 진호를 빤히 바라보며 유정이 한마디 했다.

"어허! 나의 미모에 침 흘리지 말라니까, 쯧! 그래 봤자 그림에 떡이랍니다. 우리는 사귀는 사이도 아니잖아요."

유정의 말에 진호가 발끈했다.

"사귀는 사이가 아니면? 그럼 지금 만나고 있는 건 뭐야? 오다가다 만난 사이라는 거야?"

"뭐, 그건 아니고 그냥 탐색하고 있는 중이랄까? 진호 씨도 그렇게 생각하고 있었던 것 아니에요? 우리가 뭐 키스라도 한 사이도 아니고."

유정의 말이 끝나자마자 진호의 입술이 그녀의 입술을 덮쳤다.

"자! 이제 우리 사귀는 사이 맞는 거지?"

숨가쁜 끝에
걸린
사랑

갑작스러운 진호의 행동에 유정은 당황했지만 의외로 싫지는 않는 듯했다. 그녀는 입술을 쏙 집어넣고 진호를 보더니 고개를 끄덕거리며 대답했다.

"한번 더해 보고 나서 결정하죠."

진호는 그녀의 말에 어깨를 들썩이며 큰 소리로 웃다가 그녀를 귀여운 아기 안듯이 살며시 안았다. 그러더니 별안간 팔을 잡고 허름한 건물로 뛰어 올라갔다. 그곳은 영업을 하는 곳이 아니라서 사람이 잘 드나들지 않는 곳이었다. 그들이 거의 옥상에 다다랐을 때 진호는 멈춰서고 그녀를 와락 안았다. 진호도 키가 크지만 그녀도 꽤 키가 큰 편이라 그녀의 입술이 그의 목 언저리에 닿았다. 목에 닿은 그녀의 입술 촉감이 좋았던지 진호는 그녀의 얼굴을 두 손으로 감싸 잡고 정식으로 키스를 했다. 그러자 유정의 손이 그의 허리를 감싸 안아 그를 밀착했다. 부드럽게, 강렬하게, 그리고 다시 부드럽게를 반복하며 키스를 했다. 계속 입술을 맞댄 그들은 숨을 쉬어야 하는 관계로 잠시 떨어졌다. 숨이 찼는지 진호가 숨을 헐떡이며 그녀를 바라보았다.

"키스하는 게 장난 아닌데?"

진호의 낯 뜨거운 놀림에도 표정 하나 변하지 않던 유정은, 이내 샐쭉한 표정을 지으며 말했다.

"댁도, 괜찮게 합디다."

"우리 사귀면 이런 거, 내가 매일매일 해 줄 수 있는데, 그것도 무한 반복으로. 자, 그럼 내가 기회를 주지. 셋까지 셀 때까지 내 가슴으로 다시 들어오면 우린 이제부터 사귀는 걸로, 자…… 하나, 둘."

진호가 둘까지 세고 있을 때 유정은 한 손으로 진호의 머리를 잡고 그의 입술을 자기 입으로 가져가 키스를 했다. 그리고 어리벙벙한 얼굴을 하는 진호에게 비웃듯 말했다.

"유치하게 말로만 그러지 말고, 이렇게 행동으로 해 봐요."

진호는 웃음을 참으며 다시 다정하게 그녀를 안았다.

※

내일은 혜지의 생일 겸 책 10만 부 판매 기념 파티를 조촐하게 할 예정이었다. 물론 혜지와 진우 단둘이만, 처음엔 여러 사람을 부를까도 생각했지만, 그것을 포기하고 둘이서만 함께하고 싶었다.

혜지의 생일을 거의 20년 동안 챙겨 준 해정에게서 전화가 걸려왔다.

"야, 정혜지!"

"아이, 애 가진 엄마가 왜 이렇게 소리를 질러?"

"그럼 내가 소리 안 지르게 생겼어? 어쩜 너, 너 말이야. 어떻게 그럴 수 있니? 남자 친구 생겼다고 연락 똑 끊어 버리고. 나, 너 그렇게 안 봤는데 배신이야, 배신! 이제부터 네 이름 바꿔, 이름은 신녀, 성은 배, 그래서 배. 신. 녀."

"사돈 남 말하고 있네. 야! 너는 어땠는데. 너야말로 대섭 씨와 연애할 때 나 몰라라 팽개쳐 놓고선. 이것이 어디서, 쯧! 그리고 너 지금 한창 배 나와서 어디 나가지도 못하잖아?"

"아직 7개월밖에 안 됐어. 이거 왜 이러서? 이 정도면 옷만 잘 입고 나가도 티도 안 나. 남들은 그저 몸매가 후덕하다고 알고 있다니까. 그건 그렇고 내일 네 생일은 누가 챙겨 주는 거니? 진우 씨?"

"응, 뭐 그렇지."

"응, 뭐 그렇지? 어쩌면 3초도 생각 안 하고 바로 대답이 나오냐? 빈말이라도 '너도 와' 이런 말 놔두고 말이야. 너 진짜, 진짜 섭섭하다. 너 그러다 내가 너를 미워해서 너를 꼭 닮은 딸 낳으면 어떡하려고 그러냐?"

"나 닮으면 예쁘고 좋지, 뭐. 어? 그런데 딸? 담당 의사 선생님이 딸이란 거 알려 주셨어?"

"그러엄! 내가 누군데. 원래 그런 거 알려 주는 거 아니라고들 하지만 내가 '네, 알았습니다.' 할 것 같으냐? 의사 선생님한테 몹시도 걱정스러운 얼굴로 물었지, '이제 곧 아기 용품을 장만해야 하는데 분홍색을 사야 할지, 하늘색을 사야 할지 걱정이다.' 라고 그랬더니, '분홍색이 좋지 않겠어요?' 라고 말하더라고. 그러니 딸이라는 거지."

"그러다 아들이면 어쩌려고? 그냥 그 의사 선생님이 좋아하는 취향이 분홍색이면 어쩌려고?"

"뭐라고? 그랬단 봐라! 그놈의 의사 머리털을 그냥 확!"

"어허, 태교. 태교!"

"흠흠, 그래. 내가 뱃속의 아이 때문에 참는다. 어쨌거나 내일 생일 무지무지 축하하고, 올해에는 내가 직접 축하하지 못해 무척이나 미안하다. 대신 내년엔 꼭 얼굴 보고 축하해 주마."

"그래, 마음만이라도 고맙다."

"음, 그래. 아이고 아이고, 배 땡겨. 우리 아가가 엄마 수다 그만 떨라고 발로 차고 난리도 아니다. 발길질하는 걸 보면 완전 아들인데. 그만 끊고, 혜지 Happy Birthday!"

"그래, '쌩유' 다. 나중에 내가 집으로 한 번 찾아갈게."

"오케이! 그때는 꼭 진우 씨랑 같이 와야 해. 너 혼자는 절대로 안 받아 준다."

"이그, 알았어!"

"그럼 이만 끊는다."

자기 몸 하나 건사하기 벅찰 텐데도 잊지 않고 생일을 챙겨 주는 해정이 고마웠다. 이래저래 이번 생일은 혜지에게 행복한 날이 될 것 같다.

혜지와 진우는 다정하게 팔짱을 낀 채 손을 마주 잡고 마트에 가서 쇼핑을 했다. 다른 곳도 많았지만 그들이 처음 장을 봤던 곳이 그리워져서 일부러 예전 작업실에서 가까운 마트로 오게 된 것이다. 혜지는 그때 일이 떠오르는지 진우를 잡는 손에 힘을 꽉 쥐었다. 그러자 진우는 그 손을 들어 얼른 손등에 뽀뽀를 했다. 혜지는 그러한 사소한 스킨십에도 짜릿짜릿해지는 자신이 혹시 느끼한 옹녀의 피가 흐르는 것 아닌지 걱정이 될 정도였다.

혜지에게는 진우 자체가 떨림이었다. 그의 체취, 손, 입술, 그리고 넓은 가슴 그런 것들만 떠오르면 그녀의 온 세포가 떨려서 밤에 잠이 다 안 올 지경이었다. 아니, 그의 이름만 떠올려도 괜스레 얼굴이 빨개진다. 오죽하면 TV에 나오는 드라마 인물에 진우라는 이름만 나와도 가슴이 콩닥콩닥 뛰었다. 남들 시선만 아니라면 그녀는 그의 사랑스러운 손등에 그가 한 것처럼 똑같이 입술을 비벼 주고 싶었지만 오늘따라 사람이 많아서 도저히 그럴 용기가 없었다.

모든 물건을 사고 계산대에 설 때였다. 어디선가 들어 본 듯한 익숙한 목소리가 들려왔다.

"어머! 새댁, 오랜만이네. 한동안 보이지 않아서 생각 많이 했는데, 이사 간 줄 알았잖아. 아이고, 정말 오랜만이야."

혜지가 돌아보니 예전에 마트에서 몇 번 보았던 그 아주머니였다. 그들에게 신혼부부 운운하더니 서연이 보고 딸 운운까지 했던, 바로 그 참견장이 아주머니였다. 전에 같으면 별로 반갑지 않은 쓸쓸한 얼굴을 보여 주었을 텐데, 오늘 혜지는 너무나 반갑게 깍듯한 인사를 했다.

"아! 예. 반갑습니다. 여기서 또 뵙네요."

"그래, 그러네. 어머, 그런데 길게 기르던 머리는 왜 잘랐어?"

혜지가 쑥스러운 마음에 머리카락을 만지작거리자 아주머니는 혜지에게 조그맣게 속삭였다.

"신랑이 속 썩였구나."

"하하, 예에."

혜지는 그녀에게 대답을 하면서도 그때 일이 떠오르는지 진우를 향해 입을 삐죽 내밀었다. 진우는 왜 그러는지 영문을 몰라 멍한 표정을 지었다.

"그래도 신랑이 마음씨가 아주 좋아 보여. 그러니까 잘해줘. 서로 싸우지 말고 잘살라고. 내가 실은 사람 관상 좀 볼 줄 알거든. 그런데 둘이 진짜 아주, 아주 잘 어울리는 것 같아. 알았지?"

"네에."

혜지는 배시시 웃음을 흘리며 아주머니에게 고개를 꾸벅하며 고맙다는 인사를 했다.

아주머니와 몇 마디 인사를 나누더니 다시 혜지는 진우에게 다가가 손을 꼬옥 잡았다.

[아주머니가 뭐라고 하셨어요?]

"우리 둘 진짜 잘 어울린대요. 잘살라고 하시네요."

진우도 그 말이 듣기 좋았던지 입을 크게 벌리고 환하게 미소 지었다. 다정하게 손잡고 계산대에 서 있는 그들의 뒷모습을 보고 있던 아까 그 아주머니는 씩 웃음 지으며 마트를 빠져나갔다.

＊

혜지는 아침 일찍 일어나 뭔가를 열심히 연습하고 있었다. 자신의 생일이었지만 그녀는 진우에게 줄 뭔가를 연습하고 있었던 것이다. 그녀는 그리고 그에게 정식 프러포즈를 할 생각이었다. 기다리다 보면 남자인 그가 먼저 할 수도 있었을 것이다. 하지만 사랑하는 사이에 누가 먼저 하든 상관없다는 생각이 들자 그녀가 앞서서 그에게 청혼할 예정이었던 것이다.

"진우 씨가 마음에 들어 해야 될 텐데……."

자신이 준비한 프러포즈를 생각하며 혜지는 살며시 걱정이 되었다. 그러나 이내 마음을 고쳐먹었다.

'중요한 것은 내 마음이니까.'

진우의 오피스텔에 도착하자 그가 뭔가를 끓이고 있었다. 고소하게 올라오는 뜨거운 냄새는 미역국 냄새였다. 오늘이 혜지의 생일이라고 미역국만은 꼭 자신의 손으로 끓여 주겠다고 진우가 우겼기에 그러라고 했는데 냄새를 맡으니 제법 좋은 맛이 느껴졌다. 사실 혜지는 고기보다는 생선을 좋아해서 소고기나 닭고기로 끓인 것보다는 해산물을 넣어 끓일 생각이었던 것 같다. 진우가 혜지에게 문자를 보내서 물어봤다.

[미역국에 뭘 넣고 끓이는 게 좋을까요?]

혜지는 미소를 짓고 문자 버튼을 꾹꾹 눌러 그에게 답장을 보냈다.

[참치를 넣어 봐요. 의외로 꽤 맛있어요. 제가 좋아하는 참치 캔 알죠?]

요리에 젬병이 아닌 진우는 문자만 받고도 미역국을 척척 끓여 냈다. 고소하고 맛있는 미역국 냄새에 가만있을 수가 없었던 혜지는 한 숟갈 떠서 입에 넣었다.

"와, 맛있다. 정말 잘 끓였어요. 진우 씨도 한번 맛 봐요."

혜지가 숟가락으로 미역국을 떠서 입으로 호오 불더니 진우 입에 쏙 넣어 주었다. 맛을 보던 진우도 자신이 끓인 미역국이 마음에 들었는지 싱긋 웃었다. 그리고 그녀의 입에 쪽하고 입을 맞추었다. 그저 바라만 보아도 그들은 교감을 하고 싶은 마음이었다.

혜지는 자신의 입술을 혀끝으로 살짝 핥았다. 그의 입술에 묻어 있던 미역국 맛이 보태어져서인지 더 맛있었다. 찌르르한 감정을 애써 다스리고 혜지는 그가 상 차리는 것을 옆에서 도와주었다.

조금 유치하지만 생일 상차림에 걸맞게 테이블 가운데는 앙증맞은 예쁜 케이크가 놓여 있었고 분위기를 살리기 위해 초와 꽃이 장식되어 있었다. 전날 함께 장 보았던 음식들을 예쁜 접시에 올려놓았다.

혜지가 직접 요리할 수도 있었으나 진우가 극구 말렸다. 생일에는 혜지가 공주 대접을 받아야 한다며 아무것도 하지 못하게 했던 것이다. 어제 장을 본 것도 거의 반 조리된 음식들로 데우기만 하면 되는 것들이었다. 둘만의 오붓한 자리, 그것만으로도 그들은 이미 배가 불렀다.

케이크에 꽂힌 촛불을 끄고 나서 혜지는 갑자기 자리에서 일어나더니 가방에서 뭔가를 꺼냈다. 그것은 스피커였다. 진우에게는 스피커가 필요 없었다. 그래서 컴퓨터에조차 스피커를 따로 안 달아 놓았었다. 그러했기에 혜지는 자신이 집에서 쓰는 스피커를 따로 가지고 왔다. 그리고 그 스피커를 컴퓨터에 꽂고 USB를 통해 자신이 담아 온 음악을 틀었다. 혜지는 심호흡을 하며 떨리는 눈으로 진우를 바라보았다.

"진우 씨, 제가 진우 씨에게 불러 주고 싶은 노래예요. 이거 연습하느라 고생이 많았답니다."

놀랍게도 혜지는 진우에게 말을 하며 수화도 같이하고 있었다. 아직 서툴러 조금 느리긴 했지만 그래도 진우는 사랑하는 그녀의 말을 다 알아들을 수 있었다. 그것 때문에 감격하기도 했지만 어떤 반응을 해야 할지 몰라 진우는 주먹 쥔 손을 입에 가져다 대었다. 그의 눈가는 촉촉하게 젖고 있었다. 그 물기 어린 눈으로 그녀만을 바라보고 있었다.

혜지는 음악이 흘러나오자 진우의 손 하나를 스피커에 가져다 대게 했다. 스피커에서 흘러나오는 노래는 한 세계적 팝가수

가 사랑하는 여자에게 청혼하기 위해 만든 걸로 유명한 노래였
다. 지금 그대로의 모습을 사랑한다는 소박한 가사가 모든 이의
마음을 울리게 만들었던 그 노래가 흐르자 혜지는 진우의 손을
살며시 잡더니 말 대신 수화로 그에게 대화했다.

[지금 그대로의 당신을, 사랑해요.

당신이 나를 위한 노래를 들려주지 못해도, 당신이 내 편을
들기 위해 누군가에게 따지지 못해도, 그리고 나에게 사랑한다
고 속삭이지 못해도…….

난, 지금 그대로의 당신을 사랑해요.

내가 당신의 전부인 것처럼, 당신도 나의 전부니까.

진우 씨, 저와 결혼해 줄래요?]

혜지의 프러포즈에 진우는 덜덜덜 떨리는 손으로 입을 가린
채 눈물을 뚝뚝 흘리고 말았다. 걷잡을 수 없이 흐르고 있는 눈
물은 툭툭 소리를 내며 바닥에도 떨어지고 있었다.

그는 고개를 푹 숙인 채 혜지에게 다가가더니 그녀를 꼭 안
았다. 그의 온몸은 작은 새처럼 떨고 있었다. 그를 진정시켜야
했기에 혜지는 그에게 안긴 채 그의 등을 토닥여 주었다. 한참
둘은 그렇게 안고 있었다. 그러다가 혜지는 그의 얼굴을 살며시
들어 올리고 그를 가만히 바라보며 물었다.

"대답 안 해 줘요?"

진우는 대답 대신 자신의 바지 호주머니에서 뭔가를 꺼냈다.
그것은 예쁜 반지였다. 그녀와 그의 가느다란 손가락에 꼭 맞는

예쁜 반지 두 개였다. 그는 그녀의 손가락에 반지를 끼어 주며 자신의 뺨에 떨어지는 눈물을 손등으로 훔쳤다. 그리고 그녀의 손가락에 살며시 키스를 했다. 그러자 혜지는 남은 반지 하나를 그의 손가락에 끼워 줬다. 그녀는 그의 얼굴에 눈물로 번져 있는 물기를 자신의 손으로 살그머니 닦아 주었다.

"울지 말아요. 진우 씨 눈물 때문에 제 마음이 더 아파지잖아요. 제 청혼 받아 주는 거예요?"

진우는 천천히 고개를 끄덕였다. 이에 혜지는 피식 웃으며 진우의 입술에 가볍게 키스를 했다. 가볍게 시작하던 키스는 그들의 마음을 확인하는 작업처럼 점점 강도가 세어졌다. 진우는 결국 참지 못하고 그녀의 가슴을 손으로 우악스럽게 더듬었다. 마치 그녀의 모든 것을 가지려고 작정한 듯 그녀의 온몸 곳곳에 자신의 입술로 흔적을 남겼다.

혜지는 그가 하는 대로 내버려 두었다. 속으로 흐느끼는지 그의 몸은 가늘게 떨고 있었다. 정신없이 그의 입술을 받아 주고 있는데 혜지는 아주 작은 소리를 들었다.

"네? 진우 씨 뭐라구요?"

언뜻 들으면 울부짖음 같은 그런 소리였다. 물기를 머금은 그의 얼굴을 들여다보고 혜지가 되물었다.

"진우 씨, 뭐라구요?"

"에……지…… 씨, 아……앙……해……요."

진우는 뜨거운 불을 삼킨 듯한 뜨거운 목소리로 그녀에게

'혜지 씨, 사랑해요.' 라고 말했다. 그녀는 그의 사랑 고백에 결국 눈물을 왈칵 쏟고야 말았다.

[알아요. 진우 씨, 저도 사랑해요. 당신이 상상할 수 없을 만큼 나도 사랑해요. 진우 씨에게 내 모든 것을 다 주고 싶어요.]

혜지도 진우에게 수화로 자신의 더없는 사랑을 고백했다. 그 말에 그들은 왠지 모를 눈물을 흘리며 서로의 몸을 구석구석 손으로 더듬고 있었다. 그들은 말로 하는 고백이 아닌 몸으로 하는 고백을 선택했다.

서로의 몸에 손을 댄 순간 순식간에 그들이 걸치고 있는 모든 거추장스러운 것들이 다 걷어졌다. 실오라기 하나 걸치지 않은 둘은 뜨거운 눈물범벅이 된 채 서로의 몸을 어루만지고 있었다. 하나하나의 몸짓은 그들의 사랑을 확인하는 작업이었다. 진우는 손을 뻗어 혜지의 손을 찾고 있었다. 혜지는 자신의 손을 그에게 건네주었고 그렇게 둘은 손을 꼭 잡은 채 하나가 되어 갔다.

손가락 끝에
걸린
사랑

에필로그 1

진호와 유정이 본격적으로 사귀게 되자 혜지와 진우 커플은
두 사람을 축하해 주었다. 넷이 또래였기에 두 커플은 자주 뭉
쳤다. 주로 그들이 만난 곳은 놀이 공원에서 놀이기구를 타거나
호프집에서 술 마시기였다. 그것이 조금 지겨워지자 이번에는
종목을 바꾸어서 집에서 만나기로 했다.

커피 전문점에서 만난 네 사람, 그 자리에서 진호가 먼저 그
이야기를 꺼냈다. 진우는 결혼을 앞두고 아파트를 장만하기 위
해 자신이 살고 있는 오피스텔을 처분하고 당분간 진호와 같이
살고 있었다. 둘은 쌍둥이였지만 근 삼십 년을 따로 떨어져 살
다 같이 산 지가 얼마 안 되어서인지 아직은 어색해하고 있었

다. 그런 어색함을 깨기 위해서라도 뭔가 고리를 만들 계기가
필요했다.

"두 숙녀 분들은 아무것도 준비하지 마시고 그냥 몸만 오시
면 됩니다. 뭐, 혜지 씨 요리 솜씨가 워낙 출중하셔서 우리가
만든 음식에 대해 흉볼지도 모르겠지만 그래도 자취생활을 한
가락이 있어서 그렇게 으악은 아닐 겁니다."

음식은 진호와 진우 둘이서 다 준비한다고 하면서 혜지와 유
정을 안심시키려고 한 말이었다.

"그럼 빈손으로 가도 된다는 말씀이네요?"

유정은 당연히 빈손으로 올 생각을 하고 있었기 때문에 진호
의 말에 별다른 감흥이 없는 듯이 보였다. 그러나 혜지는 난감
한 표정을 지었다.

"아니, 그래도 그렇지 하다못해 술이라도 사 들고 가야 되지
않을까요?"

혜지의 우려에 진우는 씽긋 웃으며 손을 내저었다.

[아니에요. 집에 웬만한 것 다 있어요.]

진호는 진우의 손짓에 동의하듯 고개를 끄덕였다.

"진우 말이 맞아요. 술도 종류 별로 다 있다니까요. 와인 좋
아하시죠? 제가 프랑스 출장 갔다가 사 온 보르도산 와인이 있
는데 그게 아마 2005년산일 텐데 아직 개봉도 안 했거든요. 두
분 오시면 그때 개봉해야겠네요."

"와인 말고 막걸리는 없어요? 요즘은 막걸리가 대세인데."

유정의 딴지에 진호는 혀를 찼다.

"쯧쯧, 꼭 그렇게 튀고 싶나? 좋아요. 막걸리는 원래 집에 없었는데 유정 씨가 오는 길에 사 오도록."

"그런 게 어디 있어요? 빈손으로 오라면서요!"

유정이 진호에게 따지고 들었다.

"잠깐, 서유정 씨 나 좀 따라와 봐."

진호가 조금 위협적으로 유정에게 눈짓하자 그녀는 군말 없이 그의 뒤를 따라 나갔다.

"저 두 사람, 싸우러 나가나 봐요."

혜지의 말에 진우도 걱정이 되는지 그들이 나간 자리를 걱정스러운 눈길로 바라보고 있었다.

밖으로 나온 진호와 유정은 구석진 곳에서 이야기를 나누고 있었다.

"야, 서유정. 너 오빠한테 까불래?"

"아니, 내가 무슨 까불었다고 그래요? 그냥 내 생각을 말한 것뿐인데."

"우리 둘이만 있을 때는 상관없어. 하지만 넷이 있을 때는 조금만 조심했으면 하는데. 서열로 따지면 내가 가장 윗사람이잖아. 동생 진우 앞에서, 그리고 곧 제수씨가 될 혜지 씨 앞에서 내가 뭐가 되겠어?"

진호의 말에 유정은 아차 싶었다. 그의 말이 틀린 것은 아니었으니까.

"진호 씨, 말 듣고 보니 제가 조금 과하게 말한 것 같기는 하네요. 죄송해요. 하지만 일부러 곤란하게 하려고 그런 것은 아니에요. 그저 편안하게 생각해서 그렇게 한 말인데. 그것 때문에 면이 서지 않았다면 미안하게 생각해요."

유정의 단점도 많지만 그래도 자신의 잘못에 대해 지적을 하면 바로 인정하고 깍듯이 사과하는 점은 그녀의 큰 강점이었다.

"그래, 조금만 조심해 줘. 나중에 유정이가 혜지 씨 형님이 될 텐데. 모범을 보여야지."

"웃겨! 우리 사귀는 거지 아직 결혼은 눈곱만큼도 생각 안 하고 있는데 무슨 말이에요? 참, 오버도 심하다."

"오버 아닌데. 늦어도 내년엔 결혼식 할 건데. 유정 씨 아버님과도 약속했어."

꾸짖던 방금 전의 모습과 달리 진호의 얼굴에 조금씩 장난꾸러기 모습이 나타났다.

"이 싸람이! 울 아빠하고 언제 통화했어요?"

유정이 입술을 삐죽 내밀고 진호 어깨를 툭 쳤다.

"요즘 매일 안부 인사드리는데? 하루라도 안부 인사를 안 받으면 입안에 가시가 돋는다고 하셔서 매일매일 안부 문자 올린다니까."

그것까지는 모르고 있었던지 유정은 좀 놀란 눈치였다. 그녀의 눈동자가 미동도 않은 채 그를 빤히 바라보았다.

"어허, 감동 무지 받았나 보네. 그렇게 뚫어지게 나를 쳐다보면 내가 어떻게 할 것 같아? 사람 심장 무지 떨리게 만드네."

솔직히 감동까지는 아니었지만 그래도 그가 자신을 진지하게 생각하고 있다는 것에 대해서는 그녀의 마음이 싱숭생숭해진 것은 확실했다.

"지금 안아 주고 싶지만 사람들 눈이 있으니까 그만 들어가자. 진우하고 혜지 씨가 걱정할 것 같아."

진호가 애써 뜨거운 시선을 거두고 유정의 팔목을 잡았다.

"그래요. 알았어요. 대신 이따가는 무조건 두 배예요."

유정의 말에 진호는 웃음이 터질 수밖에 없었다.

"하하하. 하여간 서유정 못 말려. 알았어, 두 배가 아니라 열두 배로 갚아 줄게."

둘이 실컷 싸우고 올 줄 알았는데 웃으면서 다정하게 들어오자 그들을 바라보는 진우와 혜지는 안심하는 듯 서로의 얼굴을 마주 보며 미소 지었다.

✳

혜지와 유정이 진우와 진호의 초대를 받은 날. 아무리 빈손으로 오라고 했다지만 차마 빈손으로 갈 수가 없었던 혜지는 별도로 꽃을 준비해 갔다. 남자들은 꽃에 대해 그리 반가워하지 않을 테지만 그래도 그것은 최소한의 성의였다.

딩동!

그녀가 초인종을 누르자 아무런 반응이 없었다.

"아차! 진호 씨는 조금 늦게 온다고 그랬지?"

진호는 해산물을 좋아하는 혜지를 위해 싱싱한 횟감을 떠 가지고 오느라 수산물 시장에 잠깐 들렀다 온다고 했었다. 아마도 지금 집에는 진우만 있을 것이다. 그녀는 문을 쾅쾅 두들길까 하다가 그냥 진우에게 문자를 보냈다.

[진우 씨, 저 혜지예요. 문 앞에 있으니 문 좀 열어 줘요.]

그녀가 문자를 보내고 얼마 안 되어서 진우가 현관문을 열어 주었다. 문을 왈칵 열고 그녀를 맞고 있는 그가 활짝 웃고 있었다. 그가 문을 여니 집 안에는 고소한 냄새가 진동하고 있었다.

"아니, 뭘 그렇게 많이 준비했어요?"

아무리 손님으로 온 것이지만 가만있을 수가 없어서 혜지는 그가 지금 만들고 있는 것을 엿보고 있었다.

"와, 탕수육도 만들 줄 알아요?"

진우가 음식 만드는 센스를 타고난 것 같다는 생각은 하고 있었지만 요리다운 요리를 만드는 것을 보니 기특하게 느껴졌고 저절로 손이 그의 엉덩이에 갈 뻔했다. 조카 서연이가 가끔 가다 예쁜 짓을 하면 자동적으로 엉덩이를 툭툭 쳐 주던 그런 버릇이 그녀에게 있었다.

"와아, 소스도 만들어 놓았네. 소스 맛 좀 봐도 돼요?"

진우가 피식 웃으며 고개를 끄덕였다. 혜지는 소스가 담겨진 냄비 뚜껑을 열고 숟가락을 집어넣었다. 조금 뜨려던 것이 숟가

락에 찰랑거렸다. 그녀가 조심스럽게 입에 가져다 댔는데 뜨거
웠던지 그만 숟가락을 놓치고 말았다. 그 때문에 탕수육 소스가
그만 그녀 옷에 튀고 말았다.

"어머, 어떡해. 나 오늘 왜 이러나? 하아, 이거 어떻게 지우
지?"

오늘따라 흰옷을 입고 혜지였다. 간장이 섞인 갈색 소스는 흰
옷에서 눈에 더 잘 띄었다. 빨리 지우지 않으면 얼룩이 남을 수
도 있기에 그녀는 화장실로 들어가 옷에 묻은 얼룩을 지우기 시
작했다.

"아이, 도대체 나이가 몇인데 아직도 덤벙대고 말이야."

옷에 비누칠하면서 혜지는 자신을 책망하고 있었다. 옷의 얼
룩을 다 지우고 나오자 진우는 냉장고 문을 열고 채소만 보관해
놓는 칸에서 토마토를 꺼내고 있었다.

키가 큰 그가 채소 칸에 있는 것을 꺼내려고 하니 어쩔 수
없이 허리를 숙이고 엉덩이를 삐죽 내미는 묘한 자세가 되고
말았다.

그가 내민 엉덩이를 보더니 혜지는 그만 이성을 잃고, 아까
못 두드려 준 그의 엉덩이를 툭툭 두드려 주며 슬쩍 만졌다. 물
론 장난이긴 하지만 그래도 그런 낯 뜨거운 짓은 오늘이 처음이
었다. 그것도 벌건 대낮에……. 그녀는 자기가 그런 짓 해 놓고
서도 무척이나 부끄러웠는지 두 손으로 얼굴을 가렸다.

'아, 몰라. 몰라. 정혜지, 왜 이렇게 대범하고 야해졌어. 완전

변태야, 변태. 진우 씨가 나를 뭘로 보겠어? 나에 대해 오해하면 어쩌려고. 이 나쁜 손!'

혜지는 자기가 일을 벌여 놓고도 민망한 짓이라는 것은 알고 있었다. 그래서 그의 엉덩이를 만진 손을, 나머지 다른 손으로 때렸다.

그런데 문제가 생겼다. 부끄러운 탓에 눈을 벌어진 두 손으로 가리고 그를 쳐다보던 혜지의 입이 턱이 빠지도록 크게 벌어질 일이 생긴 것이다. 고개를 돌리는 순간 그녀가 툭툭 쳤던 엉덩이 주인이라고 생각했던, 진짜 진우가 방에서 나왔던 것이다. 생각해 보니 엉덩이 칠 생각만 했지 그가 입은 바지에 주목을 하지 못했다. 진우는 분명 청바지를 입고 있었는데 그녀가 툭툭 치며 만졌던 엉덩이 주인은 베이지색 면바지를 입고 있었다. 그렇다면? 그렇다면!

"아악!"

혜지는 그만 소리를 지르고 다시 화장실로 뛰어 들어가고 말았다.

[형, 혜지 씨 왜 그래?]

혜지가 왜 당황하는지 알 리가 없는 진우가 자신의 형 진호에게 물었다.

"어…… 그러니까…… 그게. 혜지 씨가 너를 지나치게 좋아하는 게 문제인 것 같아."

그가 한 말이 무슨 뜻인지 알 리가 없는 진우는 고개를 갸웃

손가락 끝에
거부
사랑

거리고 화장실에 들어간 혜지가 나오기만을 기다렸다. 그 모습을 보며 진호는 그제야 피식피식 웃음이 새어 나왔다.

솔직히 처음에 누군가 뒤에서 자신의 엉덩이를 만진 것에 깜짝 놀랐었다. 곧바로 고개를 돌리지 못하고 슬쩍 보니 혜지였다. 그녀가 분명 자신을 진우로 오해하고 한 짓이라는 것을 알았기에 소리도 못 내고 그렇게 성추행(?)을 당하고 말았다. 그녀가 그 사실을 알면 얼굴도 못 들 정도로 창피해할 것이 뻔했으므로 어찌할까 고민을 하고 있었던 것이다. 잠깐 사이에 벌어졌던 일에 대한 진실은 진호와 혜지만이 알고 있었다.

혜지가 화장실에 들어간 사이 진호는 횟감을 떠 가지고 왔고 그가 오자 진우는 남은 일을 진호에게 맡기고 방에 들어가서 옷을 갈아입고 나왔다. 고기를 튀기다 보니 옷에 기름 냄새가 배어서였다. 하필 그 사이에 그런 불상사가 벌어진 것이다.

식탁에 준비한 음식들이 다 차려지자 때맞춰 유정이 초인종을 눌렀다.

"저 왔습니다."

빈손으로 올 줄 알았던 그녀의 손에는 뭔가 들려 있었다.

"아무리 그래도 빈손으로 올 수는 없어서요."

그녀가 가지고 온 것은 아이스크림 케이크였다.

"무슨 축하할 일 있나? 웬 케이크?"

진호가 의아하게 쳐다보자 유정이 씨익 웃었다.

"실은, 제가 오늘 배역 하나 얻었거든요."

유정은 자신이 자랑스러웠는지 승리의 브이 자를 만들었다.

"와아, 축하해요."

방금 전까지 아무 말 않고 서 있던 혜지가 지금까지의 일을 까맣게 잊었는지 박수를 쳤다.

[축하해요.]

진우도 진심으로 축하해 주었다.

"그래, 무슨 역인데?"

처음 따낸 배역이니 분명 큰 비중이 없을 것을 빤히 알면서도 진호는 안 물어볼 수 없었다. 그녀가 최종적으로 하려는 일은 연극 제작자였지만 연극에 대해 제대로 알려면 연극판에 뛰어들어야 한다고 생각을 하는지라 작은 배역이라도 기회가 있으면 해 보겠다고 의욕을 불태우고 있었다. 그러나 그에게 배역을 선뜻 주는 연출자는 그동안 없었다.

"무슨 역인지가 뭐가 그리 중요해요? 정말 중요한 것은 내가 무대 위에 선다는 건데. 정말 궁금하면 연극 보러 오세요. 뭐, 당연히 오셔야 하는 자리겠지만."

"치, 보아하니 대사도 없나 보군."

"아니에요! 대사 있어요."

유정이 핏대를 세우며 외쳤다.

"그게 뭔데?"

진호가 시큰둥하게 물었다. 이에 유정은 콧김을 팡팡 내뿜으며 가방에서 대본을 꺼냈다.

"이거 봐요. 제 대사가 중간에 '표 파는 곳 어디에요?' 한 장 더 넘기면 '얼마예요?' 그 밑에 줄에 '여기요.' 대사가 세 마디나 되잖아요. 남들은 대사 한마디부터 시작하는데 나는 무려 세 마디라구요."

그런 진호와 유정의 툭탁거림이 꽤나 유치하다고 생각했는지 혜지와 진우는 고개를 내젓고 자리에 먼저 앉았다. 진호와 유정은 그러거나 말거나 혜지와 진우의 시선을 의식하지 않고 이어지는 다툼을 확실히 마무리하려 하고 있었다.

✳

두 남자 덕분에 즐거운 저녁을 보내게 된 두 여자는 집으로 가기 위해 각자의 애인과 같이 밖으로 나왔다.

"많이 늦었네요. 그럼, 혜지 씨 조심해서 들어가세요. 진우야, 잘 모셔다 드려."

"네, 오늘 저녁 잘 먹고 갑니다. 안녕히 계세요."

혜지는 인사를 하면서도 진호 얼굴을 똑바로 쳐다볼 수 없었다. 그만 보면 아까 일이 떠올라서 얼굴이 화르륵 달아올랐다.

그 모습을 유정이 놓치지 않고 보고 있었다. 예전에 진호가 지나가는 말로 자신이 혜지와 사귈 뻔했다는 말을 한 적이 있었다. 아마도 유정의 질투를 유발시키기 위한 것이었는데 유정의 반응은 상당히 시니컬했다. 진호와 혜지가 사귀지 못했다는 것에 대해 상당히 안타까워하는 표정까지 지으며 말했다.

"그래요? 어머, 그럼 둘이 사귀시지 그랬어요?"

그가 예상한 반응이 아니자 진호는 약간 삐쳐 있었다.

"아니, 애인 앞에서 그런 소리가 어떻게 그렇게 쉽게 튀어나와? 질투도 안 나나 봐?"

"질투? 차! 나 질투하게 하려고 그런 거예요? 참내. 어이가 가출하겠네. 진호 씨야말로 그렇게 안 봤는데 완전 유치 뽕이에요. 유치 뽕뽀로로로 뽕. 뽕!"

그때 유정은 애써 쿨한 척하느라 속으로는 부글부글 끓어올라도 겉으로는 하나도 티를 내지 않았었다. 그녀도 엄연히 뜨거운 피가 있으니 그런 소리 듣고 평정심을 잃지 않는다면 말이 안 되는 것이다. 그때 일은 차츰 잊고 있었는데 오늘 가만히 진호와 혜지의 모습을 보니 예전에 진호가 했던 말이 떠올라서 과히 기분이 좋지 않았다.

'어디, 내 밑에 동서로 들어오기만 해 봐. 완전 군기 잡는다. 잡아!'

어두운 길을 진우와 혜지는 꼭 맞잡고 정답게 걷고 있었다. 분명 그들이 걸어가는 길은 한 발짝 딛기가 힘들 정도로 캄캄했지만 서로가 곁에 있으니 밤이라는 것이 느껴지지 않았다.

[진우 씨만 봤을 때는 몰랐는데 오늘 보니까 둘이 쌍둥이가 맞는 것 같아요.]

혜지가 수화로 진우에게 말을 걸었다. 이제 그녀는 제법 수화가 익숙해져 있었다. 혜지의 말이 무슨 뜻인지 알 리가 없는 진우가 그게 무슨 말인지 눈빛으로 물었다.

[진우 씨와 진호 씨 정말 똑 닮았어요. 둘이 옷까지 같이 입으면 헷갈릴 것 같아요.]

그 말에 진우가 씩 미소 짓더니 고개를 내저었다.

[아니에요. 둘이 닮은 것은 맞지만 생각보다 그렇게 많이 닮지 않았어요. 자세히 비교해 보면 다른 점 많아요.]

혜지는 아까와 같은 실수를 다시는 하고 싶지 않아서 진우에게 매달리다시피 하면서 구분법을 물었다.

[그게 뭔데요? 저에게도 알려 주세요. 그래야.]

거기까지 수화를 하던 혜지가 잠시 멈췄다.

'다른 남자 엉덩이 만지지 않죠. 아이, 속상해. 다시 생각해도 찝찝해 죽겠네. 진호 씨가 아까 일을 완전 잊어 줘야 하는데, 설마 진우 씨에게 말하지는 않겠지?'

[혹시라도 제가 진호 씨를 진우 씨인 줄 알고 실수할까 봐서 그래요. 어서 가르쳐 주세요.]

그녀의 말에 골똘히 생각하던 진우가 드디어 구별할 방법이 생각났는지 씨익 웃었다. 그가 별안간 그녀 손을 잡고 아무도 없는 골목으로 그녀를 데리고 갔다. 아무도 없는 것을 확인하던 그가 느닷없이 티셔츠를 올렸다. 그러자 그의 탄력 있는 탄탄한 복근이 나왔다. 당황한 혜지가 두 손을 입에 가져다대며 놀라움에 떨고 있었다.

'어머, 어머, 이 사람 구별할 방법을 알려 달라고 했더니 뭐야? 길거리에서. 아무리 사람들이 지금 없다고 그래도. 그러다 혹시라도 지나가는 사람들이 보면 어쩌려고. 아이, 몰라, 몰라. 진우 씨 은근히 야해. 이런 것은 둘이 있을 때만 보여 줘야지. 에이, 그래 인심 썼다. 한 번 만져 주자. 울 자기야 복근이 얼마나 자랐는지 점검해 줘야지. 외관상으로는 조만간 초콜릿 복근이 될 듯도 한데.'

그녀는 주춤주춤하며 그의 배에 손을 가져다 댔다. 그러자 그녀의 볼이 빨갛게 달아올랐다.

'아, 세상에! 어쩜 이리 촉감이……'

혜지가 야한 생각에 빠져들고 있는 것과 달리 진우는 자꾸 어딘가를 가리켰다. 알고 봤더니 배에 조그만 흉터가 있었다. 그것은 데인 자국이었다. 그의 벗은 몸을 처음 본 것은 아니었지만 그의 배에 흉터가 있는 것은 처음 알았다.

[어릴 때, 아기였을 때부터 생긴 흉터예요. 이걸로 둘 사이를 구분했대요. 다리미가 가까이 있었는데 그것도 모르고 기어가다 배에 부딪혔었나 봐요.]

[다리미요? 맙소사! 얼마나 아팠을까?]

혜지는 그가 아팠을 것을 떠올리다 기어코 눈가가 젖고 말았다. 그녀는 그의 흉터를 어루만졌다. 키 차이가 나서 혜지는 아예 진우 앞에 앉아서 그 흉터를 쓰다듬어 주었다.

'이 사람, 이런 흉터가 질 때도 제대로 울지도 않았겠지? 이 사람 마음속에도 이런 흉터가 많았을 텐데. 이제는 내가 다 치료해 줄 거야. 이 흉터도 마음속의 흉터도 다 내가 감싸 줘야지.'

그의 흉터를 만지던 혜지가 문득 자신의 입술을 가져다 대었다. 마치 자신이 그 흉터를 치료해 주기 위한 것처럼 부드럽게 입술로, 때로는 혀로. 하지만 그녀의 감미로움에 본래의 취지와는 전혀 빗겨 나간 상황이 되었다. 그가 그녀를 일으켜야 함에도 그녀의 입술을 밀칠 수가 없었다.

그때였다. 그들이 미처 주위를 의식하지 못한 사이 그들의 모습을 오해한, 아니 오해라고만은 볼 수 없는 미묘한 장면을 목격한 사람이 소리를 꽥 질렀다.

"거기 두 사람, 거기서 무슨 짓 하는 거야? 어디 남의 대문 앞에서 그런 입에도 담지 못할 짓을! 어서 썩 꺼져! 그렇게 좋으면 아예 여관방 하나 잡아!"

어른거리는 모습만 봐서는 둘은 분명 19금 짓을 하고 있었다. 아니다. 노출신만 있어도 19금이니 25금이 맞을 것이다. 여하튼 그들을 오해한 그 남자는 길길이 날뛰고 있었다. 그제야 정신이 번쩍 든 혜지와 진우는 동시에 얼굴을 마주 보더니 그 자리에서 벌떡 일어나 미친 듯이 달렸다. 달리면서 혜지는 생각했다.

'정말 저 아저씨 말대로 여관방 하나 잡아? 아니, 이왕이면 호텔이나 모텔은 되어야지. 여관이 뭐야? 사람을 뭘로 보고. 그 나저나 둘은 어떻게 구분해야 되는 거야? 진우 씨인지 아닌지 확인하려면 확 옷을 까뒤집으라는 말인 거야? 어떻게 그래애? 아, 미치겠네. 결국 내가 조심하는 수밖에.'

그녀가 무슨 생각하는지 모르는 진우는 뒤를 돌아보고 그 아저씨가 쫓아오지 않은 것을 확인한 다음 뛰는 것을 멈췄다. 얼마나 전속력으로 달렸는지 숨을 헐떡이고 있었다. 그의 얼굴에서 땀이 비 오듯 쏟아지자 혜지는 가방에 있는 티슈를 꺼내 그의 땀을 닦아 주었다. 거칠게 숨을 몰아쉬면서도 그녀의 손길이 닿을 때마다 그가 기분 좋은 미소를 흘렸다. 이내 그는 눈을 살며시 감더니 자신의 얼굴을 닦아 주는 그녀의 손을 꼭 잡았다. 그리고 자신의 입술에 가져다 댔다.

몰랐는데 얼굴을 닦아 주다 보니 혜지는 진우와 진호의 구별법을 알게 되었다. 진우와 진호는 결정적으로 미소가 달랐다.

'내가 왜 몰랐지? 세상에서 가장 멋진 미소를 짓는 남자는 내 남자, 김진우밖에 없다는 것을. 그리고 그 미소만이 내 마음을 녹여 준다는 것을.'

그녀는 비로소 깨달은 듯 그의 얼굴을 손으로 가만히 감싸 안았다. 자신이 먼저 그에게 키스를 하려고 다가갔지만 진우에게 선수를 빼앗기고 말았다. 그의 입에서 달콤한 말이 튀어나왔다.

"사……라앙……해요. 혜……지……이."

손가락 끝에
걸린
사랑

완벽하지는 못해도 그녀에게는 그 어떤 누구의 말보다 그녀의 마음을 살랑거리게 만들었다. 그녀는 더 이상 그 말도 못하게 자신의 입술로 그의 입을 막았다.

둘은 이제 남들의 시선을 의식하지 않고 서로의 입술을 통해 조용히 때로는 격하게 사랑의 마음을 나누고 있었다.

에필로그 2

그들의 숨겨진 이야기……
2년 전의 어느 날

혜지 이야기

"오늘 내로 직장 못 구하면 집에 들어오지도 마!"

아침부터 엄마의 잔소리를 한 무더기 듣고 나온 혜지는 아직도 귓가에 엄마의 잔소리가 쟁쟁하게 남아 있었다.

'남들은 진득하니 직장 생활도 오래 하더구만…….'

그녀 나이 스물일곱. 한창 나이에 벌써 네 번째 직장을 알아보고 있었다. 그녀 손에는 무료로 배포하는 신문이 들려 있었다. 그 신문에는 물건 매매뿐만 아니라 구인구직 광고란도 있었다.

손가락 끝에
거린
사랑

그녀는 취직 전망이 좋은 영문학과를 나왔어도 취직도 못하고 빌빌대고 있었다. 스펙을 기르기 위해 유학까지 다녀온 유학파와 대적할 수 없는 노릇이니 실력을 키우지 못하면 자리를 지키지 못하고 나가는 수밖에 없다.

"아휴, 이래서 다른 여자 친구들이 남자 하나 잘 붙잡아서 시집가려고 하는 건가 보다."

그녀의 머리가 불안으로 꽉 차 있었다. 머리를 식힐 겸, 탁 트인 대학로로 나갔다. 그곳은 혼자여도 재미있는 곳이다. 그리고 울적한 마음을 달래 줄 수 있는 곳이기도 하다.

그녀의 마음처럼 날도 답답하고 숨 막히게 더웠다.

"날씨까지 내 마음을 힘들게 하는구나. 시원한 데 어디 없나?"

혜지는 경제적 여력이 없어서 시원한 냉커피 사서 먹을 여유도 없었다. 그래서 돈이 안 들면서 시원하게 해 주는 곳을 요리조리 찾고 있었다.

"한바탕 비라도 내렸으면……"

한참 동안 애타게 돌아보다 찾은 것은 분수였다.

"와아, 분수다!"

그녀는 더위를 식히고자 시원하게 물이 쏟아지는 분수에 앉았다. 분수에서 쏟아지는 물을 보자 막혀 있던 자신의 마음을 뚫어 주는 기분이었다. 분수의 물이 잘게 부서지며 그녀 얼굴에 쏟아지자, 불현듯 마음이 울컥했다.

'스물일곱…… 이제 난 무엇을 해야 할까. 늦기 전에 시집갈

대책을 마련해야 되는 걸까? 아니면 용감하게 유학을 갔다 와서 원하는 곳에 재취업을 해야 하는 걸까?'

지금 어떤 것이 가장 절실하게 필요한지조차 그녀는 감을 못 잡았다. 그런 한심한 모습에 그녀는 스스로가 서글퍼졌다. 아무리 참아도 그녀의 눈에서는 분수처럼 눈물이 쏟아졌다.

스물일곱, 무엇을 해도 좋을 나이면서, 불안한 나이다. 그런데 그녀는 자기 자신이 무엇을 하고 싶은지, 무엇을 원하는지조차 모르고 있었다. 아무에게도 자신이 흘리는 눈물을 들키고 싶지 않아 그녀는 고개를 숙이고 앉아 있었다. 그때 하얀 분장을 한 피에로가 그녀에게 전단지 한 장을 건네주었다. 받고 싶지 않았지만 피에로의 슬픈 눈이 그녀 마음을 울리게 했다. 그냥 지나칠 수가 없었다. 어깨를 들썩인 채로 그녀는 한 손으로는 얼굴을 가리고 나머지 한 손으로 전단지를 받아 쥐었다. 더 이상 분수대에 앉아 있기가 무안해진 혜지가 자리에서 일어나려 하자 갑자기 피에로가 그녀를 잡았다.

'왜 그러지?'

혜지가 영문을 몰라 그를 쳐다보자 그녀를 멈춰 세운 피에로는 바지 주머니에서 자신이 가지고 있는 손수건을 건넸다. 손수건을 받을까 말까 고민하던 혜지는 어렵사리 그가 건네는 손수건을 받았다. 그 손수건이 아니었다면 그녀는 눈물을 주체 못해 곤란했을 것이다. 그녀는 감사의 표현으로 고개를 까닥이며 그 손수건을 받아 쥐었다.

그가 혜지의 손에 쥐어 주었던 구겨진 전단지를 펼쳐 보니 연극 공연에 관한 전단지였다. 피에로의 성의를 봐서라도 혜지는 그 연극을 보러 가고 싶었다. 하지만 그녀의 수중엔 연극을 볼 돈조차 없었다.

"에이, 돈도 없는데 연극은 무슨……."

혜지는 자신이 점점 초라해지는 것 같아 한여름인데도 서늘한 한기를 느꼈다.

'슬퍼 보이는 피에로가 나를 위로할 정도면…… 난, 그보다 더 슬퍼 보였던 것이 분명해. 차라리 내가 피에로가 되는 게 낫겠다. 하아…….'

서글픈 자신의 신세를 한탄하던 혜지가 피에로가 건네준 손수건에 시선이 미쳤다. 그러자 이상하게 용기가 생겼다.

"기운 내자, 정혜지, 넌, 할 수 있어. 너에겐 네가 있다구. 바로 씩씩한 정혜지!"

혜지는 피에로가 건네준 손수건으로 인해 사라졌던 기운이 되살아나는 기분이었다.

"지금은 어쩔 수 없지만, 다음엔 꼭 공연을 봐야지."

이상하게 혜지는 그 피에로를 언젠간 다시 보게 될 것 같다는 느낌이 들었다. 그래서 그 피에로가 사라진 쪽을 계속 바라보았다.

진우 이야기

오늘은 진우가 처음 무대에 올라서는 날이다. 그는 설레는 마음도 잠시 접어 둔 채로, 더 많은 관객들과 만나기 위해 아침 일찍부터 대학로로 나왔다.

그의 첫 무대를 축하해 주기 위해서 올 사람은 아무도 없었다. 알코올 중독 때문에 병원에 입원해 계신 어머니는 아마도 하루 종일 약에 취해 주무시고 계실 거고, 그나마 그의 형 진호에게 문자는 넣었지만 별다른 기대는 없다. 아무도 축하해 주지 않아도 상관없다. 그들을 대신해서 자신의 공연을 보러 올 관객만 있으면 그것쯤 상관없다.

진우는 피에로 복장을 한 채로 지나가는 사람들에게 전단지를 나누어 주었다. 분장 속에 감추어진 그의 모습에 모두들 호기심 어린 눈들이었다.

남들에게 선뜻 다가가지 못하는 수줍음 많은 진우였지만 분장을 한 순간부터는 사람들에게 거리낌이 없어졌다. 그래서 그는 진심을 담아 사람들에게 일일이 전단지를 나누어 주었다. 그러나 아무 곳에 그 전단지를 버리는 사람들을 보고 마음이 아파 왔다. 그래도 정성껏 준비한 공연인데, 며칠간의 공연을 위해 몇 달 동안 잠도 제대로 못 자고 연습했었다. 그러나 사람들이 전단지를 그가 보는 자리에서 바닥에 휙 던져 버리고 있었다. 그렇게 던져지는 전단지는 마치 자신을 내동댕이치는

손가락 끝에
걸린
사랑

기분이었다.

그런 진우의 마음처럼 한 여자가 울고 있었다. 그냥 지나칠 수도 있었는데 무슨 용기인지 그는 그녀에게도 전단지를 건넸다. 그녀 역시 다른 사람처럼 전단지를 받지 않으려는 눈치였다. 그런 그녀와 진우 눈이 마주쳤다. 얼굴은 자세히 볼 수는 없었으나 눈물 속에 비춰진 그녀의 맑은 눈빛은 그의 마음을 멈추게 하고 말았다.

그냥 가려던 그녀를 붙잡고 그는 주머니를 뒤져 손수건을 건넸다. 표현은 안 했지만 그녀의 눈은 진우에게 감사를 표하고 있었다. 피에로의 분장 속에 그의 얼굴은 가려졌지만, 그는 그런 그녀에게 환한 미소로 답해 주었다. 아주 짧은 순간이었지만, 진우의 가슴속에 뭔가 조그만 싹이 포르르 올라오고 있었다.

'어쩐지 오늘 첫무대는 성공적으로 끝낼 수 있을 것 같다.'

그는 떨리는 가슴을 한 손으로 가만히 대고 극장으로 걸어갔다. 심장이 두근대는 것이 자신의 첫 무대라서 떨리는 건지, 아니면 이름 모를 그녀 때문인지는 알 길이 없었다. 그러나 확실한 것은 있었다. 아마도 오늘 그의 첫무대가 영원히 잊지 못할 거라는 것.

'그녀도 내 연극을 보러 올까?'

그는 무대에 오를 것을 준비하면서도 마음속으로는 아까 보았던 그녀의 눈빛을 간직하고 있었다.

진호 이야기

진우가 오늘 처음으로 정식 무대에 선다는 것을 전해 듣고 진호는 고민에 빠졌다. 그동안의 공연은 정식 무대라기보다는 그저 땜빵으로 올라갔던 무대라 오늘이 실질적인 진우의 정식 데뷔 무대인 셈이다. 어머니 뱃속에 같이 있었던 동생임에도 그는 하루 종일 갈등을 하고 있었다. 마음은 그렇지 않으면서도 일부러 진우를 내쳤기에 새삼 데뷔 무대라고 축하해 주러 간다는 것이 쑥스럽고 어울리지 않다고 느꼈기 때문이었다. 집에서 밥을 먹어도 텔레비전을 보고 있어도, 다른 사람과 전화를 하고 있어도 그는 첫 무대에 올라설 진우를 생각하고 있었다. 만약에 그가 그 공연을 안 간다면, 진우의 첫 무대를 축하해 주러 가는 사람이 아무도 없을 것이다. 모두들 꽃다발을 받는데 진우만 아무도 없다면, 그 생각만으로도 그의 가슴은 먹먹해졌다.

고민 고민 하다 그는 결국 느지막이 집을 나섰다. 오후가 되니 대학로는 사람들로 붐볐다. 일단 꽃집부터 찾아야 했다. 꽃다발을 포장하고 극장을 향했으나 벌써 1회 공연은 시작되고 있었다. 이미 1회 공연은 놓쳤으니 2회 공연이라도 볼 생각으로 그는 매표소로 향했다. 혹시나 표가 없으면 어쩌나 하고 그는 걱정했으나 불행인지 다행인지 표는 넉넉했다. 그래도 이왕이면 매진이면 좋으련만, 그의 생각과 달리 공연은 한산했다. 지나가는 사람들을 붙잡고 '공연 한 번 보러 오세요!' 라고 큰 소리로 외치고 싶은 마음이었다. 진호가 표를 사고 나서도 한 시간 가까이 지나도록 사람들이 더 이상 표를 사러 오지 않았다. 그는 초조해졌다.

"그래도 첫 공연인데 객석이 반 이상은 차야 할 텐데……."

거의 공연 시간이 다되어 갈 때였다. 한 여자가 헐레벌떡 뛰어오고 있었다. 그녀는 허둥지둥하며 그에게 물었다.

"표…… 어디서 팔아요?"

"오른쪽으로 돌아가면 매표소라고 쓰여 있어요."

"아직 매진 안 되었죠?"

그녀는 진호가 극장 관계자인 줄 알고 물었다. '난, 여기서 일하는 사람이 아닙니다.' 라고 대꾸해야 하는데 진호는 자신도 모르게 고개를 끄덕여 주었다.

"하아, 다행이다."

상기되어 붉어진 뺨을 한 그녀의 모습이 그의 눈에 들어왔다. 상당히 귀여워 보였다. 학생인가? 아니면, 직장인? 몇 살이나 되었을까? 그런 와중에도 여자에 대한 본능적인 호기심을 갖는 걸 보니 진호는 바람둥이 DNA를 갖고 태어난 것이 틀림없었다. 그가 그녀에게 작업을 걸고 싶다는 충동을 느낀 순간 그녀는 진호 눈앞에서 사라졌다.

'다행이다. 그녀가 사라져서…….'

그는 안도의 한숨을 쉬었다.

안 그랬으면 다른 여자들처럼 한두 달 사귀고 그녀를 버릴지도 모르니까.

유정 이야기

하는 일이 잘되지 않을 때 그녀는 이렇게 대학로에 와서 조용히 공연을 보곤 했다. 아직도 그녀의 아버지는 그녀에 대한 기대를 포기하지 않았는지 복학을 포기하고 유학을 가라고 성화셨다. 그러나 충분히 외국을 돌아보고 온 그녀는 학교에 다시 돌아가서 남은 학업을 마치고 싶었다.

"휴우, 내 나이 스물넷인데도 내 뜻대로 되는 게 하나도 없네. 에이, 마음도 꿀꿀한데 눈요기나 실컷 하고 가자."

그녀는 우울한 마음을 다스리고자 연극 한 편을 보기로 마음 먹었다. 남들은 잘되는 공연, 재미있는 공연만 찾아가지만, 독특한 그녀는 이상하게도 그런 공연은 별로라고 생각하고 있었다.

"저 연극은 사람들이 저렇게 많이 몰린 걸 보니 꽤나 재미있나 보네. 아니면, 유명 배우가 나와서 그런 건가? 저 연극은 왠지 내게 안 맞는 것 같다."

남들이 다 보는 공연은 그녀 입맛에 그다지 끌리지 않았다. 그래서 그녀는 일부러 남들이 별로 찾아가지 않는 공연을 찾아간다. 그것도 아니면 별 이유 없이, 아무 생각 없이 공연을 선택하는 경우도 있었다.

오늘만 해도 그랬다. 그녀가 이 공연을 보게 된 결정적 이유
는 그녀에게 전단지를 건네주었던 피에로의 눈빛이 좋아서가
이유의 전부였다. 진짜로 그것이 이유다. 정확히 말하자면 피에
로 복장을 한 그 남자의 슬픈 눈빛이 좋아서였다. 그도 공연에
나오는 것인지 모르겠지만, 그 순간 그녀는 묘한 울림을 느꼈
고, 자석에 이끌리듯 그 공연장으로 달려갔다.

혹시 매진되었을까 걱정이 되어 극장 앞에서 직원인 것 같은
사람에게 물었는데 다행히 표가 남았다고 했다. 간발의 차이로
그녀는 공연을 무사히 볼 수 있었다. 솔직히 큰 기대를 하지 않
았는데, 공연은 매우 만족스러웠다. 수십 번을 다시 보고 싶을
만큼 그녀 가슴에 콕콕 박혀 왔다. 특히 마임으로 천사의 모습
을 보여 준 그 배우가 그녀는 마음에 들었다. 꽃다발을 들고 가
지 않는 것이 후회될 정도로 그에게 아낌없는 찬사와 꽃다발을
선사하고 싶었다. 그렇지만 이미 공연은 끝났고 무대는 텅 비어
있었다. 아쉬움을 뒤로하고 그녀는 다른 날을 기약했다.

"아, 정말 오늘 공연 끝장나게 좋다. 온몸에 힘이 불끈불끈
솟아오르네. 좋았어! 지금 이 기운을 받아서 아버지와 담판을
짓자! 아자, 아자!"

겨우 연극 공연 하나 보고 나서 유정은 독재자 같은 그녀의
아버지에게 덤빌 만한 용기가 생겼다. 이름을 모르는 배우지만,
그에게 감사하는 마음을 남기고 유정은 극장 문을 나섰다.

그리고…… 혜지와 진우의 마지막 이야기

혜지와 진우의 결혼을 며칠 앞둔 휴일의 어느 날, 그들은 어김없이 같은 공간에 있었다.

혜지와 진우는 이제 곧 그들의 신혼집이 될 아파트에서 그들은 오랜만에 나른한 오후 한때를 같이 보내고 있었다.

"와, 진우 씨. 글씨도 참 예쁘게 잘 쓰는 것 같아. 자기 손만큼 예쁜 글씨야."

혜지는 감탄을 하면서 진우의 손에 쪽 소리 나게 뽀뽀를 했다.

그들은 지금 침대 위에서 서로의 일기장을 교환해서 읽고 있었다. 서로의 일기장을 본다고 해서 그들이 따로 떨어져 있다는 뜻은 아니다. 진우의 품속에는 혜지가 들어 있었다.

진우는 연신 혜지의 드러난 어깨를 자신의 턱으로 부드럽게 어루만지고 있었다. 간혹 진우는 그녀의 어깨에 입을 맞추기도 했다. 혜지 역시 그의 남은 손 하나를 가만히 두지 않고 있었다. 그의 손에 자신의 손을 얹고 그의 손을 천천히 부드럽게 쓰다듬고 있었다. 그런 그녀의 손은 그에게 참 감미롭게 느껴졌다.

혜지가 일기를 읽다 말고 갑자기 자리에서 벌떡 일어났다. 그러더니 진우의 얼굴을 자신의 얼굴에 고정시키고 말했다.

손가락 끝에
걸린
사랑

"자기야, 2년 전에 대학로에서 전단지 나눠 준 적 있어?"

그녀의 말에 진우는 곰곰이 생각에 잠겼다. 2년 전에는 거의 대학로에서 살다시피 했으니 그 질문에 답은 당연히 '예스'였다.

진우는 그녀의 물음에 고개를 끄덕였다.

"혹시, 그때 피에로 복장 하고 전단지도 나눠 줬었어?"

한참을 생각하던 진우가 수화로 대답했다.

[글쎄…… 어떤 복장을 하고 있었는지는 기억 안 나지만 피에로 복장도 했을걸?]

그 대답에 혜지는 눈을 반짝이며 말했다.

"아무래도 우리 2년 전에 한 번 만났던 것 같아. 잠깐만."

혜지는 갑자기 진우의 눈을 빤히 들여다보았다. 그때의 눈빛과 지금의 눈빛이 같은가를 알아보려는 거였다. 그녀가 그렇게 자신을 빤히 보자, 진우는 그런 그녀를 가만히 둘 수 없었다.

그녀의 노력 탓인지 아니면 독학을 한 탓인지 테크닉이 상당히 발전하게 된 진우가 그녀를 눕히고 자연스럽게 키스를 퍼붓기 시작했다. 그런 진우의 집요한 입술 공격에도 불구하고 혜지는 계속 그에게 말을 걸었다.

"아니, 자기야. 한번 생각해 봐. 내 눈빛을, 기억나는지. 만약 그때……."

진우의 입술은 벌써 그녀의 입을 삼켜 버렸다. 그녀의 말소리는 진우의 입속에 묻혀서 무슨 소리인지 알아들을 수가 없었다.

"우이아 그때 만안 게 아일이아면 오통 인연이 아닌……(우리가 그때 만난 게 사실이라면 보통 인연이 아닌 거야.)"

그녀는 더 말하고 싶어도 더 이상 말할 수가 없게 되었다. 아니, 말을 하지 않아도 상관없었다. 2년 전에 처음 만났든 아니든 간에, 그들이 완벽한 인연임은 틀림없었으니까.

혜지는 자신의 인연이자 연인인 진우의 달콤한 품속을 파고들었다. 그의 탄력 있고 아름다운 몸이 온전하게 자기 것이라는 것이 가슴속까지 뿌듯했다. 설사 그의 몸이 형편없다고 해도 그녀 눈에는 분명 아름답게 느껴졌을 것이다.

진우의 미치도록 감칠맛 나는 애무에 혜지의 몸은 뜨겁게 녹아내리는 기분이었다. 그가 한 것처럼 혜지도 그의 몸 곳곳에 뜨거운 키스를 퍼부었다.

"사랑해, 사랑해, 사랑해."

진우는 혜지에게 사랑한다는 말을 여러 차례 속삭였다. 이제는 그도 제법 똑똑한 발음으로 그녀에게 사랑을 고백할 수 있었다. 억양이 어색한 면은 있었으나, 그의 목소리로 사랑의 고백을 듣는 것은 어떤 사랑의 몸짓보다 가슴속을 뻐근하게 하였다. 그가 그런 고백을 하기까지 수백, 수천 번을 연습했을 것을 생각하니 세상을 얻은 것처럼 혜지는 가슴속이 아릿하면서도 뜨거움으로 꽉 찼다.

"나도 사랑해."

혜지도 그에게 답해 주었다. 둘은 스위치를 눌러 불을 껐다. 아직 완전히 어두워지지는 않았으나 날은 어스름한 어둠 속에

손가락 끝에
기분
사랑

휘감기고 있었다. 그 푸른색이 감도는 어둠 속에서는 그들의 거친 숨소리만이 들렸다. 이제 그들에게 말소리는 의미가 없었다. 혜지와 진우는 모든 사랑의 언어를 몸으로 대신했기 때문이다. 달콤한 속삭임이 그들의 몸을 타고 흘러나왔다.

— '손가락 끝에 걸린 사랑' The End —

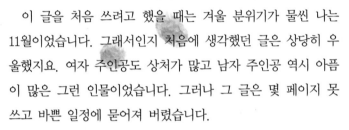

작가 후기

이 글을 처음 쓰려고 했을 때는 겨울 분위기가 물씬 나는 11월이었습니다. 그래서인지 처음에 생각했던 글은 상당히 우울했지요. 여자 주인공도 상처가 많고 남자 주인공 역시 아픔이 많은 그런 인물이었습니다. 그러나 그 글은 몇 페이지 못 쓰고 바쁜 일정에 묻어져 버렸습니다.

다시 그 글을 꺼내들고 나왔을 때, 여자 주인공은 지금의 혜지처럼 밝은 햇살 같은 여자로 바뀌었습니다. 5월이라는 계절에 다시 들고 나왔기 때문이었을까요? 처음보다 어둠이 걷어졌기에 마무리하고 나서 마음은 더 밝아졌습니다.

어느 님이 댓글에 이렇게 말씀하셨습니다. 진우가 비록 다른 로맨스처럼 자극적이지도 않고 강하지도 않았지만 최고의 남자 주인공이었다고. 이유는 진우가 가진 진실한 마음이야말로 최고의 로망이기 때문이라는 말에 저도 웃으며 고개를 끄덕였습니다. 진우가 완벽한 남자 주인공은 아니었지만 한 여자를 순수하게 사랑하는 것에는 그 누구 못지않았기 때문이죠.

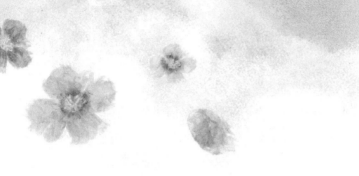

　초반에 남자 주인공이 진우인지 진호인지 감을 못 잡으셨던 분들도 제목을 통해서 주인공을 눈치채셨을 겁니다. 제가 제목을 지은 의도도 바로 그런 거였습니다. 사랑은 말로만 표현 되는 것은 아닙니다. 손짓으로 눈짓으로 몸짓으로, 아니 어느 때는 미세한 공기를 통해서도 사랑은 전달됩니다. 진우의 순수하고 깨끗한 사랑은 말로 내뱉는 것이 아니라 그의 섬세한 손가락을 통해서도 느낄 수 있죠.

　이야기에 담겨진 에피소드 중에는 제가 실제 겪었던 일도 몇 가지 있습니다. 지하철에서 혜지와 진호가 처음 만나는 씬이 그랬고 말을 못하는 진우가 손짓과 표정만으로 자신의 감정을 표현하는 것도 지하철에서 우연히 목격했던 모습이었습니다. 아, 그리고 혜지가 변강쇠와 한바탕 한 것도 제 경험이네요. 그런 사소한 것들이 모여져서 글이 완성 되었습니다.

　한 작품을 쓸 때마다 주인공과 사랑에 빠지는 기분으로 글을 쓰게 되는데, 손가락 끝에 걸린 사랑을 쓸 때는 늘 두근두근 거리는 마음이었습니다. 그런 만큼 이 작품을 읽으실 때 사랑에 빠져서 설레는 마음으로 봐 주셨으면 합니다.

이 글을 쓴 지가 꼭 1년 전이네요. 5월에 써서 6월에 마무리된 이 글이 꼭 1년 만에 세상의 빛으로 나오게 된다니 무척이나 감개무량합니다. 무엇보다 분위기가 이 계절과 썩 잘 어울리기에 나중에도 잊지 못할 작품이 될 듯합니다.

제가 글을 처음 연재했던 마이 클럽의 독자 여러분, 이 글을 많이 사랑해 주신 피우리넷 독자 분들과 로망띠끄 독자 여러분들 감사합니다. 여러분이 주신 사랑을 에너지 삼아 열심히 글을 썼습니다.

마지막으로 자식 같은 제 글을 세상에 내놓게 해주신 로망띠끄 관계자 분과 뽈미디어 관계자 여러분, 진심으로. 진심으로. 고개 숙여 감사드립니다.

이 글을 읽으신 모든 분들에게 혜지와 진우의 사랑을 닮은, 햇살 가득한 사랑이 깃들길 바라며……

2010년 5월의 어느 날.